상검 2
이현(李賢) 新무협 판타지 소설

초판 1쇄 찍은 날 § 2003년 1월 20일
초판 1쇄 펴낸 날 § 2003년 2월 5일

지은이 § 이현
펴낸이 § 서경석

편집장 § 문혜영
편집책임 § 박영주
편집 § 장상수 · 김희정
마케팅 § 정필 · 강양원 · 이선구 · 김규진
펴낸곳 § 도서출판 청어람
등록번호 § 제1081-1-89호
등록일자 § 1999. 5. 31
어람번호 § 제2-0173호

주소 § 경기도 부천시 원미구 심곡1동 350-1 남성B/D 3F (우) 420-011
전화 § 032-656-4452 팩스 § 032-656-4453
http://www.chungeoram.com
E-mail § eoram99@chol.net

ⓒ 이현, 2003

값 7,500원

ISBN 89-5505-591-9 (SET)
ISBN 89-5505-593-5 04810

商 劍

이현 新무협 판타지 소설

2

서북풍(西北風)

도서출판 청어람

목
차

제2권 서북풍(西北風)

제1장 대반전

　무영의 지시를 받은 달운은 이미 이틀 전에 성으로 잠입했으나 대학사 댁으로 접근할 수 없었다. 북경의 외성과 내성 성벽이야 일반 병사들이 지키고 있었으니 어렵지 않게 신법을 전개하여 넘어갔지만 대학사 댁은 조보의 지시를 받은 금의위는 물론 동창의 고수들까지 동원되어 주변을 감시하고 있었다.

　하지만 십 년을 못된 사부 곁을 쫓아다니며 유랑 걸식을 다반사로 했던 달운이라 눈치 하나는 타의 추종을 불허했다. 대학사 댁 주변에 깔린 동창의 고수들은 그의 눈을 벗어나지 못했다.

　궁리 끝에 그는 선문학관을 찾았다.

　아버지의 위신을 생각한 무영이 선문학관의 물주가 자신이라는 것을 비밀로 했기 때문에 북경성 내에서 선문학관과 대학사 댁을 연관 짓는 사람은 아무도 없었다. 학관의 뒷문은 그에게 익숙한 길이었다.

다행히 도중에 마주치는 사람이 없었다.

주위를 살핀 그는 살며시 발소리를 죽여 관주실 안으로 들어갔다.

방 안에는 뒷짐을 지고 서성이는 백 관주가 눈에 띄었다.

"아니, 자네는……?"

백문호는 깜짝 놀라며 그를 맞았다.

그는 청해삼호가 무영을 따라 거용관에 배치된 사실을 알고 있었다. 게다가 무영 등 감관들이 먼저 달아나는 바람에 전투에 져서 오랑캐들에 의해 황성까지 포위당하는 수모를 겪고 있다는 소문을 들었다. 게다가 그 전투에 참가한 사람들은 모두 죽거나 포로가 되어 아직 살아 돌아온 사람이 있다는 얘기를 들은 적이 없었다.

"쉿!"

달운은 재빨리 백문호에게 조용히 하라는 신호를 보냈다. 이곳도 감시를 받고 있는지 모를 일이었다.

그는 품속에서 무영의 편지를 꺼내 전했다.

백문호는 그의 태도를 보고 일이 예사롭지 않다는 것을 직감했다. 그는 얼른 편지를 받아 읽었다. 편지를 읽어갈수록 그의 얼굴 표정이 굳어갔다. 그는 무영의 편지를 통해서야 이번 전쟁의 이면에 숨겨진 추악한 실상을 알 수 있었다.

달운으로부터 더 자세한 전후 사정을 들은 백문호는 마음이 급했다. 그는 선문학관 출신으로 과거에 급제하여 하급 관리에 임용되어 있는 제자들에게 비밀리에 통지하기로 했다. 그들로 하여금 조정 대신들한 테 무영의 서찰이 전해지도록 하는 것이 유일한 방법이라고 생각했다.

모르긴 해도 소문을 듣기로 지금 조정은 태감 조보의 천하라고 하니 행동을 은밀히 할 필요가 있었다. 그는 머리 속으로 믿고 일을 추진할

만한 사람들을 떠올려 보았다.

서찰에 적혀 있는 감관들과 천호들의 서명으로 사실을 확인한 대신들은 서로 연락을 취하여 황제께 고할 기회를 찾고 있었다. 그들은 갑자기 조정의 실권을 쥔 조보에 대해 은근히 반감을 가지고 있는 터였다. 특히 동창과 금의위를 맡고 있는 제독태감은 최근 들어 조보가 자신의 수하들을 마치 수족 부리듯 하는 데 상당한 불만을 가지고 있었다. 그는 앞장서서 그 일을 주도하겠다고 나섰다. 하지만 조보가 황제의 곁을 떠나지 않아 애를 태우고 있었다.

그런데 기회가 찾아왔다. 때마침 위지명이 돌아와 은밀히 조보를 불러냈던 것이다. 그에게 일이 틀어져 버린 것을 알리기 위함이었다. 조보가 자리를 비우자 대신들은 이때다 싶어 곧장 황제를 찾았다.

그들은 무영이 보낸 밀서를 황제에게 보였고 달운이 말한 사실을 덧붙여 자세하게 설명했다.

"그게 사실이란 말이냐?!"

황당한 말에 황제는 불같이 노했다. 그는 즉시 내관을 불러 조보의 동태를 은밀히 살펴보도록 지시했다.

그러고 보니 조보란 놈이 근래에 부쩍 위세를 부리는 감이 들었고 일단 의심이 드니 그동안 하는 행동들도 미심쩍은 구석이 하나둘이 아니었다.

잠시 후에 내관이 달려와서 하는 말이 조보가 짐을 꾸려 도망갈 채비를 하고 있다는 것이 아닌가?

"당장 조보를 잡아들여 심문하라!"

내관의 보고로 확신을 한 황제의 명에 따라 제독태감은 그 즉시 동창의 고수들을 풀었고 곧 조보가 잡혀 들어왔다.

이미 모든 것이 끝났음을 안 조보는 순순히 자신의 죄를 시인할 수밖에 없었다. 그는 진노한 황제의 명에 의해 즉시 목이 잘려 주인 잃은 머리만 성문 앞에 걸리는 최후를 맞았다.

황제는 연금 중이던 중신들을 즉각 현직에 복귀시켰고 장무영은 전장에서 이미 죽은 것으로 판단하여 호국대장군으로 추서했다. 달단이 제시한 포로 명단에 그의 이름이 없었기 때문에 모두들 죽었다고 판단한 것이다.

아들이 복권(復權)되어 다시 호국대장군에 추서됐다는 소식을 들은 대학사 부부는 무슨 일이 어떻게 돌아가는지 정신이 없었다. 하루 전만 해도 무영은 만고의 역적에 집안을 망친 아들로 지목받고 있었다. 그런데 며칠 만에 다시 호국대장군이라니……. 그러나 추서라고 했다. 아들은 이미 죽은 사람이었다.

믿을 수 없는 사실에 대부인 주설하는 다시 혼절하였고 아들의 죽음으로 만사가 귀찮게만 여겨지는 노년의 대학사는 황제에게 장문의 사직서를 올렸다.

황제는 불허했지만 장자맹은 칭병하고 아예 입궐하지 않았다.

'우선… 자네가 옳았네. 아무래도 내 잘못된 생각이 아들을 죽이고 안사람도 죽이는 것 같네…….'

달빛을 보며 수심에 잠겨 있던 장자맹은 문득 무영의 군영 입대와 함께 자신의 집을 떠난 남우선이 그리웠다. 그는 무영이 키우던 멍구라 불리는 강아지 한 마리만 달랑 데리고 갔다.

"늙으막에 적적하니 이놈이라도 벗 삼아 지내야겠네."

"허허허, 알겠네. 그러나 여름에는 좀 참게. 그래도 아들놈이 귀여워하던 놈이니."

농 삼아 그렇게 대답했었다.

장자맹이 남우선에게 그토록 권했어도 벼슬길을 마다하고 초야에 묻혀 지내기를 원했던 까닭을 자식을 잃고 난 지금에야 알 수 있을 것 같았다. 문득 그 생각을 하니 눈물을 주체할 수 없었다.

문득 아들과 정을 나누었던 멍구가 보고 싶었다. 그 녀석이라도 쓰다듬고 있으면 아들의 체취를 느낄 수 있을 것만 같았다. 남우선이 멍구를 데리고 간 이유를 알 것도 같았다. 그도 무영을 마치 친자식처럼 대했었다.

장자맹의 가슴에 허허로운 바람만이 훑고 지나갔다.

부부는 아들의 시신을 눈으로 확인하기 전까진 죽었다는 사실을 믿을 수 없었다. 장자맹은 달운에게 아들을 꼭 찾아줄 것을 부탁했다.

그러지 않아도 포로 교환 때 돌아온 동생들과 무영을 찾아 나설 생각이었던 달운은 장자맹의 간절한 부탁까지 받자 즉시 행장을 꾸렸다.

달운 자신도 무영이 죽었다는 사실에 동의할 수 없었다. 주인 행세를 해가며 자신들을 부려왔지만 마음속으로는 막내 동생쯤으로 여겨지던 귀여운 녀석이었다. 게다가 이제는 이 집의 모든 사람들이 가족같이 여겨지는 청해삼호였다.

대부인 주설하는 반드시 아들을 찾아달라며 손수 밤을 새워가면서 먼 길을 떠날 때 쓰는 모자인 원유관(遠遊冠)을 세 개나 만들어 청해삼호에게 각각 주었다. 반드시 찾아달라는 말없는 간청이었다.

그 누구에게도 마음의 정성이 깃든 물건을 받아본 일이 없는 청해삼호였다. 그들은 원유관에 가득히 담긴 노부인의 애타는 마음을 읽었다.

다음날 청해삼호는 노부부의 눈물 젖은 환송을 받으며 길을 떠났다.

"이곳에서 한동안 머물 작정이니 터를 잡고 준비하도록 해라."

아합극은 부장에게 명했다.

아합극은 혹시라도 있을지 모르는 명군의 추격을 피해 서북의 초지를 돌아 멀리 이동해 왔다. 게다가 도중에 자신의 부족에 들러 여자와 아이들을 포함한 부족민까지 합류시켰다. 부족 전체의 이동이었다. 그래 봐야 천막만 걷고 가축이나 몰고 가면 그만이었다. 은자만 적당히 집어주면 자기 부락의 위치를 명군에게 고자질할 놈들은 얼마든지 있었다. 이럴 때는 보따리를 싸서 얼른 자리를 뜨는 게 상수였다.

명군은 보병이 주력인 관계로 초원 깊숙이 들어가면 추격을 포기한다는 것을 잘 알고 있었다.

명나라의 역대 황제를 모신 십삼황릉을 파헤치겠다고 협박까지 했으니 앞으로 명나라 조정과는 불공대천의 원수로 지낼 수밖에 없었다. 어쩌면 이 일로 대규모 북벌 정벌군까지 일으킬지도 몰랐다. 황금을 꽤 받아왔지만 크게 남는 장사를 한 것 같지는 않았다.

두 달을 헤매던 그들은 마침내 넉넉한 초원 지대에 이르러 한동안 머물 만한 적당한 터를 찾게 되자 짐을 풀었다.

그들은 무영 일행에게도 물과 약간의 말린 양고기를 주었다. 두 달째 겨우 굶어 죽지 않을 정도로 먹을 것과 물을 받아 마시며 말안장에 묶여 끌려다니던 포로들도 거의 실신 상태에 있었다. 살려만 놓으면 어떻게 처분하든 돈이 될 놈들이었다. 괘씸한 것으로 따지자면 목이

백 개라도 모자랄 놈들이었지만 공연히 예까지 끌고 와서 굶겨 죽이는 것은 바보나 할 짓이었다. 하다못해 노예로 팔아도 젊고 팔팔한 놈들이니 그동안 끌고 다닌 밑천은 두둑이 받아낼 수 있었다.

아합극은 지세를 살폈다.

서쪽으로 조금만 더 나가면 앙숙인 서달단족이 버티고 있었다. 사실 이곳도 그렇게 안전한 곳은 아니었지만 눈이 돌아버린 명군의 추격대를 피하는 것이 급선무라 할 수 없이 선택한 곳이었다.

"이곳은 서달단의 영역에서 멀지 않은 곳이니 서쪽으로 척후를 자주, 그리고 멀리 보내도록 하라."

아합극은 무엇보다도 명군의 추격을 피해 서쪽 초원으로 너무 멀리 나온 것이 걱정스러웠다. 여기는 서달단 부족들과 가끔 영토 다툼이 일었던 지역과 그리 멀지 않았다.

무영 일행도 한 막사가 배정되어 엄중한 감시가 붙여졌다.

아합극의 진지가 아래로 훤히 내려다보이는 저 멀리 숲이 가려진 구릉 위에서 한 기마병이 이쪽 막사들을 조심스레 살피더니 서서히 물러갔다.

목외족의 족장 곡길한은 이를 갈았다.

"그럼 이번에 우리 부족을 기습한 것은 명군이 아니라 오랍족이 분명하다는 말이지?"

곡길한은 재삼 확인하듯 물었다.

"그렇습니다. 추격하는 우리 병사들의 활에 맞아 죽은 시신은 아라하에서 한 구 발견되었는데 겉의 갑옷과 투구는 명군의 것이었지만 갑옷 속을 보니 오랍족의 복장이었습니다. 놈들이 미처 시신을 수습하지 못하고 급히 퇴각한 것 같습니다."

무릎을 꿇고 부복한 사내는 다시 상황을 설명했다.

"아합극 이놈, 이 빚은 틀림없이 갚아준다."

명군 총병 이학량이 기습을 부인하자 미심쩍어진 곡길한은 추적에 능한 부하에게 은밀히 조사를 시켰었다. 이제 그 흑막이 속속들이 드러나고 있었다.

부하의 보고에 의하면 그날 밤 공격해 왔던 습격자들의 말발굽 자국은 분명 명군 쪽으로 향하는 듯하다가 다시 오랍족의 주둔지로 향한 것이었고, 한적한 골짜기에서 등에 화살이 꽂힌 채 쓰러져 있던 겉옷만 명군 복장인 오랍족 시체 한 구도 발견했다.

오랍족은 지금 서달단과의 경계선 근처에 가서 진을 치고 있는데 방축을 구축하고 가축 우리까지 짓는 것으로 보아 상당히 오래 머물 것 같다는 보고였다.

'아합극, 네놈이 무덤을 파는구나.'

곡길한은 회심의 미소를 지었다.

이틀 후 그는 서달단의 왕을 만났다.

"오랍족이 우리 부족을 죽이고 이번 전쟁을 일으켜 명군이 추격해 오는 바람에 지금 명나라 변경에 살던 부족 전체가 서쪽으로 이동해 오고 있습니다."

곡길한은 서달단의 왕에게 이제껏 벌어진 상황을 자세히 설명했다.

"흥, 감히 이쪽으로 온다고? 당신들이 명군과 싸움을 하든 춤을 추든 내가 알 바는 아니지만 한 발자국이라도 내 영토 안으로 들어오는 것은 절대 허락할 수 없소."

"우리도 그리고 싶지는 않습니다만 명군이 작정하고 밀고 오는 데야 어쩔 도리가 있겠습니까? 이게 다 아합극 그놈의 농간 때문에 생긴 일입니다."

"겨우 그런 얘기나 하려고 나를 찾은 것은 아닐 터이고, 그래서 바라는 것이 무엇이오?"

비록 같은 달단부라 불리지만 서달단과 동달단은 그 배경이 크게 달랐다. 동달단은 중원의 영향을 많이 받고 중원과 교역을 통해 생활을 해결했지만 서달단은 회회교의 색채가 짙은 부족들의 연합체였고 생김새도 약간 달랐다. 그들에게 있어 동달단과 명나라 사이의 일은 관심 밖이었다.

"저는 대왕께서 아합극을 제거해 주시기를 바라고 있습니다."

그는 눈에 힘을 줘가며 말을 이었다.

"이번에 저를 도와주시면 대왕께서는 두 가지 이득이 있습니다. 첫 번째는 오랍족이 제거됨으로써 서달단의 여러 부족과 명나라와의 관계를 개선할 수 있습니다. 바꾸어 말하면 우리가 명군에 밀려 서쪽으로 밀려 나올 필요가 없다는 것이지요. 우리가 대왕의 영토 쪽으로 밀려 나오면 아무래도 대왕과 불편한 관계에 놓일 가능성이 있는데 그럴 필요가 없어진다는 말입니다. 두 번째로는 대왕께서 횡재하실 수도 있다는 것이지요. 아합극은 지금 명나라에서 배상금으로 받은 황금을 몇만 관이나 갖고 있습니다. 이번에 서로 힘을 합해 오랍족을 없앤다면 저는 아합극의 목만 필요하니 대왕은 황금과 계집들, 그리고 가축을 모두 가져가십시오."

"오랍족의 황금과 계집, 그리고 가축을 모두 나더러 가지라… 그게 정말이오?"

서달단의 대왕 파노시는 눈이 휘둥그레졌다.

파격적인 제안이었다.

황금 몇만 관도 소중하지만 가축과 여자도 그에 못지않았다. 초원이나 사막에서 그 둘은 소유자의 재산 규모를 재는 척도였다. 초원의 부족들이 목숨을 걸고 싸우는 이유도 다 그것 때문이었다. 그런데 그 모두를 자신이 다 가질 수 있다니… 동업자도 이런 동업자는 두 번 다시 구하기 힘들었다. 그는 왕방울만한 눈알을 데룩데룩 굴려가며 탐욕을 보였다.

"흐흐흐, 좋소. 하지만 혹시라도 나중에 맘이 변해서 딴소리를 해서는 안 되오."

"물론입니다. 제가 보증을 하지요."

무영은 탈출할 방법을 모색 중이었다.

"말을 빼앗아 달아나도 놈들은 기마술에 능하고 우리는 이곳 지리를 전혀 모르니 곧 추격당해 잡혀올 것이 뻔합니다."

머리를 감싸 쥐고 앉아 상관우가 말했다. 그동안 사귀어보니 학문이 깊고 두뇌가 비상하게 돌아가는 자였지만 포로로 지내는 동안 모든 희망을 버렸는지 반쯤 자포자기한 상태가 되어 있었다.

"그렇다고 이대로 손 놓고 있을 수는 없지 않소?"

일단 이들 손에서 벗어나야 한다고 생각했다.

"……."

모두들 어두운 표정으로 말이 없었다.

"당장 우리 생활에 변화가 있을 것 같지는 않으니 천천히 기회를 잡아봅시다."

모두 얼굴이 어두웠다.

오랍족은 아예 이곳에 터를 잡고 몇 달 동안 생활할 모양이었다.

사방에 수비용 방책을 세우고 막사도 지었으며 가축들의 우리도 만드는 등 상당히 부산스럽게 움직였는데 덕분에 무영 일행에게 크게 신경 쓰는 사람은 아무도 없었다.

일행이 그들과 함께 생활한 지도 삼 일째가 되는 날 아침이 밝아오기 직전이었다. 희미한 여명이 서서히 기지개를 켜며 초원의 능선을 따라 넘어오고 있었다.

두두두두두!

갑자기 사방에서 요란한 말발굽 소리와 함께 연이어 막사를 향해 화살이 날아오고 잠깐 사이에 어설프게 급조된 목책 사이사이로 창을 든 기병들이 떼를 지어 밀려들어 왔다. 그들은 순식간에 막사를 덮쳤다.

"서달단이다!"

"서달단이 쳐들어왔다!"

"으악!"

"악!"

사방에서 말발굽 소리와 함께 적의 내습을 알리는 고함 소리와 비명이 들리더니 막사 여기저기가 불타오르고 여인네와 아이들의 울부짖음이 들려왔다.

"모두 나와서 막아라!"

말발굽 소리에 새벽잠에서 깨어난 아합극이 대충 겉옷만 걸친 상태로 막사를 뛰쳐나왔다.

"침착하게 응전해라!"

아합극은 칼을 들고 막사 밖으로 나와 소리를 지르며 오랍족 전사들을 독려했지만 기습이 워낙 신속하게 이루어진 탓인지 병사들은 전투 대형을 갖추기도 전에 여기저기에서 주살되고 있었다. 이곳을 정찰하는 놈들이 있다는 말을 들어 약간 조심을 하고 있기는 했지만 이토록 급박하게 돌아가리라고는 예상하지 못했다.

그는 마음만 급해서 칼을 휘둘러 가며 이리저리 뛰었으나 전세에 영향을 주지는 못했다.

"억!"

병사들을 독려하던 아합극의 다리에 화살이 날아와 박히더니 아합극이 무릎을 꿇었다.

아합극이 다시 일어나기 위해 사력을 다하는 순간 여러 개의 창날이 아합극을 향했다. 포로가 된 것이다. 그야말로 눈 깜짝할 사이의 일이었다. 그런데 무릎이 꿇려진 아합극은 자신 앞에 서 있는 사람을 보고는 입을 다물지 못했다.

"너, 너는 곡길한!"

"싸움이 난 모양이요."

학예춘이 모두를 둘러보며 말했다. 다른 사람들도 이미 소리를 들었기에 대충 바깥 상황을 짐작하고는 있었다.

그래도 명나라와 멀리 떨어진 데다 작은 초지(草地)와 모래언덕만 있는 이곳에 오자 감시를 하더라도 결박은 풀어주어 대충 움직일 수 있게 해주었기에 감시자만 없다면 밖을 내다볼 수도 있었다.

무영은 조심스럽게 막사 밖으로 고개를 내밀었다. 지키는 병사라도 있으면 호되게 당할 수도 있을 터였다.

막사 밖은 혼란스럽기 그지없었는데 그 소동 때문인지 막사 입구를 지키던 병사도 보이지 않았다.

"지금이 기회요. 모두들 나갑시다."

무영은 말을 마치기 무섭게 재빨리 막사 밖으로 나왔다. 여기저기에서 미처 잠이 덜 깬 오랍족 병사들이 싸울 채비도 하기 전에 죽임을 당하고 있었다.

약간 떨어진 곳에 말 몇 필이 묶여 있는 것을 발견한 무영은 일행들에게 눈짓을 했다.

다섯 명은 살금살금 기어 말고삐를 풀고 신속하게 말 등으로 올라탔다.

휘익!

일행 중 천호의 등을 향해 소리없이 창이 날아들더니 그대로 꽂혔다. 놈들에게 발각된 것이다.

"으악!"

그 천호는 미처 제대로 말을 타지도 못한 상태에서 창끝에 등이 꿰어지며 말에서 떨어졌다.

천호를 죽인 서달단의 기병은 칼을 뽑아 이번에는 학예춘을 향해 휘두르며 달려들었다.

그 순간 무영이 말을 탄 자세에서 그대로 몸을 솟구쳐 기병의 등을 잡아채 그는 중심을 잡지 못하고 그대로 땅으로 굴렀다.

"빨리 숲 속으로 들어갑시다."

바닥에 떨어진 창을 주워 든 무영은 재빨리 일행들에게 뒤쪽 구릉지대의 숲 속으로 달아날 것을 재촉했다.

두두두두……!

일행은 신속하게 숲을 향해 말을 달렸다.

“으악!”

“억!”

서달단의 기병 몇몇이 재빠르게 말을 몰아 막아섰으나 무섭게 휘두르는 무영의 창날 앞에 모두 말에서 굴러 떨어졌다. 양검에게 배워둔 창술을 목숨이 경각에 달린 순간 요긴하게 써먹고 있었다.

“저놈들을 잡아라!”

뒤늦게 일행의 도주를 목격한 서달단 기병 수십 기가 무영의 뒤를 쫓아 숲으로 달려왔다.

숲이라고 해야 키 작은 잡목만 몇십 그루 있는 것이 고작인 야트막한 구릉인지라 도저히 추격을 떨칠 수가 없었다.

말에 능숙한 서달단 기병이 순식간에 일행의 꼬리를 물었다.

“여기는 내가 막으면서 시간을 끌 테니 모두 동쪽을 향해 말을 달리시오!”

그동안 계속 서쪽으로만 끌려왔으니 동쪽으로 가는 것이 올바른 길이라고 생각한 무영이 소리를 질렀다.

“나도 돕겠소!”

학예춘이었다. 무영을 제외한 사람들 중에서는 그래도 자신의 무공이 가장 높은 것을 알기에 목숨을 거는 마당에도 자청했다.

“학 형도 달아나시오! 나는 몸을 뺄 자신이 있소!”

그는 악을 쓰며 소리를 지르다시피 하고는 뒤로 기수를 돌렸다.

“그럼 뒤를 부탁할 테니 곧 따라오도록 하시오!”

학예춘은 자신이 있어봤자 큰 도움이 되지 않는다고 판단하고 상관우, 황학모 등과 함께 신속하게 말을 몰아 달아났다.

서달단의 기병들은 빨리 무영을 처치하고 나머지를 잡으려는 듯 그대로 창을 꼬나 들고 밀어붙였다. 몇몇은 그를 지나쳐 앞으로 나갔지만 그들마저 제지할 수 있는 형편은 아니었다.

"하!"

무영은 기합 소리와 함께 박차를 가하여 앞으로 나섬과 동시에 한 명의 가슴을 찔러 말에서 떨어뜨렸다.

"으악!"

그 병사는 단 일 합에 목에서 피를 쏟으며 말에서 굴러 떨어졌다.

"으악!"

"악!"

시간이 없었다. 무영은 닥치는 대로 창을 휘둘러 서달단 기병을 치고 찔렀다.

서달단의 일반 기병들은 무공으로는 그의 상대가 되지 않았지만 워낙 숫자가 많다 보니 쉽사리 그들을 제압할 수 없었다. 또한 기병들도 포위를 하기는 했으나 좌충우돌하는 그를 공격하는 사람의 수는 제한되어 있었다.

"으아악—!"

다시 한 명이 말에서 구르고 오십여 기에 이르던 기병들의 수가 절반 이하로 줄어들자 그들도 이제는 감히 달려들지 못하고 멀찍이 포위만 한 채 원군을 기다리는 대치 상태로 들어갔다.

무영은 눈치를 채고 말을 학예춘 등이 달아난 쪽으로 몰았다. 서달단 기병들은 그의 무공이 워낙 높은 것을 알고는 감히 추격할 생각을 하지 못했다.

도중에 서달단 기병들의 시체 몇 구가 눈에 띄었다. 아마도 아까 그를 지나쳐 학예춘 등을 추격했던 무리들 같았다.

그렇게 한참을 동쪽으로 달리자 사막이 나타났다. 말발굽 자국을 보고 그들이 사막을 향해 갔음을 짐작했다.

'식수나 음식물을 전혀 준비하지 못했는데…….'

사막이 어떤 곳이라는 것은 대충 알고 있었다. 밤은 춥고 낮은 찌는 듯 더운 곳, 물 없이는 한나절도 버티지 못하는 곳이었다.

말안장 뒤에 매달려 있는 물 주머니와 끈으로 묶어놓은 보퉁이가 눈에 띄었다. 보퉁이 안에는 건량이 조금 들어 있었고 낙타 털로 짠 듯한 모포가 매달려 있었다. 모포 안은 두툼했는데 보지 않아도 털이 다 빠져가는 짐승 가죽으로 된 모피가 있으리라 짐작됐다.

그동안 함께 생활하면서 숱하게 보아왔던 오랍족의 노숙 장비였다. 낙타 털로 촘촘하게 짠 모포는 밤에 초원이나 사막에서 잘 때 땅의 습기를 막아주는 역할을 했고 모피는 이불이었다. 게다가 낮에 머리 위에 덮고 있으면 신기하게도 뜨거운 태양열을 막아주었다.

다행이라고 해야 할지 물 주머니에는 반도 채 되지 않았지만 물이 들어 있었다.

'에이 씨, 왜 나 혼자 남아서 놈들을 막겠다고 나섰지? 내가 잠깐 미쳤었나?'

벌써 몇십 번이나 그때를 후회하며 되씹은 생각이었다.

하지만 아무리 후회해도 무슨 소용인가?

"이랴!"

그는 사막으로 말을 몰았다.

어차피 적들이 곧 추격을 해올 테니 선택의 여지가 없었다. 그는 두려움 속에 끝없이 펼쳐진 모래바다를 향해 말을 재촉했다.

"이래도 거짓말을 하느냐?"

곡길한은 막사 앞에 포박된 상태로 무릎이 꿇린 아합극을 보며 호통을 쳤다. 곡길한의 손에는 이학량이 놈에게 보낸 밀서가 있었다. 아합극의 처소에서 찾아낸 것이었다.

"……."

계속 모르는 일이라며 부인하던 아합극은 곡길한이 이학량에게 받은 밀서를 꺼내며 호통을 치자 모든 것을 포기했다. 그것까지 보았다면 더 이상 버텨보았자 소용이 없었다.

그는 곡길한이 명군 복장의 오랍족 시신을 가지고 와 보였을 때도 고개를 꼿꼿이 세우며 모략이라고 한 채 오히려 그에게 서달단과 짜고 동족을 공격했다고 분개하며 폭언을 했었다.

서찰을 본 곡길한의 고개가 숙여졌다.

"저놈을 말 뒤에 매달아라."

자기 부족을 죽인 놈에게 휘둘려 애꿎은 명군과 전쟁을 벌인 통에 죽은 부족민도 적지 않은 건 물론이고 그나마 그동안 적지 않은 수입원이 되어주었던 국경에서 열리는 마시(馬市)마저도 폐쇄되어 이래저래 손해가 적지 않았다.

아합극은 목와족의 병사들에 의해 두 손이 묶인 채로 말안장 뒤에 매어졌다. 곡길한은 아합극을 그대로 끌고 부족으로 돌아갈 심산이었다. 놈에 대한 처벌은 나머지 부족민이 모두 보고 있는 곳에서 공개적으로 해야 했다.

"이놈, 분수에 맞지 않는 재물을 탐하면 화가 되는 법이다."

곡길한은 통쾌하다는 듯이 그를 향해 일갈했다.

곡길한이 아합극을 힘 하나 들이지 않고 포로로 잡을 수 있었던 것은 아합극이 명으로부터 받은 수만 관의 황금 덕분이었다. 서달단에게 아합극의 모가지 따위는 하등 쓸모가 없었다. 눈앞의 이득을 쫓아 친구가 원수로, 원수가 친구로 되는 일은 사막의 유목민들에게는 생존의 한 방편이자 흔히 있는 일상사였다.

거래는 쉽게 성사되어 서달단은 황금과 여자, 가축 등 재산이 될 만한 것들을 신속하게 챙겨 떠났고 자신은 아합극을 포로로 잡았다. 이제 그동안 빚진 모든 것을 제대로 갚을 수 있으니 자기 부족민에게 족장으로서의 체면도 세운 셈이었다.

"크하하핫, 가자! 어서 가서 아침 식사 때마다 장대에 매달린 이놈의 모가지를 반찬 삼아야겠다!"

제2장

섬서 상방(陝西商幇) 행두 막청

사막의 모래는 한낮의 태양열을 받아 가마솥처럼 뜨겁게 달궈졌다.

반 시진도 되지 않아 땀이 물 흐르듯 흘러내렸고 그 땀은 미처 목을 흐르기도 전에 허연 소금기를 내며 말라붙었다. 목이 탔다. 끝없는 갈증은 물을 요구하고 있었지만 언제 사막이 끝날지 모르니 얼마 남지 않은 물을 함부로 낭비할 수도 없었다.

그렇게 힘들게 낮을 보내면 다시 밤이 찾아왔다.

밤하늘에는 무수히 많은 별들이 마치 금방이라도 쏟아질 듯 반짝이고 있었지만 달이 기울어 그런지 주변은 가까이 있는 모래언덕마저도 분간하기 어려운 칠흑 같은 어둠이었다.

고독이 밀려왔다. 마치 우주 공간에 홀로 남겨진 미아와 같은 느낌이 들었고 간간이 들려오는 이리 떼의 울음마저도 반갑게 느껴졌다.

밤은 생각보다 훨씬 추웠다.

밤이 깊어지자 여름이 지난 지 얼마 되지 않았는데도 불구하고 매서운 추위가 몰아쳐 왔다. 한낮의 끓는 듯한 무더위는 어디 가고 침낭 속에 몸을 웅크려도 여전히 추위를 이기기가 힘들었다.

"사서 고생이다, 사서."

그는 이를 덜덜 떨어가며 자는 둥 마는 둥 겨우 밤을 보냈다. 만약 털 침낭이 없었다면 얼어 죽었을 것이 분명했다.

벌써 사흘째였다.

사막은 가도 가도 끝이 없었다.

저 앞의 모래산을 마지막으로 제발 사막이 끝나기를 마음속으로 빌어본 것이 한두 번이 아니었다. 하지만 모래산 뒤에선 또 다른 모래언덕이 나왔고 그 뒤에는 항상 더 크게 느껴지는 산이 버티고 있었다. 모래계곡을 따라 바람이 이리저리 모래를 운반하며 눈을 뜨지 못할 정도로 날려댔다.

가장 무서운 것은 역시 한낮의 끓어오르는 태양이 만들어내는 더위와 참을 수 없는 갈증이었다.

말발굽이 푹푹 빠지는 모래보다는 그나마 듬성듬성 풀이 말라 버린 황무지라도 만나면 운이 좋은 편이었다.

문득 어느 책에선가 읽은 구절이 생각났다.

'사막이 아름다운 이유는 어디엔가 오아시스를 품고 있기 때문이다.'

"큭큭."

그 생각을 하니 자신도 모르게 헛웃음이 나왔다. 그 글을 쓴 사람은 사막에서 길을 잃고 헤맸던 적이 있었을까?

힘겹게 모래 위를 헤매던 여행자가 만나는 꿈같은 오아시스는 책이
나 영화 속에만 있었다.

빌어먹을.

차라리 유사(流砂)라도 만나 빨려 들어가는 것이 편안할지도 몰랐다.
마음속으로 제발 오아시스를 만나게 해달라고 빌어본 것이 벌써 여러
차례였다.

진짜 신은 있기나 한 건지.

푸르릉!

거의 눈을 반쯤 감은 채 말 등에 앉아 몸을 맡기고 있는데 갑자기 말
이 거품을 뿜으며 쓰러졌고 몸이 그대로 옆으로 굴렀다.

'어어!'

하지만 갈증에 목이 말라붙었는지 비명은 입 안에서만 맴돌 뿐 밖으
로 나오지 않았다.

쿵!

운 좋게 옆으로 굴러 떨어지지 않았다면 말 아래 깔렸을 상황이었
다. 말은 입가에 하얀 거품을 잔뜩 물고는 애처로운 눈길로 그를 올려
다보았다. 잔뜩 겁을 먹은 듯한 그 눈길은 마치 자신을 보는 듯했다.

"너 먼저 가냐?"

순서가 정해진 것뿐이었다.

마침내 자신도 이름없이 이곳에서 지쳐 죽은 뒤 끝없이 날려오는 모
래 속에 묻혀 버렸다가 어느 날 부는 바람에 한 구의 백골로 사막 가운
데 모습을 드러내 바람따라 이리저리 뒹굴게 되는지도 몰랐다.

푸우푸우!

며칠을 함께 고생한 말이 연신 거친 투레질을 해대며 괴로워하는 모

습을 보니 가슴이 아팠다.

'미안하다. 잘 가거라.'

푸욱!

그는 말안장 옆에 매달려 있던 소도로 말의 목덜미 급소를 쳐 숨통을 끊어주었다. 이대로 놔두어 괴로움을 겪다 죽게 하는 것보다는 안락사시키는 편이 나았다.

벌컥벌컥.

샘솟듯 솟아나는 말의 피를 보자 갈증을 해소하기 위해 칼자국에 입을 대고 피를 마셨다. 미안한 생각이야 없지 않았지만 앞날을 생각해서 많이 마셔둬야 했다. 아니, 지금 당장 피를 마시면서도 목을 태우는 갈증이 느껴졌다.

한참을 정신없이 마시자 어느 정도 살 것 같은 생각이 들었다.

그는 말고기를 칼로 잘게 찢어서 몇 점을 등에 걸쳤다. 배고픔을 해결하기 위해서는 많이 가져가고 싶었지만 어차피 물이 없으니 오래 버티지도 못할 것이고 힘도 없었다. 등에 걸친 말고기는 반나절도 되지 않아 금방 마를 터이니 한동안 식량 걱정을 덜어줄 것이다.

다시 걸음을 재촉했다.

푹푹 빠지는 모래 위로 한 걸음, 또 한 걸음 발을 옮기려니 힘이 두세 배로 들었다. 금방 입 주위에 하얀 거품이 말라 들어붙었고 입 안이 바싹 말라 갈라지는 듯하고 숨이 턱까지 차 올랐다. 정신은 갈수록 몽롱해지며 그냥 그 자리에 주저앉아 쉴 것을 강요하고 있었다.

물을 마시지 못한 지 이틀이 됐다.

사막을 오간다는 대상(隊商)들도 눈에 띄지 않는 것을 보니 길을 단단히 잘못 잡은 것이 확실했다.

'안 돼. 가야 해. 여기서 쓰러지면 죽어.'

모래 속으로 빠지는 무릎을 억지로 끌다시피 하여 어기적대며 겨우 앞으로 나가고 있었지만 이성은 점점 약해졌으며 작열하는 태양열에 찌든 육체는 평온한 휴식을 갈구하고 있었다.

'야, 장무영, 이렇게 힘들게 가면 뭐 하냐? 좀 쉬자. 편히 쉬자. 쉬었다 가자.'

그런 생각이 온통 머리 속을 휘저어가며 끊임없이 그를 유혹했다.

털썩!

한번 주저앉으니 몸을 움직이고 싶지 않았다.

왜 내가 여기에 이러고 있어야 하나?

다시 받은 목숨을 고래 심줄보다 길게 이어가며 하고 싶은 모든 일을 마음껏 해보려 했었다. 철저히 중원인으로 다시 살려고 남모르는 노력을 얼마나 했던가? 마음의 문을 열고 주설하와 장자맹을 받아들였고 그분들의 사랑과 정도 얻었다.

새롭게 살리라 했었다.

하지만 언제나 행운하고는 거리가 먼 것 같았다.

왜 이렇게 힘들게 발버둥질 치고 있는가?

생각해 보면 산다는 것 자체도 부질없는 몸짓 같았다.

그의 입가에 희미한 미소가 번지는 어느 한순간 마침내 마지막까지 겨우 잡고 있던 의식의 끈을 놓으며 그대로 모래 위에 몸을 맡겼다.

평온했다.

그를 그렇게 힘들게 했던 육신도 더 이상 괴롭다고 느껴지지 않았다.

바람에 실린 모래가 차츰 무영을 덮어갔다.

자신을 비웃는 김달수가 나타나고 옆에는 능글맞은 오안수가 있었다. 그 뒤에서 걱정스런 얼굴로 보고 있는 수아의 모습도 있었다.
흰머리의 대부인 주설하가 정겨운 눈길로 웃으며 그를 내려다보고 있었다. 관복을 입은 장자맹이 보였고 미랑과 연화, 그리고 청해삼호와 조씨 오 형제가 차례로 나타났다.
다시 할머니가 보이더니 그를 향해 손을 내밀었다. 여전히 투박한 그 손이었다.
“여보게, 이제 좀 정신이 드는가?”
누군가의 손길이 자신을 흔들어 깨우고 있었다.
“음, 음…….”
말을 하려고 했으나 입에서 나오는 것은 미약한 신음성이었다. 머리는 혼미하고 목은 타는 듯 갈증을 호소했다.
눈을 떴다. 자신은 침대 위에 눕혀져 있고 중원인 복장을 한 사람들 몇이 에워싼 채 자신을 내려다보고 있었다.
“무, 물…….”
다시 눈이 감겨왔지만 겨우 힘을 내어 말했다.
이내 누군가 입을 벌리더니 물을 먹여주었다. 정신없이 꿀떡거리며 마셨다. 물이 이렇게 맛있는 줄은 미처 몰랐었다.
잠시 숨을 가다듬자 차츰 정신이 돌아왔다.
“군인인가? 보아하니 장군복 같은데…….”
무영은 갑옷은 입지 않았지만 명군 장교의 경장 차림이었다. 중년인은 그것을 한눈에 알아보았다.

"자, 장무영이라 합니다. 좀 일으켜 주시겠습니까?"

자신이 다시 구원받은 것을 알았다.

"아직 몸이 힘들 테니 그냥 그대로 있으시게. 얘기는 차차 나누기로 하고. 그보다도 먹을 것을 좀 가져다 주겠네. 자네들도 그만 나가보지. 이 사람은 혼자 편히 쉬게 두는 편이 낫겠어."

중년인은 주위를 보며 말했다. 그가 말을 마치자 사람들이 무영의 주위를 떠났다.

무영이 힘들게 눈을 돌려 사방을 둘러보니 막사 안이었다.

천막 사이로 바깥이 보였다.

몇 그루의 나무가 듬성듬성 서 있는 구릉 같았는데 멀리 사막이 보였다.

'살았구나.'

"죽을 좀 드시오. 오랫동안 정신을 차리지 못해 먹지를 못했으니 천천히 꼭꼭 씹어 드시오. 안 그러면 나중에 속이 불편할 겁니다."

갓 스물이나 넘었을까. 아직 소년 티가 가시지 않은 청년이 죽 그릇을 들고 들어서며 말했다.

"고맙습니다."

죽 그릇을 보니 눈물이 왈칵 솟았다.

몇 달 만에 먹어보는 음식이었다. 그동안 아합극에게 끌려다니는 중에도 말린 양고기와 양젖이 고작이었다. 죽을 보니 환한 웃음으로 자신에게 죽을 떠먹여 주던 주설하가 생각났다.

어머니.

눈물이 두 볼을 타고 죽으로 떨어졌다.

천천히 씹어 먹으라는 청년의 주의에도 불구하고 마치 걸신들린 사람처럼 죽을 비웠다.

"더 드리고 싶지만 오래 굶었으니 그만 드시는 것이 좋겠습니다. 아직 속이 받쳐 주지 않을 겁니다."

청년은 말을 마치고는 대답도 듣지 않고 빈 그릇을 들고 나갔다.

여전히 허기가 졌지만 음식을 먹어서 그런지 몸이 피곤해 오며 금방 졸음이 몰려왔다.

"여보게, 여보게."

한참 깊은 잠에 빠져 있는데 누군가 옆에서 깨웠다. 천 근같이 무거운 몸을 겨우 추스르고 일어났다. 눈꺼풀은 여전히 무겁게 느껴져 잠이 충분치 않음을 말해 주었다.

"더 재우고 싶지만 이만 떠나야 하니 어쩔 수 없네. 설마 이 녹주(綠州)에 혼자 머물겠다고 고집 피우지는 않겠지?"

처음 눈을 떴을 때 보았던 중년인이었다. 그는 빙글거리면서 농담까지 섞어가며 말했다.

"몸이 불편한 줄은 알지만 마차가 없으니 자네는 말을 타는 수밖에 없을 걸세. 다행히 여분의 말이 몇 필 있기는 하네."

"고맙습니다. 아직 제대로 인사도 못 드렸습니다."

"핫핫핫, 인사는 가면서 천천히 하기로 하지."

그는 호탕하게 웃으며 그의 등을 살며시 밀어 밖으로 이끌었다.

"자, 모두 서둘자고."

그는 주위에서 바삐 움직이는 사람들을 둘러보며 크게 소리 질렀다. 대략 칠팔십여 명은 되어 보였는데 모두 낙타와 당나귀, 말 등에 짐을 꾸려놓고 있었다.

그는 손수 말 한 필을 끌고 와서는 무영에게 고삐를 건네주었다.

"자네가 탈 말이네. 우리는 여행 중에 항상 여분의 말을 끌고 다니지. 도중에 말이 병들거나 죽는 수도 있고 가끔 목적지에서 예상보다 짐이 많을 수도 있기에 그런 경우 말이 충분하지 않으면 참 난감하거든. 그래서 손이 좀 가더라도 몇 필 더 끌고 다닌다네."

그는 묻지도 않은 말을 술술 해댔다. 나이 차이가 제법 났는지라 그는 말을 낮추었다.

일행이 모두 출발 준비가 되자 그는 신호를 했다.

정찰하는 임무를 맡았는지 행렬의 선두로 두 명이 멀리 앞서 나가는 것이 보였다.

두 사람은 말 머리를 나란히 하고 일행의 선두에 서서 길을 떠났다.

"나는 섬서 상방(陝西商幇)에 소속되어 있는 행두(行頭) 막청이라 하네. 고향은 기현이고 보다시피 상인이지. 이번에 천산 쪽에서 말을 오백 필 정도 구입하려고 왔는데 가격이 영 맞지 않아 대신 곤륜산으로 가서 옥을 사려고 하네. 그 덕분에 사막을 돌아 나오다가 쓰러져 있는 자네를 만난 거지. 우리도 곤륜에서의 일을 마치면 바로 중원으로 들어가려고 하니 함께 가도 좋네. 이곳에서 혼자 간다는 것은 자살 행위라네."

옥출곤강(玉出崑崗), 천자문에도 나오듯이 곤륜산 일대 백옥하와 흑옥하 인근에서 나는 옥은 그 품질과 아름다운 색깔로 인해 중원에서는 최고로 쳤다. 가격에 비해 부피가 크지 않고 이문이 좋아 큰 상인들이 취급하기에 적절한 물품이기도 했다.

'행두? 기회다.'

그가 상방의 행두라는 말을 들으니 그전까지 고생했던 기억은 어디를 갔는지 무슨 일이든 다시 시작할 수 있을 것 같았다.

"동행을 허락해 주셔서 감사합니다. 저는 대명 대장군 장무영이라 합니다. 석 달 전에 거용관 싸움에서 달단의 포로가 되어 이곳까지 끌려왔다가 달아나 사막에서 길을 잃고 쓰러졌지요. 대인이 아니었다면 죽었을 겁니다. 정말 감사드립니다."

무영의 말에 막청의 눈이 크게 떠졌다.

"장무영? 대장군이었던 장무영?"

"예, 그렇습니다."

"아니, 장무영 대장군이시오? 듣자 하니 거용관에서 전사하여 호국대장군에 봉해졌다는 말은 들었소만. 허, 여기서 살아 있는 장무영 장군을 만날 줄이야……. 어제 이름을 밝혔을 때만 해도 상상도 하지 못했건만……."

그는 금방 말투까지 바꾸어가며 놀라 했다.

"예? 제가 죽은 것으로 소문이 났다고요?"

무영의 안색이 창백해졌다.

호국대장군 따위의 직함에는 관심도 없었다. 짧은 순간 무영의 눈에 대학사와 주설하의 얼굴이 스쳐 갔다. 자신이 이미 죽은 것으로 알려졌다면 그분들은 크게 상심하고 있을 게 분명했다.

"분명히 내가 두 달 전 서안을 떠나올 때 그렇게 들었소. 그나저나 그 유명한 장무영 장군을 이곳에서 뵙게 되다니……. 허, 더구나 내가 목숨까지 구했다니 도저히 믿어지지가 않소이다."

머리가 복잡해졌다. 도주 중에 헤어진 학예춘이나 상관우, 축계명 등의 감관들은 어떻게 되었을까? 그는 어서 집으로 돌아가 부모님들을 뵙고 싶은 마음이 간절해졌다.

그의 얼굴 표정을 본 막청도 더 이상 말을 걸지 않았다. 속으로 그저 그동안 고생이 심해서 저러는구나 할 뿐이었다.

초가을인데 벌써 서늘한 바람이 불어오고 있었다.

북경에서라면 한참 더위에 시달릴 계절이었다.

바람에 무너져 내리는 황무지의 민둥산들이 여기저기 눈에 띄었고 그 산들에는 모래가 반쯤 차 올라 있었다. 그 산들에도 악착 같은 생명력을 자랑하는 키 작은 잡목만이 몇 그루씩 흩어져 있었다. 끊임없이 불어대는 모래먼지가 섞인 강한 바람에 얼마 남지 않은 말라가는 나뭇잎들도 힘겹게 버티고 있는 것처럼 보였다.

"모두 섬서 상방의 사람들입니까?"

무영이 뒤따르는 사람들을 둘러보고 물었다.

"우린 상방 사람들이 대부분이고 나머지는 여러 명씩 무리를 지어 다니는 변경 소상인들이라오. 따로 다니면 도적들의 표적이 되기 십상이라 길을 떠나기 전에 뭉치는 것이 현명하지요. 서로 정보도 교환할 수 있고 안전을 생각해서도 훨씬 낫습니다. 우리도 보표(保鏢)를 고용하기는 하지만 경비 문제도 있고 해서 많이 쓸 수도 없으니 가급적 여러 일행들과 함께 가려고 하지요. 지금 이 상단에도 우리가 고용한 보표가 십여 명이 넘게 있습니다."

막청의 말에 그가 일행을 유심히 보니 과연 칼을 찬 무인들도 여럿 눈에 띄었다. 무영은 막청의 말에 관심이 일었다.

자신이 이곳 중원에서 목표로 삼은 것은 중원 최고의 거부가 되는 것이 아닌가? 그는 이번 기회에 중원 상계(商界)에 대해 가급적 많은 것을 알고 싶었다. 게다가 막청이 행두라고 하니 여러 가지 아는 것도 많을 것이다. 어차피 가는 곳은 하루 이틀에 도달할 거리가 아니었다.

“도적들이 자주 설치나 보죠?”

“우리야 제법 중간 크기는 되는 상단이라 자주 겪는 일은 아니지만 숫자가 적은 상단은 강도들의 표적이 될 우려가 많지요. 인근 오지의 부락민들이 도적으로 변하기도 하니까요.”

무영이 고개를 끄덕이자 그는 말을 이었다.

“특히 사막 주변에는 변경의 여러 나라들이나 명의 관병들의 손길이 전혀 미치지 못하는 곳이라 수백 명이 넘는 대규모 비적 떼가 설칩니다. 그런 도적들을 만나면 목숨을 부지할 길도 없지요. 놈들은 사내들은 죽이거나 노예로 팔아버리고 여자들은 팔거나 마누라로 삼는다고 하더군요.”

“그놈들에게는 돈이나 값나가는 물건을 많이 운송하는 상단이 중요한 표적이 되겠군요.”

“허허허, 그렇습니다. 대막에 있는 대표적인 비적이 바로 혈랑단(血狼團)인데 두목이 중원인이라고 합디다. 이곳을 지나는 상단치고 혈랑단이라면 모르는 사람이 없지요.”

“저도 나중에 이곳에서 장사를 한다면 놈들을 조심해야겠군요.”

무영이 웃으며 말하자 막청이 이상하다는 듯 물었다.

“장군은 장자맹 대학사의 자제 분이라고 들었는데…….”

“저는 학문이나 관직에는 관심이 없습니다. 밤낮 곰팡이 냄새 나는 책장만 넘겨야 하는 책상물림도 싫고요. 특히 늘상 사람이나 죽여야 하는 것이 직업인 군대는 더 더욱 싫습니다. 이번에 중원으로 돌아가면 장사를 하고 싶습니다. 물론 부모님이야 반대하시겠지만…….”

솔직하게 그의 의중을 털어놓았다.

상인이 되고 싶다는 말에 막청이 그를 보는 눈길이 바뀌었다.

사농공상(士農工商).

상인은 말석이었다.

돈을 만지는 상인은 일반적으로 인식이 그리 좋지 않았다. 그런데 무영이 거리낌없이 상인이 되겠다고 하니 신기하게 느껴지는 것이 사실이었다. 더구나 그의 부친은 당금 중원최고의 유학자로 인정받고 있는 장자맹 대학사가 아닌가? 도무지 어울리지 않는 일이었다.

그러나 눈앞의 젊은이는 당당하게 말하고 있었다.

'대학사님이 청렴하게 사신다는 얘기는 들었지만 아들이 돈을 벌겠다고 나설 정도로 그렇게 궁했나?'

별 생각이 다 들었다.

물론 유생(儒生)이나 관직에 적을 두고 있는 사람들 중 돈을 벌겠다고 상인으로 나서는 사람도 적지 않았다.

하지만…

"상인이 가는 길은 그리 호락호락한 길이 아닙니다. 공부가 싫어서 한다거나 그냥 현재의 일이 마음에 들지 않아서 할 수 있는 일이 아니라는 뜻이지요."

그는 무영을 보며 타이르듯 점잖게 말했다.

한편으로 생각해 보니 아직 나이가 어리고 세상 물정을 모르니 그리 말할 수도 있겠다 싶었다.

"일시적인 도피나 호기심으로 그러는 것이 아닙니다. 여러 달을 생각하고 내린 결정입니다. 아무에게도 말한 적이 없는 사실을 지금 이 자리에서 막 행두님께 말씀드리는 것은 제가 중원 상계에 대해 아무것도 모르니 이번 기회에 많은 지도를 해달라는 염치없는 부탁을 드리기 위해섭니다."

무영은 막청의 눈을 똑바로 보며 말했다. 이럴 때는 눈에 힘을 바짝 줘야 했다. 그 눈이 허공에서 막청의 눈빛과 마주쳤다.

막청은 오십 가까이 인생을 살면서 산전수전 다 겪은 몸이었다. 특히 행두 노릇을 하자면 밑에 놓고 부리는 사람들의 마음을 어느 정도 꿰뚫을 능력이 있어야 했다.

사람을 보는 눈.

'음!'

두 눈이 마주치는 순간 그는 자신이 지금 본 것을 믿었다.

"같이 지내는 동안이라도 상도(商道)를 가르쳐 주시면 고맙겠습니다. 그리고 말씀을 낮춰주십시오."

무영은 최대한 예의를 차려가며 말했다.

상인의 길.

쉽지는 않겠지.

누구나 부자가 되어 많은 것을 가지길 원한다.

돈은 권력을 살 수 있고 권력은 돈을 살 수 있다. 하지만 권력은 배경이 있어야 한다. 돈을 부릴 권력을 쥐게 되는 것보다는 더 쉽게 될 수 있다고 느껴지는 것이 부자가 되는 길이다. 그것은 반대로 많은 경쟁을 뚫어야 한다는 것을 말했다.

"허허허, 상도라니, 당치도 않지. 내가 대학사의 자제 분을 가르칠 수야 있나. 가는 길에 심심할 테니 그저 내 인생의 경험담이나 말해 줌세."

어느새 그의 말투가 바뀌어 있었다.

'됐다.'

막청의 마음을 움직였다.

"감사합니다. 목숨까지 살려주셨는데 너무 염치없는 부탁을 드리는 것이 아닌지 모르겠습니다."

허락을 뜻하는 그의 말에 무영의 얼굴에도 웃음기가 피어났다.

막청이 은근한 미소로 답했다.

날이 저물었으나 행군은 쉬지 않았다. 거의 자정이 되어서야 막청은 노숙 준비를 지시했다.

"사막 근처에서는 다 이렇게 한다네. 낮에는 더위 때문에 행군이 힘들고 깊은 밤에는 춥고 길을 잃을 우려도 있으니 이쯤에서 자고 새벽에 떠나는 것이 좋지."

멀리 전초(前哨) 역할을 하며 앞서 나갔던 두 사람이 돌아왔다. 모두 무장을 하고 있었는데 한 사람의 말안장 앞에 원숭이 한 마리가 타고 있는 것이 아닌가? 마음속으로 먼 길에 벗 삼아 데려가는가 생각했는데 그게 아니었다.

"껄껄껄, 신기한가? 피마온(避馬瘟)이라고 부르는 원숭일세. 말과 함께 먼 길을 떠나다 보면 제일 걱정되는 것이 말이 병에 걸리는 것일세. 한 놈이 질병에 걸리면 금세 다른 놈에게 전염될 가능성도 높고, 그렇게 되면 운송에 차질이 생기는 것은 물론 객지에서 비싼 말을 속절없이 잃는 수가 왕왕 있다네. 그런데 말 못하는 짐승이 아픈 곳을 말할 수가 없어 주인도 속앓이만 하는 경우가 많은데 그럴 때 저놈이 마의(馬醫) 구실을 하지."

막청은 그가 말 등에 올라탄 원숭이를 보고 신기해하자 친절하게 설명해 주었다. 마의라면 말의 수의사가 아닌가? 아무리 원숭이가 똑똑하다지만 말의 수의사 노릇까지 한다고 하니 참 희한한 원숭이도 다 있다 싶었다.

그런 그의 표정을 보고 막청이 말을 이었다.

"저 녀석은 후각이 아주 예민해서 말이 병에 걸린 것을 용케 알아낸다네. 사람 같으면 말의 병이 좀 심해져야 알 수 있는데 가벼운 감기나 체기가 있는 증상도 금방 알아내 주인에게 알리지. 게다가 객지에서 말에게 먹이는 건초 따위가 상하지 않았는지, 혹은 전염병이 있는 다른 동물이 먹던 것이 아닌지도 즉시 발견해 내지."

약장수와 함께하거나 서커스단에서 재롱만 피울 줄 아는 동물이 원숭이인 줄 알았는데 그런 일까지 한다니 그저 놀랍기만 했다. 게다가 막청의 이어지는 설명을 듣자니 지금 원숭이를 앞세우고 정찰을 나간 이유는 인근에 수상한 사람들이 있으면 즉시 경고를 하기 때문이라고 했다. 일종의 파수꾼 역할까지 하는 셈이었다.

"우리 상단에서 지금 가장 중요한 일을 하는 녀석이 바로 저놈이지. 그래서 모두 그 녀석을 끔찍이 위한다네. 잠자리며 먹을 것 등은 언제나 최상이지. 하하하. 우리 일행 중에 제일 편안한 자리에서 자고 식사도 가장 고급으로 먹는 귀하신 몸이네."

막청의 말을 듣고 보니 상팔자 원숭이였다.

일행들은 모두 두 명이 한 조가 되어 야전 천막을 설치했다.

상인들은 가지고 다니는 지팡이를 천막의 지주대로 썼다. 그 지팡이는 평소 짐을 지고 갈 때 몸의 균형을 잡거나 웬만한 산짐승을 쫓는 데 쓰는 것이었다.

"내 천막에서 함께 지내도록 하게."

막청이 권했다.

"감사합니다."

무영이 미소를 띠며 인사했다. 그는 뿐만 아니라 여행 중 불편한 것이 없나 수시로 신경을 써주었다.

저녁 식사가 끝난 후에 막청은 무영에게 중원 상권의 판도에 대해 얘기했다.

"중원의 상권은 크게 네 개의 축에 의해 돌아간다고 볼 수 있네. 가장 큰 상방은 동북의 산서 상방(山西商幫)이고, 그 다음이 안휘, 절강의 휘주 상방(徽州商幫), 그리고 서북의 우리 섬서 상방과 동남의 광동 상방(廣東商幫)이 중심이지. 물론 그 밖에 산동 상방이나 동정 상방, 영파 상방 등 크고 작은 상방이 십여 개 이상 되지만 그 중심 축은 역시 지금 얘기한 사대 상방이라 할 수 있네."

막청의 말을 듣는 무영은 귀를 바짝 세우고 긴장했다.

책으로는 알 수 없는, 그야말로 돈 주고도 살 수 없는 귀중한 실전적 정보였다.

"물론 상방이 나눠져 있다고 해서 그 지역에 가 장사를 할 수 없는 것은 아니지만 장사라는 것이 아무래도 관부나 무림, 그리고 그 지역 소상인끼리 이리저리 끈으로 이어져 있다 보니 다른 상방의 지역에 들어가서는 돈을 벌기가 쉽지 않지. 가끔 상권 분쟁이 일어나기도 하지만 상방마다 품목에 특색이 있어 크게 부딪치는 일은 없다네."

막청은 중원의 상권 판도에 대해 여러 가지 도움될 만한 얘기들을 해주었다. 그의 설명은 돈을 버는 것을 목표로 하면서도 막상 그 방향에 있어서는 애매하게 느껴졌던 그를 마치 눈앞에 안개를 걷어준 것처럼 밝게 해주었다.

"한데 요즘은 갈수록 험악해지고 있는 느낌이네. 도대체 세상이 어찌 돌아가려는지… 휴~"

갑자기 막청이 수심에 가득한 얼굴로 한숨을 쉬었다.

　무영이 의아해하는 기색으로 그의 얼굴을 보자 그는 얼굴을 풀더니
말했다.
　"허허허, 자네는 복잡한 생각 하지 말고 일이나 열심히 배우게. 결국
은 이치대로 돌아갈 테지."
　그러나 마음이 복잡한 듯 막청은 입을 다물었다.

제3장

혈랑단(血狼團)의 기습

무영이 막청 일행과 여행을 같이한 지도 벌써 열흘이 넘어서고 있었다. 그동안 막청에게 중원 상계(商界)에 관해서 들은 이야기며 장사 수완이나 돈 버는 방법 등에 관한 것들을 모두 머리 속에 담아두려고 애썼다.

"조금만 더 가면 돌산이 나오니 오늘은 거기서 머물기로 하고 힘들 내자."

모두 지친 기색이라 막청이 나서서 격려차 한마디 하는데 갑자기 급박한 말발굽 소리와 함께 전초를 보던 두 명의 사내 중 피마온을 데리고 있던 자가 말에 채찍질을 해가며 달려오고 있었다.

막청의 안색이 변했다.

저토록 서둘러 돌아온다면 무슨 일이 생긴 것이 틀림없었다. 지친 기색이던 본대 사람들의 얼굴에 긴장이 감돌았다. 그들 모두 최소한

몇 번 이상은 원행을 떠난 경험이 있는 사람들인지라 직감적으로 일이
생긴 것을 알 수 있었다.

"무슨 일이시오?"

미처 도착하기도 전에 막청이 큰 소리로 물었다.

원랑(猿郎)이라 불리는 피마온을 데리고 있는 사람은 섬서 상단 소
속이 아니라 십여 명의 마바리꾼과 함께 섬서 상단의 원행에 합류한
낙양 마방의 유승이란 중년인이었다.

마바리꾼은 말 등에 짐을 싣고 가 적당한 곳에서 풀고 장사를 하거
나 먼 길을 싣고 가야 하는 짐을 날라주는 것을 업으로 하는 사람들이
었다. 유승은 마바리꾼의 우두머리인데 그들 중에서도 유일하게 원랑
의 말을 이해할 수 있기 때문에 행렬의 전초로 나가 있었다.

"행두어른, 아무래도 원랑의 신호가 심상치 않습니다. 계속 꽥꽥거
리며 우는 것이 인근에 대규모 도적 떼가 있는 것 같습니다. 전에도 한
번 그렇게 시끄럽게 운 적이 있었는데 그때도 수십 명의 강도들이 나
타났었습니다. 지금 같이 간 보표가 전방을 살피고 있으니 자세한 것
은 그 사람이 돌아오면 물어보십시오."

유승은 숨도 쉬지 않고 말했다. 그도 원랑의 말을 다 알아듣는 것이
아니라 다만 그 신호를 대충 이해하는 것뿐이었다.

꽥꽥.

말을 탄 유승의 앞에 앉은 원랑은 마치 자기 주인의 말을 알아듣고
는 맞다고 하는 것처럼 떠들어댔다.

"이상한데? 여기는 하미국(哈密國)이 멀지 않은 곳이라 도적들이 나
타날 만한 장소가 아닌데……."

막청은 얼굴을 찌푸리며 잠시 생각에 잠겼다.

그동안 유승의 피마온이 보내준 신호의 덕을 본 것이 여러 번 있었는지라 가볍게 생각할 일은 아니었다. 자세한 것은 호위무사로 고용한 보표가 돌아와 봐야겠지만 일단 준비할 필요가 있었다.

"모두 무기를 꺼내고 방진을 만들도록 하시오."

이런 사막 주변의 도적들은 대개 말을 타고 다녔으므로 순식간에 나타나 눈 깜짝할 사이에 포위, 공격해 왔다. 주변에 엄폐물이 없는 관계로 말과 짐으로 만드는 임시 방어진만이 최선이었다.

사람들은 익숙하게 움직였다.

같이 다닌 것이 한두 번이 아닌지라 금방 둥글게 원을 짜고 말은 중앙에 기둥을 박아 고삐를 묶은 후 짐을 실은 낙타를 앞쪽에 앉혔다. 그렇게 하면 낙타는 훌륭한 엄폐물 역할을 하기 때문이었는데 싸움이 벌어지면 짐이나 낙타가 가장 먼저 손실될 확률이 높지만 무엇보다 사람 목숨이 먼저였다. 무기를 꺼내 든 사람들은 모두 낙타 뒤에 바짝 붙었다.

상방에서 고용한 보표들도 밥값을 하려는지 신속하게 일행의 전면으로 나서며 전투 준비를 마쳤다.

멀리서 먼지가 일었다. 유승과 함께 전초를 보던 보표였다. 그는 전속력으로 말을 몰아 달려왔다.

"혈랑단입니다. 주력은 아닌 것 같은데 그래도 오십 명은 족히 되어 보입니다."

그 보표는 이마에 땀을 훔칠 생각도 못하고 말에서 뛰어내려 숨 가쁘게 말했다.

"혈랑단!"

말소리가 떨렸다.

막청은 물론 모든 사람들이 놀람을 금치 못했을 뿐만 아니라 순식간에 안색이 파랗게 변했다. 그 노련한 막청도 혈랑단이라는 말에는 질리지 않을 수 없었다.

혈랑단.

사막의 붉은 이리! 대막의 사신(死神)!

떼를 지어 붉은 피풍의를 걸치고 다니는 그들은 스스로를 혈랑(血狼)이라 불렀다.

대막을 지나는 대상들에게 혈랑단과 조우하는 것보다 더 끔찍한 일은 없었다.

"음, 이번 행로는 이상하게 꿈자리가 좋지 않더니……."

막청은 조용히 혼잣말을 했다.

원래 길을 떠나기 전에 좋지 않은 꿈을 꾸면 원행을 포기하고 다른 사람이 가는 것이 관행이었다. 하지만 마땅히 대신 갈 행두가 없어 하는 수 없이 자신이 나선 길이었다.

십수 년의 원행을 하며 매년 이 길을 다녔어도 혈랑단과 마주친 적이 없다는 것에 감사하던 그였다. 더구나 이곳은 하미왕국에서 수시로 순찰을 도는 지역으로 혈랑단이 나타날 곳이 아니었다.

중원이나 서역으로 오가는 상품에 세금을 받아 주요 수입으로 하는 이곳 사막 주변의 여러 작은 나라들은 상인들의 왕래가 없으면 철저히 고립되기 때문에 항상 국경 주변의 강도 떼들을 감시하여 상인들의 안전한 통행길을 확보하는 데 주력하고 있기 때문이었다.

일행 모두 술렁거렸다.

물론 원행을 떠나는 상인들은 웬만한 기본적인 무공은 할 줄 아는 자 중에서 선발했지만 혈랑단은 보표 십여 명이나 상인들이 감히 대적할 상대가 아니었다. 하지만 싸움 외엔 선택의 여지가 없었다.

'대막의 붉은 이리.'

혈랑단은 일단 습격한 상대는 아무도 살려두지 않는 잔혹함으로 그 악명을 더했다.

모두 죽음을 각오한 표정이었다.

"모두 들으시오. 다행히 상대도 혈랑단의 주력이 아니라 오십여 명밖에 되지 않는다고 하니 최선을 다한다면 한번 해볼 만합니다. 게다가 여기 계신 젊은이는 거용관 전투에서 오천 명으로 십만 달단병을 몰아낸 그 유명한 장무영 장군이 아니오? 모두 죽기를 각오한다면 반드시 살길이 열리리라 믿소이다."

보탬이 되면 얼마나 되겠는가만은 막청은 은근히 무영을 치켜세우며 상단 전체의 용기를 북돋웠다.

일행의 구성은 섬서 상단 소속 상인이 사십여 명에 상단에서 고용한 보표 십여 명, 마바리꾼 십여 명, 그리고 나머지 개인 행상들이 십여 명 정도로 모두 칠십여 명이었다. 모두들 침중한 표정으로 자신들의 무기를 점검하며 어쩌면 마지막이 될지도 모르는 싸움에 대비했다.

"그런데 혈랑단이 우리 쪽을 발견한 것은 아니지 않습니까?"

무영이 의아해하며 물었다.

이쪽에서 먼저 적을 발견했으면 숨으면 될 것이라고 생각한 것이다. 게다가 이곳은 바람이 사방에서 계속 불어와 발자국도 금방 지워졌다.

"그렇지 않네. 사막이나 초원에서 생활하는 사람들은 눈이 좋아 십 리 밖에서도 볼 수 있고 사람이나 동물 냄새도 귀신같이 맡지. 이미 우리의 존재를 알아챘을 가능성이 높네. 다만 아직 확실한 방향을 못 잡아 우리의 흔적을 쫓아 서서히 움직이고 있을 가능성이 크네."

막청은 굳은 얼굴로 마치 단정을 내리듯 말했다.

무영은 속으로 혀를 내둘렀지만 언젠가 몽고 사람들은 시력이 5.0은 되다는 말을 들은 기억이 났다.

"남는 무기가 있다면 제게도 주십시오. 창이나 장검이면 좋겠습니다."

무영이 막청에게 무기를 부탁했다.

그는 자신있었다. 몇 만의 달단병들과도 맞서 싸운 경험이 있는 그였다. 비록 전쟁은 아니지만 어차피 목숨을 내놓고 하는 싸움인 것은 마찬가지였다.

"이거면 되겠나?"

막청은 자신의 말안장 옆에 매어놓았던 장검을 풀어 주었다. 별로 특이할 것이 없는, 일반 대장간에서 쉽게 구할 수 있는 장검이었다.

그는 보표 하나를 다시 전방으로 내보내 적이 다가오는지 살피도록 했다.

"병법을 제대로 알 만한 사람은 자네뿐이니 자네가 우리 일행을 지휘해 주었으면 하네."

막청은 그의 대답은 듣지도 않고 일행을 향해 소리쳤다.

"지금부터 싸움의 지휘는 장무영 대장군이 맡을 것이니 모두 잘 따라주시기 바라오."

"어?"

막청은 갑자기 무영에게 지휘권을 양도했다. 마치 사전에 언질이라도 오간 듯한 자연스러운 말투였다.

'웬 바가지.'

무영은 깜짝 놀라 만류하려 했지만 지금 몸을 사린다면 사기를 떨어뜨릴 우려가 있다는 생각이 들었다. 그는 잠시 망설였으나 이내 결연한 표정으로 앞으로 나섰다.

“지금부터 싸움이 끝날 때까지는 제가 지휘를 맡을 것이니 모두 제 말을 절대적으로 따라주십시오.”

모두들 고개를 끄덕이거나 가볍게 포권하며 동의를 표했다.

무영은 사람들 사이를 바쁘게 오가며 전투 준비를 점검했다.

말을 타고 달려드는 적을 사전에 충분히 제압하는 데에는 활만큼 효과적인 것이 없었다. 하지만 칠십여 명이나 되는 일행 중에서 활을 가지고 있는 사람은 단 한 사람뿐이었다. 사실 상인들이 군대에서나 쓰는 전문적인 살상 병기인 활을 가지고 있을 턱이 없었다. 그것마저도 신호용으로 쓰기 위한 것이었다.

마땅한 무기도 없어 도무지 싸울 엄두가 나지 않았다.

‘음, 이것참.’

문득 돌산 주변에 주먹만한 돌덩이들이 여기저기 굴러다는 것이 눈에 띄었다.

‘저거다.’

그는 주변에서 주먹만한 돌덩이를 많이 주워 모으라고 지시했다.

“가까이 오기 전에 이걸 던져서 조금이라도 타격을 주면 좋을 겁니다. 사람을 맞출 필요까지는 없고 말만 맞추어 놀라게 해도 충분히 효과가 있을 겁니다.”

‘목숨을 걸고 싸우는 판에 웬 짱돌.’

모두들 시큰둥한 표정이었지만 그래도 지휘권을 가진 무영의 말이라 마지못해 주변을 돌아다니며 몇 개씩 돌덩이를 주워 자기 옆자리에 갖다 두었다.

“다가올 때까지 두세 개는 날릴 수 있을 겁니다. 생각해 보세요. 두세 개씩이면 모두 이백 개 정도는 날릴 수 있다는 말입니다. 이런 돌에 맞으면 성치 못할 겁니다.”

사람들은 무영의 말을 듣고 보니 그럴듯했는지 돌덩이를 몇 개씩 더 모아두었다.

그때 척후로 나갔던 보표가 황급히 돌아오고 있었다.

“놈들이 방향을 잡은 것 같습니다.”

척후의 말을 듣는 순간 가슴이 더 무거워졌다.

마지막 순간까지 은근히 혈랑단이 이쪽 상단을 발견 못하고 비켜가기를 바랐었다.

“가급적 놈들이 대열 안으로 들어오지 못하도록 최선을 다해주십시오.”

말을 탄 놈들이 원진 안으로 들어와 이리저리 휘젓고 다니면 수비진이 금방 무너져 버릴 우려가 있었다. 그 점이 가장 걱정스러웠다.

잠시 후 멀리서 말이 일으키는 먼지가 보이더니 이내 수십 기의 기마가 달려오는 것이 보였다. 붉은 옷에 붉은 두건을 하고 황혼의 햇살을 등지고 달려오는 그 모습은 차라리 장엄하게까지 보였다.

“와아~”

이내 가까운 거리까지 다가온 그들은 이쪽 수가 얼마 되지 않는 것을 보자 마치 먹이를 잡아채려는 독수리가 찍어오듯 빠르게 말을 몰아 달려들었다.

싸움을 준비하기는 했으나 막상 그 흉맹한 기세에 부딪치자 모두들 잔뜩 겁을 집어먹은 모습이었다.

“당황하지 말고 돌을 먼저 던지시오! 던지시오!!”

무영이 먼저 돌을 들어 한 놈을 향해 던지며 크게 외쳤다.

“으악!”

아무 생각 없이 칼을 휘두르며 달려오던 혈랑 하나가 짱돌에 머리를 직통으로 맞아 그대로 말에서 굴러 떨어졌다. 마치 숙련된 조교의 완벽한 시범 격이 되었는지 혈랑단의 기세에 얼이 빠진 듯했던 사람들이 그의 말에 퍼뜩 정신을 차리고는 준비한 돌을 던지기 시작했다.

"으악!"

"악!"

행상으로 단련된 사내들 칠십여 명이 동시에 주먹만한 돌을 던져 대니 앞서 달려오던 몇 명의 적들이 돌에 맞아 말에서 떨어지거나 말과 함께 고꾸라졌다.

뒤를 따라 달려오던 자들이 예상치 못한 아이들 장난 같은 돌팔매질에 동료들이 거꾸러지자 잠깐 멈칫거리는 것이 보였다. 놈들이 다가올 때까지 한 사람이 두세 개씩의 돌을 던질 시간이 있었으니 몇백 개의 주먹만한 돌덩이가 날아간 셈이었고 순식간에 앞서 달려오던 혈랑 십여 명가량이 타격을 받았다.

그러나 멈칫거리는 것도 잠시, 놈들은 돌 세례를 무릅쓰고 달려들었다. 가까이 다가가 돌팔매질만 벗어나면 상대는 상인들이니 충분히 제압할 수 있다고 믿은 까닭이었다.

놈들의 계산은 틀리지 않았다. 희생을 무릅쓰고 달려든 혈랑들과 상인들 사이에 혼전이 벌어졌다.

상단에서 고용한 보표들이 몸값을 하려는 듯 최선을 다해 상단의 앞을 막아서고 있었으나 중과부적이었고, 이미 곳곳에서 낙타나 짐을 쌓아 막고 있던 방어선을 훌쩍 뛰어넘은 혈랑들은 안으로 뛰어들어 주변을 아수라장으로 만들며 피를 뿌리고 있었다.

순식간에 십여 명 이상의 상인들이 피를 뿌리며 쓰러졌다.

막청에게도 말을 탄 혈랑단원 한 명이 달려들었다.

막청이 비록 상단의 행두라고는 하나 그것은 그의 상업적 재능과 수완의 결과일 뿐 무공이 높아서 행두가 된 것은 아니었다. 그는 두세 수의 칼질도 버티지 못하고 오른쪽 어깨를 베이고는 무기를 놓쳤다. 다음 순간 놈의 칼이 허공으로 솟아오르다가 막청의 허리를 갈라왔다.

'끝이다!'

막청은 눈을 질끈 감았다.

"으악!"

칼이 바람을 가르는 소리가 나는가 싶더니 비명이 허공을 갈랐다.

몸에 아무런 이상을 감지하지 못한 막청이 눈을 떴다.

단말마의 임자는 자신이 아니라 그를 베어오던 혈랑이었다.

"가급적 제 주위를 벗어나지 마십시오."

무영이었다.

그는 마침 위기에 빠진 그를 발견하고는 곧장 몸을 날려 막청의 허리를 베어가던 혈랑의 팔을 어깨부터 잘라냈다. 그 혈랑은 말 위에서 몸을 젖히며 그대로 뒤로 자빠졌고 잘려진 팔이 땅 위에서 피를 뿌려대며 퍼덕였다.

"정말 고맙네."

그러나 무영은 그의 인사를 받을 시간도 없었다. 또 다른 혈랑 하나가 동료의 죽음을 목격하고는 그에게 달려든 것이다.

무영은 칼에 내력을 실었다. 아직 만족할 수준은 아니었지만 변방의 비적(匪賊) 몇 놈도 죽이지 못할 정도는 아니었다.

팍!

무영의 칼이 그를 베어오던 혈랑의 칼을 동강 내며 파고들어 몸뚱이

까지 갈라 버렸다. 상대는 썩은 짚단처럼 말에서 무너져 내렸다. 다시
두 명의 혈랑이 달려들었지만 그의 칼을 막지는 못했다.

"으악!"

그의 신들린 칼질에 넋을 놓고 있던 막청이 등 뒤에서 달려든 혈랑
의 칼을 맞고 쓰러졌다.

막청의 몸에 재차 칼질을 하려던 말 위의 혈랑을 향해 무영이 칼을
던졌다.

"컥!"

등짝까지 칼에 꿰뚫린 자신의 모습을 믿을 수 없다는 듯이 바라보던
혈랑이 칼을 떨어뜨리며 말 위에서 쓰러졌다.

무영은 급히 막청에게 달려갔다.

"행두어른, 괜찮으십니까?"

상처에서 흐르는 피로 인해 막청의 안색이 급격히 빛을 잃어가고 있
었다. 하지만 그는 행두답게 상단의 안위부터 챙겼다.

"자, 자네가 상인들을 보호… 부탁하네."

막청의 눈이 초점을 잃어가고 있었다.

무영의 눈에 살기가 돌았다.

그는 죽은 혈랑이 타고 왔던 말에 올랐다.

한 손에 고삐를 쥐고 다른 손에는 죽은 혈랑의 몸에서 빼낸 피가 뚝
뚝 흐르는 칼을 들었다.

그는 말을 몰아 수십 명이 엉켜 싸우고 있는 넓지 않은 방진 안으로
휘몰아쳐 들어갔다.

"으악!"

"억!"

무영은 닥치는 대로 붉은 옷을 입은 말 탄 놈들을 베어갔다.

이미 이성은 존재하지 않았다.

쓰러지는 혈랑들은 그에게 썩은 짚단보다도 못한 존재였다. 막아서는 칼이나 창은 여지없이 부서져 갔고 그때마다 혈랑들이 말에서 굴러 떨어졌다.

마신(魔神)!

그가 칼을 한 번씩 휘두를 때마다 혈랑들의 몸에서 튀는 피가 그의 얼굴과 옷을 적셨고, 선혈을 흠뻑 뒤집어 쓴 그의 모습은 혈마신(血魔神) 그 자체였다.

순식간에 십여 명 이상 되는 부하들의 목이 무영의 칼 아래 아침 이슬처럼 떨어지자 우두머리로 보이는 혈랑이 달려나왔다.

그러나 무영의 눈은 이미 피에 굶주린 악귀같이 물들어 있었다.

무영의 칼이 다시 한 번 허공을 가르며 번뜩였다. 한칼에 말과 사람이 갈라지듯 보였지만 우두머리답게 몸이 날랬다.

그는 말이 칼에 맞자 재빨리 몸을 날려 지면으로 내려서더니 무영을 향해 달려들었다. 그러나 상대를 잘못 골랐다. 무영의 무공은 이미 무림에서 고수라 불릴 수 있는 초입 단계에 와 있었다. 싸움판에서 익힌 재빠른 몸놀림이나 날랜 칼질로 당할 수 있는 수준이 아니었다.

단 두 수 만에 상대는 목에서 피를 뿌리며 옆으로 쓰러졌다. 근처에 있던 몇 명의 패거리들이 대장의 복수를 한답시고 달려들었으나 역시 순서대로 피를 뿌리며 쓰러졌다.

"두목을 죽였다! 놈들의 대장을 죽였다!"

주변에 있던 상인 하나가 소리쳤다.

상인 편의 사기를 올리고 비적들의 기를 꺾어 물러나게 해서 상인들의 피해를 최대한 줄이려는 의도였다.

예상대로 대장이 죽자 놈들은 우왕좌왕하며 말을 돌려 달아나기에
바빴다. 그러나 무영은 달아나는 혈랑들도 그냥 두지 않았다. 그는 말
을 타고 뒤를 쫓아 몇 놈의 몸을 더 갈라놓았다.

"장군, 그만두시게. 이제 싸움은 끝났네."

보다 못한 상인 하나가 말을 타고 달려와 계속 추격하려는 그를 세
우고서야 그는 이성을 되찾았다.

싸움판을 둘러보던 그의 눈동자가 멍하니 허공을 응시했다.

이상했다.

거용관에서도 싸움이 끝나면 자신의 검에 죽어간 적병들의 얼굴과
비명이 떠오르곤 했었다.

그러나 오늘은 달랐다.

마치 칼이 피를 부르고 있는 것 같았다.

상대가 피를 쏟으며 쓰러질 때마다 느꼈던 쾌감.

내가 살신 악귀인가?

볼이 축축했다. 눈물이었다.

'어머니⋯⋯.'

무영은 주설하를 떠올렸다.

"호호호, 네가 본격적으로 공부를 다시 시작하려고 하니 어미 마음이 기쁘
기 한량없구나."

한 수레 가득 책을 싣고 온 무영을 황당하다는 듯 보던 주설하가 겨
우 마음을 추스르고 한 말이었다.

“쿡쿡!”

얼굴을 타고 흐르는 눈물도 아랑곳 않고 공연히 웃음이 나왔다.

‘지금 갑자기 왜 그 생각이 나지?’

한동안 혼자 그렇게 있던 무영이 소매로 눈물을 훔치고는 말에서 내려 일행에게 걸어갔다.

너무나 끔찍한 칼질이었을까?

한동안 아무도 그에게 다가오지 않았다. 말은 하지 않았지만 모두 그를 두렵게 생각하는 빛이 역력했다.

싸움이 휩쓸고 지나간 자리는 그야말로 목불인견이었다. 곳곳에 주검이 널려 있었고 잘려진 팔다리가 피를 뿌리며 땅을 적셨다.

살아남은 일행은 시신들을 대충 모래를 파 묻었다.

방금까지 말을 나누던 동료들의 주검이라 충격이 컸는지 아무도 입을 여는 사람이 없었다.

주변이 온통 황량한 사막이나 돌산인 이곳에서 그 이상 해줄 수 있는 일은 없었다. 이쪽의 사상자도 적지 않아서 절반 이상이 죽고 이십여 명이 다쳤다. 하지만 혈랑단의 습격에 이 정도의 피해로 끝났으니 모두들 목숨을 새로 얻은 것이나 진배없다며 서로를 위로했다.

타고 달아날 말이 죽거나 다쳐 포로로 잡힌 놈들도 다섯이나 되었다. 대충 수습을 마치고 포로를 심문해 보니 습격했던 놈들은 주력 부대가 아니라고 했다. 혈랑단은 그 전체가 수백이나 된다는 것이다. 그들은 보통 수십 명씩 무리를 지어 대상을 습격하다가 큰 먹잇감을 만나면 소부대들이 모두 모여 공격하기도 한다고 했다.

“장군, 정말 무공이 상당하구먼. 몇천으로 십만을 몰아냈다고 하더니 과연 거용관 신화를 만들만 하구먼.”

유승이 긴장이 풀린 얼굴로 다가와 말했다.

"그건 소문이 좀 과장된 겁니다. 그보다 놈들의 주력이 언제 들이닥칠지 모르니 빨리 안전한 곳으로 이동해야겠습니다. 혹시 이 근처에 엄폐물이 될 만한 장소가 있습니까?"

얼굴이 뜨거워진 무영이 말을 돌려 유승에게 물었다.

"남서쪽으로 한두 시진만 가면 무너져 가는 성터가 나옵니다. 아무도 살지는 않지만 옛날에 흙으로 지은 건물들이 폐허처럼 남아 있으니 엄폐는 가능할 겁니다."

중년을 넘은 듯한 사내 하나가 나섰다.

머리가 이미 희끗희끗한 것이 환갑 전후로 보이는 나이였다.

무영이 알기로 그는 마바리꾼 중에서 말을 관리하는 역할을 맡고 있는 방극이라는 사람이었다. 그는 일행 중에서 가장 나이가 많았다. 나이 때문인지 다른 사람들도 그에게 함부로 대하는 것 같지는 않았다. 듣기로는 원래 그 정도의 나이가 되면 상단을 따라나서지 않는 것이 관례였지만 방극만큼 이 근방의 지리를 잘 아는 사람이 없기에 함께 길을 떠나온 것이라고 했다.

"제가 젊었을 때 이 근처만 몇 년 오가며 장사를 한 적이 있습니다. 분명합니다."

그의 말에 따라 유승이 다시 상단을 지휘해 그곳으로 이동했다.

곧 밤이니 바람이라도 피할 수 있는 곳에서 일단 하루를 묵어가기로 한 것이다. 부상자가 많아 일단 휴식이 꼭 필요한 상태였다.

날이 깜깜해져서야 성터에 도착했다.

일행은 부상자들을 돌보는 등 바쁘게 움직여 자정을 한참 넘어서야 겨우 잠자리에 들 수 있었다.

막청은 목숨이 위태로워 보였다.

싸움이 끝난 지 몇 시간이 지난 지금도 정신을 잃고 혼절해 있었다.

"행두님이 정신을 차리셨습니다. 장군님을 찾습니다."

중환자들을 모두 한곳에 모아 돌보고 있었는데 막청을 돌보던 상인 하나가 무영에게 다가와 말을 전했다.

무영은 아직도 충격에서 벗어나지 못해 일행과 떨어져 홀로 한구석에 누워 있었는데 그 말을 듣고는 깜짝 놀라 벌떡 일어나 황급히 막청에게로 갔다. 환자의 몸을 따뜻하게 해주려는 배려로 혈랑단에게 상단의 위치를 가르쳐 줄 수도 있는 위험을 무릅쓰고 모닥불까지 피워놓고 있었다.

"자네, 이걸 우리 집에 전해주겠나? 결혼한 지 수십 년이 지나도록 집에 오래 있어본 적이 없어 안사람에게 미안하구먼."

막청은 힘들게 품에서 꺼낸 옥으로 만든 나비 모양의 여자 노리개를 무영의 손에 올려놓았다.

중환자치고 의외로 말을 잘하고 있었다.

'회광반조(廻光反照)!'

회광반조는 죽기 직전의 환자가 잠시간 올바른 정신이 돌아오고 마치 살아날 것같이 보이는 현상이었다.

막청에게서 진한 죽음의 냄새가 풍겼다.

모닥불 탓에 그렇게 보이는 것일까?

막청의 양 볼에는 붉은 혈색이 감돌았고 두 눈에는 정기마저도 있는 듯 보였다.

무영이 가볍게 고개를 끄덕이고는 자신의 두 손으로 막청의 손을 부드럽게 감싸 쥐었다.

"서안(西安)일세. 거기서 아무나 잡고 내 집을 물어보면 가르쳐 줄 것이네."

막청의 동공이 급속히 풀렸다.

"내 자네에게 많이 가르쳐 주지 못했구먼. 북경에 가게 되면 섬서회관(陝西會館)으로 가서 행두 황영기(黃永驥)를 찾게. 내 친굴세. 자, 자네는 할 수 있을……. 황, 황가는 내 주, 죽마고우……."

그의 고개가 꺾였다.

평생을 고난한 상행(商行)에 몸을 맡겼던 막청이었다.

세상의 모든 번뇌를 죽는 순간에 잊었던 것일까?

마지막 그는 평온한 미소를 띠고 떠났다. 무심한 하늘에서는 여전히 별빛이 쏟아져 내렸다.

무영은 식어가는 막청의 손을 들에 가슴에 얹어주고는 자리에서 일어나 옆 사람이 건네주는 비단 천으로 그의 시신을 덮었다.

모두들 숙연한 표정으로 떠나는 사람의 마지막을 지켜보았다.

밤 동안 두 명씩 한 조가 되어 교대로 번을 서가며 포로를 감시하고 사방을 경계했다.

일행은 어둠이 채 가시기도 전에 막청을 비롯해 간밤에 죽은 몇 명의 시신을 급히 묻고는 길을 떠났다. 애초의 계획은 곧바로 곤륜산 쪽으로 가는 것이었으나 포로들을 심문한 결과 혈랑단의 주력은 지금 상단이 가는 방향인 서쪽에 있었다.

"일단 하미왕국으로 간 후에 옥문관(玉門關)을 들러 곤륜으로 내려가는 우회로를 택할 수밖에 없겠군. 차라리 자네에게는 오히려 잘된 일이지. 옥문관에서 가욕관(嘉峪關)까지의 거리는 날씨만 좋으면 하루 이틀이면 충분할 걸세."

막청을 대신해 임시로 상단을 이끌던 유승이었다.

그는 섬서 상단의 소속은 아니었으나 의외로 지난번 전투에서 자신이 이끌던 마바리꾼들이 단 한 명도 죽지 않고 살아남아 상단의 다수를 차지하고 있어 자연스레 그가 우두머리가 됐다.

"아닙니다. 사실 저는 이번 기회에 행두어른과 동행하면서 장사에 대해 많이 배우고 싶은 것이 솔직한 심정이었습니다. 막 행두어른을 만난 것은 제게 큰 행운이었습니다. 마가두(馬哥頭) 어른께도 많은 것을 배우고 싶군요."

마바리꾼들이 그를 마가두라 부르며 공대하던 것을 기억했기에 그렇게 부르며 말했다.

"그런가? 나도 막 행두어른의 일은 정말 안됐네. 어쨌든 고맙군. 혈랑단 놈들이 언제 추격해 올지 모르니 일단 하미로 가는 것이 급하네. 서두르세."

포로들은 모두 묶어서 일행이 머물던 자리에 그대로 살려두었다.

"운이 좋으면 동료들에게 구출되거나 들짐승의 밥이 되거나 둘 중에 하나니 꿈이나 잘 꿔라, 이놈들아."

유승은 굳은 얼굴로 놈들을 보며 한마디 남겼다.

이제는 상단이 가는 길 전방과 후미에 각각 사람을 내보냈고 상단이 이동하는 속도는 평소의 두 배를 웃도는 급박한 행군이었다.

하미로 가는 길도 쉽지 않았다.

대지를 달구는 듯한 이런 태양 아래서는 천천히 박자를 맞추듯 걸어가야 피로나 갈증이 덜한 법이지만 혈랑단의 추격이 걱정되었기 때문에 그럴 수도 없었다. 살아남은 이십여 명도 채 되지 않는 상인들이나 보표들 모두 상황을 알고 있기에 힘이 들어도 유승의 지휘에 따라 최선을 다해 낙타나 말을 몰고 있었다.

꽥꽥꽥.

갑자기 유승이 데리고 있던 원랑이 시끄럽게 소리를 질렀다.

녀석은 계속 소리를 지르며 당황해 말 등에서 펄떡거리며 이리저리 뛰어오르고 있었다. 유승은 어제저녁에 벌어진 싸움에서 어깨를 다쳐 정찰병으로 가지 않고 본대와 같이 움직이고 있었다.

피마온 원랑의 괴성에 사람들의 표정이 모두 굳어져 유승의 얼굴을 쳐다보았다. 그런데 그도 선뜻 뭐라고 말을 하지 못하고 계속 사방을 살피기만 했다.

"뭐라고 하는 겁니까?"

기다리다 못한 무영이 나서서 물었다.

"글쎄, 나도 뭐라고 꼭 집어서 말하기가……."

유승도 원랑의 말을 이해하지 못하는지 머뭇거렸다.

비라도 오려는지 바람이 점점 거세게 불고 있었고 하늘도 아까보다 많이 어두워진 것 같았다.

"흑선풍! 흑선풍이다!"

갑자기 방극이 나이도 잊고 얼굴이 파랗게 질려 소리를 질렀다.

"비가 오려는 것이 아니고 흑선풍이……."

하기는 이런 사막에서 비를 구경한다는 것은 일 년에 한두 번이나 있을까 말까 한 연례 행사였다. 다만 사막이라는 점을 잊고 습관적으로 그렇게 생각했을 뿐이었다.

방극의 말에 유승도 당황해하며 사방을 둘러보았다.

흑선풍(黑旋風), 또는 흑풍(黑風)이라 불리는 사막의 돌개바람은 태양열에 뜨겁게 달궈진 모래가 기류의 소용돌이에 휘말려 하늘로 솟구

치는 것을 말했다. 보통 그 높이가 이삼백 장에 달하고 햇빛을 차단하기 때문에 흑선풍이 몰아치면 주위는 순식간에 암흑으로 변했다. 돌풍에 휘말리면 웬만한 것들은 그냥 바람에 쓸려 올라가니 사막을 지나는 대상이나 여행객이 흑선풍을 만난다면 죽은 거나 진배없었다.

대상들은 흑선풍을 만나는 것을 사막에서 비적 떼를 만나는 것만큼이나 두려워했다.

"서쪽이오."

방극이 당황해하며 말했다. 지금 흑선풍이 불어오는 방향을 말하는 것 같았다.

"목숨은 하늘에 맡기고 모두 최대한 빠른 속도로 동쪽으로 달아나시오. 운이 좋다면 하미에서 다시 만납시다."

대자연의 심술에는 방법이 없었다. 모두들 앞 다투어 말이나 낙타 엉덩이에 채찍질을 가하며 허겁지겁 동쪽으로 내달렸다.

유승도 말이 채 끝나기도 전에 말을 앞으로 몰았고 다른 일행들도 이에 질세라 앞서거니 뒷서거니 하며 달리니 황무지는 일시에 이들이 일으키는 흙먼지로 가득했다.

그러나 하늘이 어두워오는 속도는 그들이 달려가는 속도보다 훨씬 빨랐다. 순식간에 사방이 컴컴해지면서 모래먼지가 하늘로 치솟았다. 모두 뒤돌아볼 겨를도 없이 정신없이 달리고 있는데 갑자기 뒤쪽에서 세찬 바람이 그들을 향해 몰아쳤다.

"으악!"

한순간 무영은 몸이 말과 함께 붕 뜨는 것을 느꼈고 다시 어딘가에 처박히는 큰 충격에 정신이 혼미해졌다.

제4장 하미왕국(哈密王國)의 아라 공주

다행히 완전히 혼절한 것은 아니었다.

한동안 따갑게 내려쪼이는 뜨거운 햇볕을 견디며 그렇게 있었다. 몸을 움직이려고 끊임없이 노력했지만 돌풍에 휘말릴 때 받은 충격이 워낙 거셌는지라 전신의 맥이 풀려 손가락 끝을 까닥거리는 것도 힘들었다.

꿈은 아니었다.

하늘은 언제 그랬냐는 듯이 말끔히 개어 뜨거운 열기만 뿜어대고 있었다.

"끙……."

얼마간을 그렇게 있던 무영은 다시 몸을 움직여 보았다. 이번에는 뜻대로 조금씩 움직일 수 있었다. 한참을 노력해서 겨우 몸을 추스르며 일어나 보니 다행스럽게도 몸은 다친 곳 하나 없이 말짱했지만 머리가 부서지도록 아팠다.

　일행을 찾아 사방을 둘러보니 멀리 모래언덕에 언뜻 눈에 띄는 것이 있었는데, 반쯤 모래에 잠긴 그것을 향해 비틀거리며 다가가 보니 마바리꾼이던 방극이었다. 그는 아직 정신을 차리지 못하고 있었다.

　무영은 방극을 흔들어 깨웠다. 방극은 나지막한 신음 소리를 내며 눈을 떴다.

　"우, 우리가 지금 살아 있는 게요?"

　방극은 비척대며 일어나 앉아 옷의 모래를 털어내며 물었다. 다리가 아픈지 고통스런 표정을 지으며 연신 다리를 주물러 댔다.

　"그런 것 같습니다. 저도 방금 깨어났습니다."

　"다행이구면. 내가 보기에 우리는 흑선풍의 중심 반경에서 조금 떨어져 있었던 것 같소. 아마 제대로 돌풍에 말렸다면 뼈도 추리기 어려웠을 게요."

　"다른 일행을 찾아보지요."

　무영은 사방을 둘러보며 말했다. 방극은 다리를 심하게 다친 것 같았다. 방극을 부축해 가며 모래산 꼭대기로 올라가 주변을 살펴보았지만 아무것도 눈에 띄는 것이 없었다.

　"우리뿐인 모양입니다. 그리고 제가 불편하니 말을 놓아주십시오."

　무영은 손자 나이밖에 되지 않는 자신에게 반쯤 존댓말을 하는 것이 불편했기에 덧붙여 말했다.

　"휴, 그나마 살아난 것이 다행이지. 괜히 흑선풍 하면 벌벌 떠는 것이 아니라네. 다른 사람들도 어떻게 되었는지……. 그나저나 이래 가지고는 이 황무지를 벗어날 일이 아득하군."

　무영이 생각해도 난감했다. 유승 등 다른 일행도 걱정됐지만 반쯤 모래밭에다 황무지 위에 돌산만 있는 이곳에서 벗어날 일에 이만저만 걱정이 아니었다.

"저쪽이 동쪽이니 저리로 가야 하네. 내 기억대로라면 선선(鄯善)이라는 마을이 나오는데 하미에서 그리 멀지 않은 곳이니 일단 그리로 가세. 살아 있는 사람들이 있다면 그리로 갔을 게야. 그나저나 내가 몸이 불편하니 자네가 좀 고생이 되겠구먼. 미안하네."

"천만의 말씀입니다. 어르신께서 길을 잘 아시니 제가 갈 수 있는 것 아니겠습니까? 하하하, 옛날 봉사와 앉은뱅이가 여행하는 이야기가 있었는데 우리가 그 모양인 것 같습니다."

"하하하, 그렇게 되나?"

그는 방극을 부축해 선선으로 향했다. 모래바람을 등지고 걷게 되어 그나마 다행이었다.

이야기를 나눠보니 방극은 한때 마바리꾼의 단체인 마방(馬幇)의 우두머리까지 지냈던 인물이었다. 하지만 나이가 들어 일선에서 물러나면서 퇴물이 되어가는 기분이 들어 이번 상행을 자원했다고 했다. 그동안 유승이나 다른 사람들이 그에게 함부로 대하지 않은 까닭이 이해가 갔다.

"마방은 그럼 중원 전체 마바리꾼들의 조직입니까?"

"그렇지. 세상을 살다 보면 힘을 합치지 않으면 살기 어렵다는 것을 알게 되지. 포구에는 청방이 있고 술집이나 도박판에는 하오문이 있듯, 우리같이 위험한 일을 하는 사람들은 한데 뭉치려는 경향이 강하다네. 마방도 그런 연유로 생긴 것으로 보면 될 걸세. 각 지역 마방의 우두머리를 마가두(馬哥頭)라고 한다네. 지금은 유승이 우리 낙양 마방의 마가두지."

방극의 마가두를 하던 시절 여러 가지 경험담을 듣다 보니 황무지에서의 강행군도 금방 지나가는 것 같았다.

다행히 선선은 그리 멀지 않은 곳에 있었다.

힘들게 갈증을 참아가며 하루를 걸으니 멀리 무너져 가는 토담 같은 것이 보였다.

"그리 크지 않은 마을 같군요."

"지금은 몇십 가구 살지 않지만 저래 봬도 예전에는 왕국이 있던 자리라네. 수백 년은 족히 넘은 일이라고 하는데 나도 말로만 들었으니 자세한 것은 알 수 없지만 가서 자네도 그 터를 보면 내 말이 사실이란 느낌이 들 걸세."

이곳에 여러 번 들렀다는 방극은 선선의 유래에 대해서도 잘 알고 있었다. 그의 말대로 선선 가까이에 가자 흙벽으로 지은 건물들도 비록 무너져 가고 있었지만 규모가 제법 있어 보였다.

방극의 길 안내로 마을의 유일한 객잔에 들어선 두 사람은 객잔의 좁은 마당에 다친 병사들이 꽉 들어찬 것을 보고는 깜짝 놀랐다. 병사들은 모두 험한 일을 당했는지 몰골이 형편없었다.

두 사람을 발견한 객잔 주인이 황급히 달려나왔다.

"어이구, 마가두님 아니시오? 정말 오랜만이군요."

방극을 본 그는 유창한 한어로 인사를 했는데 방극과도 잘 아는 사이인 듯했다.

"허허, 반갑습니다. 이제 마가두 자리에서 은퇴했습니다. 그런데 무슨 일 있습니까?"

"지금 하미국의 공주 마마께서 이곳에 머물고 계시는데 성지에 기도를 드리러 갔다 오시던 중 흑선풍을 만나는 바람에 호위병과 시종들

수백 명이 죽거나 다쳤다고 합니다. 다행히 공주 마마는 무사히 이곳에 도착하셔서 쉬고 계신데 보시다시피 방이 없어 죄송합니다. 대신 제가 마을 아는 사람 집을 소개해 드릴 테니 염려 마십시오."

'공주 마마?'

무영의 귀가 솔깃해졌다. 이런 오지에서 사막 소왕국의 공주 일행을 만나다니…….

공주 일행도 흑선풍을 만난 모양이었다.

주인은 재빨리 그들을 데리고 밖으로 나와 다른 집으로 안내했다. 게다가 마을에서 의원 노릇을 하는 사람까지 불러주어 방극의 다친 다리도 대충이나마 치료할 수 있게 해주었다.

두 사람이 모처럼 편안한 잠자리에서 자고 일어난 다음날 아침 객잔 주인이 헐레벌떡 찾아왔다.

"어제 들으니 두 분도 하미로 간다고 들었는데 공주 마마의 행차를 따라가는 것이 어떻소? 지금이 아니면 언제 또 대상(隊商)들이 올지도 모르는데……."

"하지만 지금 나는 다쳐서 움직이기 힘든데……."

객잔 주인의 말에 방극이 난색을 표했다. 방극이 지금 부축하지 않으면 걷지도 못할 형편인 것을 모를 리 없는 객잔 주인은 도움이 되는 정보를 가져왔으면서도 미안한 표정이었다. 하지만 그 표정에서 변방의 넉넉한 인심을 보는 것 같아 무영은 괜히 기분이 좋아졌다.

"걱정 마십시오. 제가 이미 그 부분은 잘 얘기해 두었습니다. 하미까지 며칠 길은 족히 가야 하는데 그쪽도 말이나 낙타를 관리하던 사람이 죽었고 병사들도 온전치 못한 상태라 걱정을 하기에 마가두님을 추천했습니다. 어차피 길을 떠나셔야 하니 잘된 일 아닙니까?"

그는 여전히 방극을 마가두라 불렀다.

하지만 방극은 여전히 생각하는 눈치였다. 다른 일행도 아니고 공주 마마라니, 아무래도 어렵게 느껴져 꺼려하는 것 같았다.

"아저씨."

무영이 간절한 눈빛으로 얼른 나섰다. 이런 기회가 평생 두 번 다시 오랴 싶었다.

그 표정을 본 방극이 쓴웃음을 지으며 마지못해 고개를 끄덕였다.

"그럽시다. 그럼 준비를 서두르지요."

그는 무영을 쳐다보며 빙긋 웃고는 말했다.

"귀한 행차에 실수하면 경을 치는 수가 있네."

"공주 마마라지 않습니까? 평생 이런 기회가 오겠어요?"

"그러니 하는 소릴세. 그런 자리에 잘못 끼어들면 잘못이 없어도 손해를 보는 수가 왕왕 있다네."

"조심하지요, 뭐."

방극이 고개를 절레절레 흔들었다.

객잔으로 간 두 사람은 인사를 마친 후 말까지 제공받아 공주의 행렬을 후미에서 따라갔다. 행렬이라고 해야 십여 명 남짓했는데 다친 병사들은 일단 마을에 두고 왔기 때문이었다.

사람과 말 모두가 흑선풍에 당한 여파로 다치거나 지쳐 행렬은 제속도를 내지 못했는데 다행인지 두 사람에게 밥값을 할 수 있는 기회가 왔다. 도중에 상처가 있던 말 몇 마리가 열이 난 것이다.

방극은 익숙한 솜씨로 말에게 다가가 입을 벌린 후 혀뿌리에 침을 놓고는 상처의 염증에 소금을 문질러 주었다.

"잘 보아두게. 손쉬운 처치법이지만 이런 걸 몰라서 오지에서 귀한 말을 잃고 고생하는 사람들도 많다네."

치료를 마친 방극은 무영에게 그 밖에 말에게 생길 수 있는 병과 응급 처치법을 알려주었다.

"말의 주둥이가 마르거나 설태가 끼고 움직임이 둔해지며 건초를 먹지 않으면 감기일세. 또 바닥에 드러누워 네 발을 오므리고 데굴데굴 구르면 십중팔구 장에 통증이 생긴 것이지. 그리고 말의 복부가 팽창되고 변을 보지 않으며 자주 엉덩이를 쳐다보면 이는 체한 것일세."

그는 자신이 탄 말의 갈기를 쓰다듬으며 말을 이었다.

"장에 통증이 생긴 말에는 대나무 연통으로 물을 먹이고 체한 말에게는 기름을 먹여 장을 매끄럽게 해주어야 하네."

무영은 그런 말들을 새겨들었다. 말을 타고 다녀야 하는 이곳에서는 꼭 필요한 상식 같았다.

다음날 보니 말들이 모두 신기할 정도로 멀쩡해 있었다. 무영은 다시 한 번 감탄했다.

행렬이 하미왕국에 도착한 것은 사흘 만이었다.

공주의 호의 덕분에 두 사람은 왕국의 큰 손님이나 머물 수 있는 빈관(賓館)에 묵는 행운을 누렸다. 제대로 된 물이 항상 준비된 곳이라는 것이 무엇보다도 좋았다. 방극의 말을 들으니 물이 귀한 이곳에서는 일반 객잔에 묵어도 물을 마음놓고 쓸 수 있는 형편이 아니라고 했다.

오랜만에 목욕을 하니 무척 기분은 그런대로 좋았는데 지끈거리는 머리는 여전히 개운치 않았다. 침상에 누워 잠을 청하는데 몸이 으슬으슬한 느낌이 들었지만 워낙 피곤했는지라 그대로 잠에 빠졌다.

수십 명의 달단병이 창을 꼬나 들고 노려보았다.

아합극이 음흉한 미소를 지으며 그를 내려다보고 있었다. 아합극의 표정이 비웃음으로 바뀌었다.

참을 수가 없었다.

뭐라고 욕이라도 해주려고 하는데 목에 걸려 말이 나오지 않았다. 내가 왜 이러지? 그는 소리를 지르기 위해 안간힘을 썼다.

"으… 으음!"

가벼운 신음 소리와 함께 무영은 눈을 떴다. 꿈이었다. 땀인지 온몸의 축축한 느낌에 기분이 영 불쾌했다.

"어머, 이제 깨셨네요."

"음… 여, 여기는……?"

"아직 말하지 마세요. 힘드실 거예요."

침상 옆에는 이국풍의 옷을 입은 열대여섯 정도의 소녀가 서 있었고 자신이 누워 있는 곳은 방 안이었다.

"여, 여기는……?"

무슨 말이라도 하려고 하였으나 워낙 힘이 없어 말을 이을 수가 없었다. 빈관에서 잠을 잤던 기억이 났다. 머리가 무척 아팠으나 여행을 오래해서 그러려니 하고 잠을 청했던 것이 마지막이었다.

"그동안 무척 힘드셨나 봐요. 의원의 말로는 피로가 겹쳐 일어나지 못하는 것이라고 하더군요."

소녀는 생글거리며 어색한 한어로 말했다.

하기는 전쟁이 터진 후 하루도 제대로 된 잠자리에서 잔 기억이 없었다. 안 하던 고생이니 몸이 정상이면 도리어 신기할 노릇이었다. 그동안 긴장해서였는지 몸도 표현을 못하고 참고 있었던 것 같았다.

몇 마디 더 물어보려고 했으나 너무 기진한 탓인지 몸에 힘이 빠져 말을 꺼낼 수가 없었다.

"사흘 동안 정신을 잃으셨다가 이제 깨어나셨으니 며칠 더 조리를 하셔야 할 거예요. 마음씨 고운 공주 마마의 덕분에 어의까지 나섰으니 나중에 마마께 고맙다고 단단히 인사하셔야 할걸요."

자신이 빈관에 도착한 날 무척 몸이 나른했던 것을 기억했고, 그리고는 피곤해서 잠이 든 것 같았는데 사흘이나 정신을 잃고 잠에 빠져 있었던 것이다.

여전히 머리가 무겁게 느껴졌고 점점 소녀의 말이 귓전에 윙윙대기만 할 뿐 잘 들어오지 않았다.

반쯤 눈을 감은 채 그 얘기를 들으려고 애를 쓰다가 자신도 모르는 사이에 다시 잠에 빠져들었다.

"깨셨어요?"

아침에 일찍 잠이 깬 무영이 기력을 회복하기 위해 침상 위에 앉아 겨우 태청심법의 운기조식을 마치는 순간 어제 그 소녀가 들어오며 인사했다. 소녀는 식사를 가져왔는지 그릇을 들고 있었다.

"고맙습니다."

무영이 침상에서 내려서며 가볍게 포권했다.

"호호호, 인사는 우리 공주 마마께 하시라니까요."

소녀는 뭐가 그리 좋은지 죽 그릇을 옆에 두고 입을 가리며 웃었다.

"공주 마마라면……?"

"하미왕국의 아라 공주 마마세요. 선선에서 같이 오시구도 모르세요?"

선선에서도 공주 얼굴은 보지 못했다. 무영이 마땅히 할 말이 없어

머뭇거리자 소녀는 말을 이었다.

"우리 나라는 명나라 서북쪽 사막 사이에 있는 작은 나라지요. 이곳에서 더 아래로 가면 소륵하나 흑하로 갈 수 있답니다. 중원 사람들은 그곳을 말해 주면 하미왕국이 어디쯤에 있는지 짐작할 수 있다고 들었어요. 중원과는 비교도 되지 않게 작은 나라지요."

그녀의 말에 무영은 대답하지 않았지만 하미왕국의 위치를 대충 짐작할 수 있었다.

소녀는 그릇을 들어 무영을 주며 말을 계속했다.

"우선 며칠째 굶으셨을 테니 먼저 요기라도 하세요."

그러지 않아도 그릇에서 풍기는 음식 냄새에 뱃속이 요동 치고 있었다.

"후룩, 후루루룩."

무영은 그릇을 받아 들자 마치 걸신들린 듯이 먹어치웠다.

"호호호, 한 그릇 더 드릴까요?"

'너무 요란하게 먹었나?'

그는 소녀의 말에 아무 말도 못하고 머쓱한 표정을 지었다. 소녀는 빙긋 웃더니 금방 한 그릇을 더 가져왔다. 무영은 그것마저도 깨끗이 비웠다.

"호호, 아예 솥째 들고 와야겠군요."

소매로 입가를 훔치자 소녀는 그 모습이 우스웠는지 입을 가리고 웃으며 말했다.

"괜찮습니다. 그런데 같이 왔던 일행이 있었는데……."

뱃속에서는 더 달라고 했지만 체면은 차려야 했다. 그는 방극에 대해 물었다.

"그분은 지금 완쾌되셔서 성안을 돌아다니고 계신답니다. 돌아오시면 깨어나셨다고 말씀드릴게요."

소녀는 가볍게 고개를 숙이고 물러갔다.

잠시 후에 방극이 들어왔다.

"하하하, 젊은 사람이 그리 약골이 돼서야 뭣에 쓰나?"

이곳에서는 자신의 신분을 비밀로 해달라고 부탁했었다. 대명의 대장군이 변방 오랑캐 공주의 말 시중이나 들었다고 소문이라도 나면 곤란했다. 체면이 있지.

"죄송합니다. 그동안 무척 긴장했던 것 같습니다."

무영이 쑥스러운 듯이 말했다.

"처음 먼 길을 떠나면 누구나 한번은 크게 앓게 마련일세. 자네는 그나마 이런 편한 곳에서 앓게 되어 다행일세. 예쁜 아가씨의 간호까지 받고. 이곳 사람들이 공주님 마음씨가 비단결이라더니 그 말이 맞는군."

무영의 얼굴이 약간 붉어졌다. 문득 유승 등 다른 일행의 소식이 궁금했다.

"상단의 다른 사람들은 보셨습니까?"

"음, 사실 나도 성안을 다니며 여기저기 수소문했지만 아직 아무도 만나지 못했네. 모두 살아 있어야 할 터인데……."

그는 얼굴을 찌푸리며 말을 이었다.

"그런데 이곳 공주님도 근심이 이만저만이 아닌가 보이. 지금 나라가 무척 시끄럽더군."

무영이 궁금한 표정을 짓자 그는 그동안 밖으로 다니면서 들은 이야기를 해주었다. 지금 이 나라는 왕이 죽고 없는데 전 왕의 삼촌인 살가

대장군과 철가륵 태자가 왕권을 놓고 벌써 몇 달째 서로 다툼을 벌이
고 있다고 했다.

군대는 살가를 지지하고 나섰고 친위대와 일반 백성은 철가륵 태자
편이라고 했다. 원래 태자가 왕권을 계승하는 것이 법도에 맞지만 살
가 장군은 태자의 나이가 어려 경험이 없다는 점을 내세워 반대하며
자신이 왕위를 찬탈하려 한다는 것이었다.

"그럼 공주는 철가륵 편인가요?"

"그런 모양일세. 태자에게는 배다른 누이가 된다고 하는데 둘 사이
는 매우 좋다고 하더군. 그런데 일이 묘한 방향으로 가고 있네. 원로들
의 중재에 따라 양측이 대표자 한 명씩을 선발해 싸워서 지는 쪽이 물
러나기로 한 모양이야. 허허허, 이렇게 왕위를 결정하는 것은 처음 보
네. 나라가 작으니 별일이 다 있구먼. 말로는 유혈 충돌을 피하기 위해
서라고 하는데… 지금 거리에는 왕자 측이 대리 무사를 구하기 위해
방까지 붙여놓은 상태라네. 듣자 하니 살가 측은 이미 대단한 고수를
초빙해 놓은 모양이야."

방극은 남의 집 불 구경하듯 말했다. 어차피 무영만 쾌차하면 곧 떠
나려고 하던 길이었다. 방극은 그동안 여비를 마련하기 위해 일자리를
찾고 있었다.

"우리 밖으로 나가볼까요? 여기까지 와서 구경도 제대로 못하고 가
면 나중에 후회할 것 같은데요."

"그러지. 그리고 돌아갈 여비를 벌 방법이 있는지 찾아보세."

두 사람은 빈관 밖으로 나왔다. 방극은 이미 다리가 다 나았는지 두
다리로 잘 걷고 있었다.

도성은 한눈에 보기에도 회회교 풍이었다. 다만 흙벽으로 지어졌고

그 높이가 그리 높지 않아 보였는데 간간이 돌로 지은 건물도 눈에 띄었다. 하기는 오면서 공주 일행이 하루에 네 번씩 한 번도 거르지 않고 꼬박 성지를 향해 기도드리는 것을 보기는 했다.

두 세력의 충돌 탓인지 거리 곳곳에 굳은 표정으로 무리를 지어 가는 병사들의 모습이 보였다.

"병사들이 이렇게 성안에서 서로 대치하느라고 바깥은 전혀 신경을 쓰지 못하니 혈랑단이 왕국 근처까지 출몰한 모양이군."

방극이 말했다.

오가는 여인들은 모두 두건을 뒤집어썼는데 얼굴 모두를 감추지는 않았고 이마 위만 가린 정도였다. 한곳에 가니 여러 사람들이 모여서 벽에 붙은 뭔가를 읽고 있었다.

"왜 저러는 거죠?"

"철가륵 왕자가 무공 고수를 초빙하는 방이네. 아직까지 살가 측에 맞설 고수를 구하지 못한 것 같네. 일차 관문만 통과해도 상금이 있다고 하더군. 이거만 주면 황금이 백 근이라네. 하하하!"

"저런다고 이런 변방에서 고수를 찾을 수 있겠어요?"

"왕자도 오죽 답답했으면 이렇게 좁은 나라에서 방까지 붙여가며 뻔한 답을 기다리고 있겠나? 참, 자네도 무공이 상당하지 않은가? 나가서 이기면 상금도 상당할 테니 돌아갈 걱정은 없겠는데… 이럴 줄 알았으면 나도 젊었을 때 무공이나 열심히 할 것을. 하하하!"

방극의 농담에 은근히 호승심이 일었다.

"한번 응모해 볼까요?"

무영이 재미있겠다는 표정을 지으며 지나가는 말투로 말했다.

그 말에 방극이 걸음을 멈추었다.

"나라가 작다고 쉽게 생각하지 말게. 듣자 하니 살가가 초빙한 고수
는 진짜라고 하네. 근동 천 리 안에서 아직 적수를 찾지 못했다고 하니
보통 대단한 고수가 아닌 모양이야. 행여 나서지 말게."

방극은 두 손까지 내저어가며 말렸다.

"그럼 돌아갈 여비는 어디서 마련합니까? 아는 사람이라도 있어야
꾸기라도 하지요."

방극이 심각하게 만류하니 오히려 오기가 생겼다. 무영은 진담이라
는 표정으로 말했다.

방극은 잠시 그를 보더니 말했다.

"떠돌다 보니 나도 무공이랍시고 몇수 재간을 익혔지만 자네 실력이
어느 정도인지는 모르겠네. 나보다 훨씬 고명하니 자신이 있으면 한번
나서보는 것도 괜찮겠지. 하지만 나섰다가 진다면 왕자 측에 미안하지
않겠는가?"

"뽑기 전에 실력을 평가할 것이니 재간이 모자라 떨어지면 그뿐 아
니겠습니까? 게다가 일차로 선발된 사람들에게는 얼마간의 돈도 준다
하지 않습니까. 어차피 왕자 측에서는 한 명만 선발해 내보낼 테니 상
관없겠지요."

그렇게 말하면서 무영은 은근히 면사로 가린 공주를 상상했다. 만
일 출전을 하게 되면 어떤 식으로든 한번 만나볼 수도 있을 것 같았
다.

"흠, 그 말도 일리는 있군. 어차피 실력이 모자라면 뽑히지도 못할
테니."

의견의 합치를 본 둘은 빈관으로 돌아갔다.

공주의 시비인 단단은 그의 말에 뛸듯이 기뻐했다.

"어머, 정말이세요? 사실 살가 장군이 내세운 사람이 워낙 대단한 무사라 응모하려는 사람이 아직 한 명도 없어 공주 마마의 근심이 이만저만이 아니었답니다."

'음, 역시 공주가 개입되어 있군.'

무영은 마음속으로 회심의 미소를 지었다.

단단은 너무 반가워 어쩔 줄 모르겠다는 듯이 수다를 떨었다.

"공주 마마께서 공자님을 만나신 것도 실은 철가륵 왕자님이 승리하게 해달라고 신께 기도를 드리러 성산에 다녀오던 길이었답니다."

너무 심각하게 말을 하니 무영의 마음이 약간 무거워졌다.

'이거 괜히 심각한 싸움에 나서는 것 아냐?

어디나 그놈의 권력이 문제였다. 따지고 보면 삼촌과 조카의 싸움이 아닌가?

"우리 쪽에서는 왕자님이 직접 출전하신다고 하는데 공주 마마께서는 차라리 왕자님이 왕권을 포기하고 국외로 떠날 것을 바라세요. 행여 왕자님이 다치실까 봐 여간 걱정이 크신 게 아니랍니다."

단단은 얼굴에 수심이 가득한 표정으로 말했다.

"살가는 어떤 사람입니까?"

"그 사람은 하미국의 장군 출신인데 성정이 포악해서 대신들이나 일반 백성들도 철가륵 왕자님을 지지하고 있답니다."

단단은 말을 이었다.

"병력에서 열세인 우리 측이 이만큼이나 버텨온 것도 사실은 그런 지지가 있었기 때문이지요."

"왕자님의 무공은 어느 정도입니까?"

"무공을 익히기는 하셨지만 듣기로는 내세울 만한 수준은 되지 않는다고 하더군요.”

“그런데 왜 대표로 나서서 싸우려는 게요?”

무영은 궁금한 듯 물었다.

“어차피 우리 측에서 살가 장군이 내세운 기련신룡(祁連神龍)이라는 고수를 이길 사람도 없거니와 왕자님께서는 이번 대결에서 차라리 옥쇄를 하면 했지 절대 포기할 수는 없다고 고집을 피우시는지라…….”

단단은 말을 다 마치지도 못하고 주르르 눈물을 흘렸다.

“공주 마마께서는 지금도 처소에서 하루 종일 신께 왕자님의 안녕을 빌고 계신답니다.”

“듣자 하니 기련신룡은 근동 수천 리 내에서 알아주는 고수라고… 웬만큼 무공을 아는 사람은 그를 이 일대 최고수로 인정한다고 하더군요. 그런데 공자님이…….”

단단은 더 이상 말을 잇기가 거북했는지 말끝을 흐렸다. 무영의 무공 실력을 확인하고 싶은 것 같았다.

“일단 왕자님을 한번 만나게 해주시겠소?”

그의 말에 단단은 이내 밖으로 나갔다.

잠시 후 돌아온 그녀의 안내로 무영은 공주의 처소로 갔다.

소박하지만 화려하고 우아하게 보이는 그곳은 여기저기 이름 모를 꽃들로 장식되어 있었다. 잠시 기다리자 흰 면사로 얼굴을 가린 공주가 좌우에 시비를 거느리고 나타났다.

“대명의 백성 장무영이 공주 마마를 뵙습니다.”

공주 마마라고 얘기를 들었으니 예의를 갖춰야 한다고 생각한 무영이 한쪽 무릎을 굽혀 정중히 인사했다.

“당신은 우리 나라의 백성이 아니니 그러실 필요는 없어요. 왕자님이 바빠서 제가 대신 나왔어요."

아라 공주의 목소리는 마치 쟁반 위에 은방울이 굴러가듯 흘러나왔다.

"협사께서 대리 출전에 응모하시겠다고 들었는데요."

공주가 면사를 가린 채 말했다.

"예, 듣자 하니 아직 사람을 구하지 못하셨다고 하는지라……."

"아시겠지만 목숨을 걸어야 할지도 모릅니다."

공주의 목소리는 짜릿짜릿 가슴속을 파고드는 마력이 있었다.

"목숨이 아까웠다면 나서지 않았을 겁니다. 최선을 다하겠습니다. 음음."

목소리가 너무 고와 이상하게 당황해져 연신 헛기침이 나왔다.

공주는 대답없이 무영을 향해 고개를 들었다. 면사에 가려 잘 보이지는 않았지만 자신을 응시하고 있는 것만은 분명했다.

콩콩.

가슴이 뛰었다.

"험험, 제 무공이 그렇게 녹록치만은 않으니 믿어주십시오."

면사 안으로 공주의 시선이 느껴지자 뛰는 가슴을 들킬까 봐 신경이 잔뜩 쓰였다.

"좋아요. 그럼 제 동생과 먼저 비무를 해보세요. 만약 동생을 이길 수 있다면 생각해 보지요. 무턱대고 다른 사람을 사지로 내몰 수는 없으니까요."

공주는 결심한 듯 말했다. 말은 그럴듯했지만 실력을 검증하겠다는 의도였다. 아무튼 공주의 그 말에 무영은 내심 감동을 받았다. 이런 어려운 중에도 다른 사람의 목숨을 걱정하는 것으로 보아 듣던 대로 마음씨가 착한 것이 틀림없었다.

"알겠습니다. 지금이라도 좋습니다."

잘하면 여비도 마련하고 공주와 인연을 맺을 수 있는 끈이 만들어질 수도 있겠다 싶었다. 다른 생각은 뒷전이고 일단 비무를 핑계로 당분간 공주와 자주 만날 수 있다는 생각에 절로 기분이 좋아졌다.

"잠시 기다려 주시겠어요?"

공주는 우아한 걸음으로 처소를 벗어났다. 아마 철가륵과 상의하러 가는 것 같았다.

잠시 후 돌아온 공주는 무영을 별궁의 후원으로 안내했다.

눈썹이 짙고 콧날이 오뚝한 벽안의 청년이 서 있었고 좌우에 십여 명의 사람들이 시립해 있었다. 청년은 아직 앳된 얼굴이었는데 무영 자신과 비슷한 나이로 짐작됐다. 왕자와 같이 공주도 벽안일지 모른다는 생각이 들었다.

"협사님, 철가륵 왕자세요."

공주는 무영에게 동생을 소개했다.

"대명의 백성 장무영이 왕자님을 뵙습니다."

무영은 한쪽 무릎을 굽히며 인사를 했다.

"처음 뵙겠소. 철가륵이요."

청년은 잔뜩 위엄을 세운 목소리로 말했다. 자신의 나이가 어리다고 행여 얕볼까 신경을 쓰는 눈치였다.

잠깐의 의례적인 인사가 오갔고, 곧 이어 비무장으로 안내되었다.

철가륵은 장창이 무기인 듯 옆에 서 있던 위사로부터 장창을 인계받아 자세를 취했다. 그러나 살상을 피하기 위해 창날은 제거하여 실은 봉(棒)이나 마찬가지였다.

철가륵이 봉을 쥔 자세를 보니 그의 무공이 자신의 아래라는 것을 짐작할 수 있었다. 집에서 수년을 중원 제일의 창술이라 불리는 양가창의 달인 양겸을 조씨 오 형제의 사범으로 모신 무영이었다. 직접 배울 기회는 많지 않았지만 서당 개 삼 년이라고 조씨 오형제를 지도하는 양겸을 옆에서 수도 없이 봐왔는지라 창을 잡는 자세만 보고도 웬만큼 그 경지를 짐작할 정도가 됐다.

무영도 검을 빌렸다.

그러나 검을 뽑지는 않았다. 아직 확실한 무공의 차이를 모르니 선불리 진검으로 비무를 하다가 다치기라도 하면 큰 낭패였다. 철가륵은 왕자이고 또 공주의 동생이었다.

검 뽑기를 기다리던 철가륵은 무영이 끝내 검을 뽑지 않고 자세를 취하자 무영의 내심을 짐작했다.

"그럼 먼저 공격하겠소."

"타!"

휘릿!

말이 끝나기 무섭게 기합 소리와 함께 봉끝이 타원을 그리며 무영의 허리를 감아왔다.

"하앗!"

무영의 몸이 연하게 휘어지는가 싶더니 봉을 휘감고 돌며 예봉을 피했다.

"핫!"

봉끝이 뱀처럼 구불구불 춤을 추며 무영의 요혈을 노렸다.

'제법 제대로 배우기는 배웠군.'

이미 상대의 수준이 짐작되는지라 공격을 피하는 무영은 여유가 있었다.

지금 철가륵의 창술은 양겸이 수시로 보여주던 창술에 비하면 큰 격차가 있었다. 심지어 철가륵의 계속되는 다음 공격도 어느 정도 예견할 수 있을 정도였다. 즉시 반격을 가해서 단숨에 제압할 수도 있지만 왕자로서의 위치와 젊은 철가륵의 자존심을 지켜줘야 한다는 생각에 시간을 끌었다.

휙! 휙!

철가륵은 잠깐 사이 온몸이 땀에 흥건히 젖었다. 그만큼 내력을 집중하고 있다는 얘기였다. 그러나 철가륵의 봉은 무영의 옷깃 하나도 스치지 못하고 있었다. 게다가 힘들여 공격할 때마다 검도 제대로 쓰지 않고 피하기만 하니 철가륵은 울화가 치밀었다. 벌써 삼십여 초가 지나고 있었다.

"하!"

철가륵의 상체가 앞으로 기울며 봉끝이 무영의 태양혈을 노렸다. 순간 무영은 몸을 한 바퀴 돌리며 공중으로 뛰어올라 선풍각(旋風脚)의 자세에서 검집을 앞으로 뻗었다.

"으헛!"

예기를 뻗으며 찔러오는 검집이었으나 철가륵의 몸은 이미 봉을 따라 앞으로 나가 있어 중심을 틀어 검집을 피할 수 있는 형편이 아니었다. 무영은 검집이 왕자의 견골에 닿을 순간 재빨리 기세를 거두었다.

"헉헉!"

거우 자세를 잡은 철가륵은 가쁜 숨을 몰아쉬었다. 상대가 손속에 사정을 둔 것을 알았다. 그 정도의 양보도 모를 수준은 아니었다.

“졌소이다.”

철가륵은 돌연 봉을 뒤로 빼더니 가볍게 포권했다. 무영이 바라던 상황이었다.

“정말 무서운 창술이었습니다.”

무영도 가볍게 체면을 세워주었다.

“하하하, 그 말을 들으니 괜히 내 얼굴이 뜨겁습니다. 대단한 검술이었습니다. 내가 진심으로 패배를 시인했으니 안으로 들어가 술이나 한 번 진탕 마셔봅시다.”

그런대로 호탕한 구석이 있는 녀석이었다. 이토록 간단히 통과하리라고는 예상하지 못했었다. 기련신룡의 위세에 아무도 응모하지 않았다더니 사실인 모양이었다.

‘좋지.’

그는 미소를 지어 대답을 대신하고는 철가륵의 뒤를 따랐다.

곧 시종들이 오가더니 주청이 마련되었고 술이 날라져 왔다. 공주와 다른 대신들도 자리를 함께했다.

“장 협사, 오늘은 우의를 다지는 뜻에서 코가 삐뚤어지게 한번 마셔봅시다.”

철가륵은 호기있게 말했다. 그는 내심 무영의 무공 수위에 크게 만족하고 있었다.

‘어쩌면 이길 수도 있겠어.’

철가륵의 눈에 희망이 빛났다.

“좋습니다. 제가 왕자 전하의 술 상대로는 부족함이 없을 겁니다. 하하하.”

무영도 지지 않고 대답했다.

술은 분주(汾酒:배갈의 일종)였다.

"이 술은 중원에서 나는 술로 보이는데요?"

분주임을 아는 무영이 한 잔을 마신 후에 이상하다는 듯이 물었다.

"하하하, 선왕께서 특히 이 술을 좋아하셔서 우리 왕실 사람들 모두 즐겨 들게 되었습니다."

철가륵은 말을 이었다.

"그래서 선왕 때부터 이 술을 구하기 위해 매달 중원으로 사람을 보내 필요한 양만큼 구입해 옵니다."

"술을 구해오려면 얼마나 걸립니까?"

중원에서도 알아주는 분주는 백주(白酒:배갈)의 원조라 할 수 있는 술인데 명품으로 치는 것은 태원에서 이백 리 정도에 있는 분양현 행화촌에서 났다. 그곳 분하(汾河)의 물로 만든 분주나 죽엽청 등의 술을 일등으로 치는데 그중에서도 십 년 이상 된 것을 최고 상품으로 쳤다. 중원의 유명한 시인들도 행화촌의 분주를 마셔보지 않고는 술을 논하지 않는다고 할 정도니 하미왕국에서 그 술을 구해다 마신들 크게 이상한 일은 아니었다.

분주를 구하는 데 걸리는 날짜를 물은 것은 자기가 돌아갈 거리를 어림잡아 계산해 보기 위해서였다. 태원에서 북경까지는 보름이면 충분한 거리였다.

"넉 달이면 충분합니다. 이 술의 가치에 비하면 그리 오래 걸리는 거리는 아니지요."

철가륵은 아무런 생각 없이 대답했다. 하기는 무영의 사정을 자세히 알 리 없는 그였다.

'음, 왕복 넉 달이라… 그럼 여기서 북경까지는 두 달 남짓 걸린다

는 말이군.'

금방 답이 나왔다. 그곳에는 그리운 사람들이 있었다.

"만일 협사께서 이번 살가 삼촌이 내세운 고수를 이겨주신다면 무슨 요구를 하든지 반드시 들어드리겠습니다."

술잔이 몇 순배 오가며 이런저런 이야기를 하던 철가륵이 비무에 나설 무영에게 이기면 선물을 주겠다는 듯이 말했다.

지금 그에게는 무영이 오직 하나의 희망이고 미래였다. 기련신룡이 살가 측의 대표로 나선 지금 그동안 중립을 지켜왔던 대신들도 상당히 동요하고 있었다. 벌써 살가 측으로 넘어간 눈치 빠른 자들도 몇몇 있는 실정이었다.

철가륵은 그런 대신들을 탓하고 싶지 않았다. 어차피 약관이 갓 넘은 그의 눈으로 본 세상은 힘을 따라가게 마련인 것이 인심이라는 것이었다. 그 힘을 가지고 있느냐의 문제도 결국 자신의 능력에 따른 결과였다.

선왕께 죄를 짓더라도 비무장 위에서 당당히 죽음을 맞이하려던 그에게 갑자기 나타난 희망이 무영이었다. 듣자 하니 공주의 마꾼으로 고용되어 왔다는 말이 있었다. 하지만 자신이 대련해 본 결과 이번 싸움에서 충분히 희망이 있었다. 이 사내에게 무엇이든 해주고 싶었다.

'음, 세상 이치를 아는군.'

원래 추가로 상금이 걸리면 힘이 나는 법이다. 철가륵이 나이는 어려도 제법이라는 생각이 들었다.

"하하하, 공주 마마께 구명지은을 받았으니 은혜를 갚는 것일 뿐 무슨 대가를 바라겠습니까?"

무영은 당연히 할 일을 한다는 듯이 대답했다.

‘인사말이다, 인석아. 세 번은 권해야 한다.’

녀석이 ‘그렇습니까? 하하하, 역시 영웅호걸이 어쩌고……’ 할까 봐 은근히 불안하기까지 했다.

“아닙니다. 그렇게 말한다면 본 왕자는 장군의 출전을 허락할 수 없습니다. 나를 은혜도 모르는 사람으로 만들 심산은 아니겠지요?”

철가륵은 자못 엄숙한 표정으로 말했다. 그는 사실 무영에게 무언가 꼭 해주고 싶었다. 이번 비무는 무영에게 있어서 목숨을 걸고 나서는 대결이었다. 자신에게는 왕권이 걸렸지만 그것은 무영과는 아무런 관계가 없었다.

‘예의는 차린 셈이고.’

“정 그러시다면…….”

무영이 머뭇거리자 모두의 시선이 그에게 집중됐다.

“공주 마마의 아름다운 얼굴을 한 번 보고 싶군요.”

“……!”

일순 왁자지껄하던 술자리가 찬물을 끼얹은 듯 조용해졌다. 철가륵 왕자도 얼굴을 굳혔다.

“제가 무슨 잘못이라도?”

일변하는 분위기에 무영은 당황했다.

모두들 무영의 말에 아무런 대꾸를 하지 않자 무영의 얼굴이 붉게 달아올랐다. 아무래도 큰 실수를 한 듯했다.

그때였다.

“알겠습니다. 협사께서 만일 기련신룡을 이기신다면 제가 면사를 걸어 얼굴을 보여 드리겠습니다.”

조용한 좌중에 아라 공주가 나서더니 은방울 같은 목소리로 무영의 요구에 대답했다.

"고, 공주 마마……!"

"공주 마마!"

"아니……!"

여기저기에서 공주의 말에 놀라고 있었다.

"약속을 드리지요. 그 대신 이번 비무에서 기련신룡을 꼭 이겨주세요. 부탁드릴게요."

말을 마친 공주는 총총히 주청을 빠져나갔다.

"제, 제가 무슨 실례를 범한 것 같은데 만약 제 요구에 무리가 있다면 없던 일로 해주십시오."

아무래도 찜찜해진 무영이 얼른 말을 주워 담으려고 했다.

"하하하, 됐소, 됐소."

철가륵이 호탕하게 웃으며 말을 이었다.

"자, 그럼 누님도 응낙을 하셨으니 그리 결정된 것으로 하겠소. 모두 술자리나 계속합시다."

철가륵 왕자가 말을 마치자 장내는 잠시 웅성거리더니 다시 걸죽한 술판이 벌어졌다.

'됐다.'

무영은 속으로 쾌재를 불렀다. 얼굴 한번 보자고 한 것인데 분위기가 너무 심각해지자 자신도 순간적으로 당황한 것은 사실이었지만 어쨌거나 약속을 받았으니 그만이었다.

'흠, 이번 비무에서는 죽어도 이긴다.'

그는 공주의 확답에 더욱 결심을 굳혔다.

눈 깜짝할 사이에 삼 일이 지나고 결전의 날이 왔다.

그동안 무영이 한 일은 태청심법으로 몸의 기를 다듬고 금룡검법을 더욱 연마하는 것이었다.

야속하게도 그동안 공주는 한 번도 얼굴을 비치치 않았다.

아침이 밝을 무렵 철가륵 왕자는 무영을 성 밖으로 데리고 갔다. 왕자를 따르는 대소 신료들은 물론이고 창검을 번뜩이는 병사들을 앞뒤로 세우고 궁녀들까지 대동한 무척 엄숙한 행렬인지라 얼결에 따라나온 그는 무슨 일인가 감히 묻지 못했다.

"선왕을 비롯한 역대 왕들을 모신 능에 가서 참배를 드린 후 비무장으로 가도록 하시지요."

도중에 말을 몰아 옆으로 다가와서 하는 철가륵의 말에 그제야 상황을 이해하고는 가볍게 고개를 끄덕였다. 왕권을 결정하는 중요한 비무인 만큼 선왕의 가호를 받아야 하는 것은 당연한 절차였다.

왕릉에 도착하여 배례를 마친 후 잠시 휴식을 취하는 중에 공주의 시비인 단단이 살며시 다가오더니 남몰래 색색의 예쁜 꽃실이 수놓아진 비단 보자기에 싼 물건을 무영에게 건넸다. 이리저리 주위를 살피고 건네는지라 얼른 받아 소매춤에 넣었다.

"공주 마마께서 협사님의 무운을 빌며 만든 거예요."

뭐가 그리 부끄러운지 단단은 얼굴을 붉히며 말하더니 총총걸음으로 사라졌다.

콩당콩당.

공주 마마 얘기가 나오니 갑자기 마음이 진탕되는 것 같았다.

다시 다가와 왕국의 유래를 설명하는 왕자의 얘기를 듣는 둥 마는 둥 하고 얼른 처소로 돌아오자마자 보자기부터 풀었다.

안에는 흰 바탕의 고운 비단 손수건이 한 장 들어 있었다. 한 쌍의 새가 서로 부리를 마주하는 모습이 수놓아져 있었고 한 귀퉁이에 '일심(一心) 아라' 라고 새겨진 글귀가 보였다.

'일심? 그럼 일편단심?'

멋대로 생각한 해석이지만 조폭처럼 단결을 의미하는 것은 아닐 테고 자신을 위한 일편단심이라고 생각하니 힘이 두 배로 치솟는 것 같았다.

'아라 공주의 일편단심이라……'

수실로 손수건에 글을 새겼을 아라의 모습이 눈에 선했다.

둥둥둥!

비무대로 입장하라는 신호였다.

비무대는 왕성 바로 앞에 커다랗게 설치되어 있었는데 주변은 이미 수만 명의 사람들이 운집해 있었다.

"살가 장군과 왕자 전하는 이번 비무에서 지는 쪽이 왕권에서 완전히 손을 떼고 국외로 갈 것을 선서했습니다. 본 대신관은 참관인의 자격으로 이곳에 모인 백성들을 대표하여 엄정하게 비무의 승패를 가릴 것입니다."

"와— 와— 와—"

대신관의 선언이 끝나자 운집한 사람들은 모두 소리를 지르며 환호했다. 조그만 나라에서 그동안 삼촌과 조카 사이에 크고 작은 충돌이 끊이지 않았던 터라 모두들 지쳐 있었다.

둥둥둥둥!

북이 울리며 양측을 대표하는 선수가 입장할 차례가 되자 무영은 장검을 불끈 쥐고 자리에서 일어나 비무대 중앙으로 향했다.

"와— 와— 와—"

왕자 측을 지지하는 백성들의 함성이 터져 나왔다.

무영은 장검을 쥔 오른 손목에 아라 공주가 준 손수건을 동여맸다. 슬쩍 옆을 보니 참관석 좌측 한구석에 면사를 한 공주의 모습이 보였다.

둥둥둥둥!

다시 한 번 북소리가 나며 살가 측에서 한 젊은이가 등에 칼을 멘 채 나왔다. 젊은이는 약관의 나이로 보였는데 굵고 힘차게 뻗은 두 눈썹과 굳게 다문 입술하며 마치 전장의 용사와 같은 분위기를 풍겼다.

"와와와—"

이번에는 살가 측의 지지자들이 함성을 지르며 기세를 올렸다. 그러나 그 함성은 왕자 측의 함성에 비하면 훨씬 작게 들렸다.

가만히 보니 지지자들도 은근히 편을 나누어 뭉쳐 있었는데 왕자 쪽이 훨씬 많아 보였다. 아마 백성들은 왕자 전하를 지지한다는 말이 사실인 것 같았다.

둥둥둥!

북소리에 맞추어 무영은 앞으로 나섰다.

이미 비무 절차에 대해서는 철가륵 왕자로부터 상세히 들었다.

"살가 장군 측 대표 기련신룡 풍진악, 철가륵 왕자 측 대표 장무영, 이상 두 사람은 북소리가 울리면 즉시 비무에 돌입하시오!"

대신관이 소개와 함께 시작을 알렸다.

둥!

그의 말이 끝나자 곧 북이 울리고 비무가 시작됐다.

스릉!

긴장한 탓인지 상대방이 검을 뽑는 소리가 예사롭지 않게 들렸다. 무영은 풍진악이 비무대로 걸어오는 순간부터 그를 눈여겨보고 있었는데 걸음걸이를 보니 가볍고 경쾌한 발놀림 하며 절대 자신의 아래가 아니었다.

'음, 예삿놈이 아니구나.'

은근히 졸여지는 마음을 숨길 수 없었다.

무영도 검을 뽑았다.

'헛!'

풍진악과 대치하던 무영은 깜짝 놀랐다.

'평사낙안(平沙落雁).'

백사장에 기러기가 앉는 모습에서 창안했다는 평사낙안이었다. 두 팔을 벌린 채 검수(劍首)를 바깥으로 향해 상대를 서서히 돌아드는 풍진악의 자세는 분명 금룡검법의 한 초식인 평사낙안이었다.

'이상하다. 강호에는 비슷한 초식을 쓰는 문파가 많은가?'

중원의 무림에 대해 아는 바가 거의 없으니 이런저런 생각을 하다가 마음이 복잡해지며 평정심이 흐트러졌다.

"하얏!"

풍진악은 기합 소리와 함께 검을 세우고 허공을 박차며 무영의 목을 향해 날아들었다.

"엇!"

순간적으로 정신을 차린 무영은 운룡대팔식의 운룡유영(雲龍流泳)을 전개하여 화급히 검세를 벗어났다.

검풍이 가슴을 스친다고 느끼는 순간 무영의 장삼 앞섶 자락이 갈라졌다. 겨우 뒤로 물러서서 살피니 검흔을 따라 피가 배어 나왔다. 조금만 늦었어도 목에 깊은 상처를 입을 뻔할 정도로 날카로운 일초였다.

'빌어먹을 놈!'

무영은 가슴이 따끔거리는 것을 참으며 검을 수평으로 하고 자세를 곧추세웠다.

"와!"

삐이— 삐이—

살가 측의 지지자들은 크게 소리를 지르고 사방에서 호적(胡笛:피리)를 불며 기세를 올렸고, 반면 철가륵 왕자의 지지자들 사이에는 싸늘한 침묵이 감돌았다.

'금룡승천(金龍昇天)!'

방금 공격해 온 초식도 눈에 익은 것이 아니었다면 피하지 못하고 치명상을 입었을 것이 틀림없었다. 하지만 더 이상 다른 생각을 하고 있을 틈이 없었다. 그는 무영이 상대하기에 벅찬 강적이었다.

한 나라의 왕권이 걸린 일이 아닌가?

"하앗!"

무영이 몸을 밑으로 낮추어 검을 풍운악의 낭심에서 가슴으로 훑어 갔다.

일반적으로 위에서 아래로 긋는 검식은 그 종류가 많은 편이지만 이렇게 아래에서 위로 쳐 올리는 검식은 드물었다.

챙!

풍진악은 몸을 비틀며 검을 들어 막았다. 금룡검법의 비룡파천이었다. 하지만 무영은 그 초식으로 막을 것을 예측하고 있었다는 듯이 비룡선풍의 초식으로 몸을 틀며 옆구리를 노렸다. 나름대로 작심하고 전개한 수였다. 하지만 풍진악은 가볍게 피했을 뿐만 아니라 오히려 공격의 틈을 노려 반격해 왔다.

"헛!"

삭!

이미 늦었다. 헛바람을 들이키며 황급히 몸을 뺏지만 이미 검풍이 스쳐 지나간 옆구리에서는 선혈이 타고 흘렀다.

그는 기회를 놓치지 않고 계속 공격을 가해 무영을 핍박했다.

전장에서 무리 지어 싸운 난전의 경험은 몇 번 있었으나 고수와 일대 일의 대결은 처음이었다. 게다가 무영은 자신의 무공 수준을 알지도 못했다. 확실히 풍진악은 그보다 한 수 위였다. 무영이 반격을 위해 준비한 수들은 번번이 그의 가벼운 몸놀림에 무위로 돌아가고 게다가 그 뒤에는 맹렬한 반격이 있었다.

시간이 흐를수록 살가의 얼굴에는 미소가 피어났고 그에 반비례해서 왕자의 얼굴은 점점 어두워졌다.

무영은 이제 막아내는 것조차 힘들었다.

무공이 애초부터 격차를 보인 데다 이미 기선까지 제압당한 터라 그야말로 한 수 한 수를 겨우 막아가며 버티고 있었다.

풍진악의 검이 연속해서 좌우를 찔러왔다.

마치 이단차기인 요음각 수법을 응용한 듯한 이 수는 운룡대팔식을 실전적으로 변형시킨 것으로 보였는데 마땅히 막을 한 수가 생각나지 않았다. 그동안 배운 검술이 고수를 만나니 생각이 엉켜 생각나지 않았다. 엉겁결에 틀어막은 순간 검을 쥔 오른팔로 상대의 검날이 스쳤다.

"억!"

미처 숨을 고를 틈도 없이 이어지는 공격에 다시 무영이 오른팔에 검상을 입고 휘청거렸다.

삐— 이— 익—

호저 소리가 다시 비무대를 찢었다. 풍진악의 지지자들은 잇단 공격으로 무영이 휘청거리자 그야말로 하늘을 찌를 듯한 기세였다.

살가와 그 지지자들 사이에 미소를 동반한 눈인사가 오갔다.

마치 '미리 축하드립니다' 하는 것 같았다.

"와아! 와!"

살가의 관중들은 물론이고 비무에 숨을 죽이고 있던 왕자 측의 관중들마저도 연이어지는 그의 절묘한 초식에 과연 기련신룡이라며 감탄했다. 초식의 순간적인 변화는 알지 못했지만 옆에서 보기에도 환상적인 검술이었다. 풍진악의 멋진 검술에 압도된 사람들은 편 가르기를 떠나 그의 뛰어난 무공에 박수를 보내고 있었다.

'비싸게 주고 기련신룡을 데려오길 잘했군.'

살가는 그동안 등을 돌렸던 사람들이 마치 자기 편으로 돌아선 듯한 기분마저 들었다. 그는 곁눈질로 철가득 왕자를 보았다.

왕자는 이미 모든 것을 포기했는지 표정에 변화가 없었다.

'흐흐흐, 왕위에 오르면 몇 달 시간을 두었다가 끝장내 주마.'

그는 국왕이 되면 먼저 할 일을 생각했다. 왕자의 지지자들이 반발할 생각을 하지 못하도록 차근차근 순서를 밟아 차례로 제거할 필요가 있었다.

그때까지가 철가득이 땅 위에서 숨을 쉴 수 있는 기간이 될 것이다.

살가는 다시 비무대 중앙으로 눈을 돌렸다.

이미 결과가 보이는 비무였지만 기련신룡의 놀라운 검술은 무장 출신인 자신이 보기에도 놀랍고 대단했다.

'음, 계속 살초를 펼쳤는데 이 정도라니.'

겉보기와는 달리 풍진악은 내심 동요하고 있었다.

벌써 몇십 수 전에 목이 떨어지거나 무릎을 꿇어야 정상이었다. 하지만 상대는 무너질 듯하면서도 잘 버티고 있었다. 공격도 계속하다 보니 이제는 무슨 초식을 써야 상대가 완벽하게 무릎을 꿇을지 마땅한 생각이 나지 않았다. 상대를 의식해서 애써 가쁜 숨을 삼키고 있지만 내심 어서 쓰러지라고 고사라도 지내고 싶은 심정이었다.

숱한 상대와 진검 승부를 했지만 이런 녀석은 처음이었다.

그의 회심에 찬 마지막 일격은 번번이 녀석의 우직한 수비에 막히고 있었다. 가슴과 옆구리에 타격을 주기는 했지만 거기까지였다. 그는 오늘의 대결이 쉽게 끝나지 않으리라는 것을 직감했다. 공격도 계속하다 보니 내력마저 달리는 것 같았다.

풍진악의 눈매가 한층 더 신중해졌다.

'다시는 일어나지 못하게 해주마.'

그러나 약간의 여유를 준 것이 실수였다.

그가 미처 몸을 가다듬기도 전에 마치 그 틈을 노렸다는 듯이 상대가 먼저 공격을 가해왔다.

"핫!"

수세에 있던 무영이 오랜만에 반격을 시도했다.

평범한 한 수였지만 나름대로 내력을 싣고 최선을 다한 한 수였다.

'웃!'

너무 방심했다.

적어도 풍진악은 그렇게 생각했다. 최후의 한 수를 위해 신중을 기한 것이 오히려 상대에게 기회를 주었다.

얼굴을 노리고 들어오는 검을 막는 순간 상대의 검끝이 뱀처럼 휘어 들어와 팔을 노렸다.

그 한 수에 풍진악의 오른쪽 팔꿈치에서 피가 흘렀다.

"와아!"

모처럼 풍진악이 피를 흘리며 물러서자 왕자 측 군중들은 비무대가 무너질 듯이 함성을 지르며 기뻐했다.

짝짝짝!

철가륵 왕자도 미처 기쁨을 감추지 못하고 벌떡 일어나 손뼉을 쳤고 아라 공주는 긴장감에 두 손을 마주 잡고 몸을 웅크리며 떨었다.

이대로 무너지고 마는가 했었다.

하지만 어차피 포기하는 심정으로 준비했던 비무였기에 원망하지는 않으리라 했었다.

그런데 희망이 보였다.

쐐액!

만회를 하려는 듯 풍진악이 허공을 박차며 검을 내려 갈랐다.

한 수를 성공한 뒤 공주에게 곁눈질을 하느라고 미처 자세를 바로 하지 못한 무영은 또다시 기선을 제압당해 연신 뒤로 밀렸다. 다시 살가 패거리들의 함성이 들렸다.

상대는 경험과 초식의 운용에서 그를 압도하고 있었다. 그러나 내력이나 초식의 정교함은 자신이 우위에 있는 것 같았다. 풍진악의 검초는 날카롭고 그 기세가 흉흉하기는 했지만 뭔가 부족한 느낌이 드는 그런 공격이었다. 번번이 이제 자신은 끝났다고 생각하는 순간 오히려 상대가 마무리를 하지 못했다.

내력은 자신있었다.

명의로 소문이 자자하다는 만약당(萬藥堂) 국 의원이 진맥한 바에 따르면 자신의 몸속에는 아직 만년설삼의 효능이 완전히 녹지 않고 있다고 했다. 자신의 노력으로 내력을 키울수록 만년설삼의 효능으로 범인들의 두 배, 세 배의 내공이 쌓이리라 했는데 이제 무공을 연마한 지 삼 년이 지난 요즈음에 와서는 그 말의 뜻을 몸속으로 느끼고 있었다.

풍진악은 계속해서 교묘히 내공을 가감해 가며 허초와 실초를 섞어 공격을 퍼부었고 무영은 그때그때 임기응변으로 겨우 막아내다시피 하고 있었다.

순식간에 다시 십여 초가 지났고 겨우 숨을 고른 무영이 다시 반격의 기회를 노렸다. 기이하게도 풍진악의 초식은 대부분 무영이 알고 있는 것들이었다. 잘못 보지 않았다면 풍진악은 금룡검법을 주로 펼쳤으며 그것에 운룡대팔식을 가미하여 사용하고 있었다.

'도박이다.'

계속 이런 식으로 나가면 결국 질 수밖에 없었다. 자신을 믿고 있는 공주와 왕자, 뭔가 확실한 전환점이 필요한 시기였다.

무영은 필살의 한 수를 궁리했다.

"하얏!"

힘찬 기합 소리와 함께 무영의 검이 대각선으로 그어졌다. 내력을 몽땅 퍼부은 한 수였다.

풍진악은 기세가 심상치 않자 힘을 다해 막았다.

챙!

검과 검이 부딪치자 불꽃이 튀었다.

풍진악은 내력이 점점 밀리고 있었기에 온 힘을 다해 검을 막는 데

집중했다. 순간 무영의 발이 가볍게 지면을 쓸며 풍진악의 왼쪽 무릎을 걸어찼다. 발재간은 무영이 가장 자신있어하는 수법이었다.

팍!

풍진악이 몸의 균형을 잃고 왼쪽으로 기울며 휘청거렸다. 설마 검광이 난무하는 진검 승부에서 발을 써서 공격해 올 줄은 몰랐다. 풍진악의 전면이 무방비 상태로 노출됐다.

무영이 멈칫했다.

그 틈을 이용해 상대의 목을 벨 수도 있었다. 하지만 무영은 차마 그러지 못하고 상대의 오른손을 베어 올렸다.

"욱!"

풍진악이 비무에서 처음으로 비명을 질렀다. 이미 아까 일격을 당한 곳이라 더 이상 팔에 힘을 모을 수도 없었다.

텅!

풍진악은 순간적으로 오는 극심한 고통에 검을 떨어뜨렸다.

검은 무인의 생명과 같은데 그걸 떨어뜨린 것으로 보아 상처가 가볍지 않은지 풍진악은 오른손을 감싸 쥐며 연신 서너 걸음 뒤로 물러났다.

풍진악이 패한 것이다.

"와! 와! 와!"

비무대 주변이 함성으로 뒤덮였다.

하미왕국의 왕좌를 놓고 다투던 승부가 끝났다.

철가륵 진영의 인사들은 모두 자리에서 일어나 주먹을 불끈 쥐거나 서로 마주 보며 좋아했다.

원래 무영의 이 수법은 권법과 퇴법을 교묘히 혼합한 것으로 굳이 말하자면 취안원앙퇴(取眼鴛鴦腿)의 수법을 변용한 것이라 할 수 있었다. 권장 대신 검으로 상대를 공격해 대응하고 그 순간 상대의 빈틈을 노려 돌려차기인 원앙퇴를 낮게 구사했다.

검술 비무 도중에 발차기를 한다는 것은 자칫 계산이 빗나가거나 눈치를 채면 상대의 반격에 심각한 검상을 입을 수도 있었다. 그만큼 발을 사용한다는 것 자체가 공격자의 몸 균형이 흐트러짐을 피하기 어려운 까닭이었다.

하지만 도박은 멋지게 성공했다.

풍진악이 검을 떨어뜨리고 뒤로 물러섰다.

상대의 손속에 사정이 들어가 있었음을 모를 바보는 아니었다.

'내 목을 딸 수도 있었어.'

그는 무영의 검이 목을 피해 팔로 흘러 들어온 것을 알고 있었다. 그 순간에는 목을 치는 것이 오히려 쉬웠으리라.

풍진악이 물러서자 참관하던 대신관이 무영의 승리를 선언하려는 듯 비무대 중앙으로 걸어나왔다.

"멈추시오!"

살가 장군은 초반의 공세로 보아 이길 줄 알았던 풍진악이 단 몇십 수의 드잡이질로 검을 떨구어 크게 실망하던 차에 대신관이 나서려 하자 재빨리 제동을 걸었다.

'실수야! 상대가 시원찮다고 계속 공격만 하다가 방심한 게야!'

억울했다. 이대로 왕좌를 건네줄 수는 없었다.

"아직 시합이 끝난 것은 아니다!"

그는 다 이긴 줄 알았던 비무가 이렇게 끝나 버리자 도저히 받아들일 수 없었다. 살가는 다급한 마음에 억지를 썼다.

"우― 우― 우―"

비무대 주변의 관중들이 일제히 야유를 보냈다.

"검을 떨구었다고 졌다는 법이 어디 있는가?!"

살가는 악을 써댔다.

선왕이 비실대며 죽기 몇 년 전부터 수만 금의 뇌물을 쓰고 병사를 동원하고 해서 노려왔던 왕권이다. 이토록 허무하게 내어줄 수는 없었다. 무공으로는 근동 수천 리에서 최고라는 기련신룡이 나서면 당연히 이길 줄 알았던 비무였다. 그를 모시기 위해 그가 쓴 은자와 승리할 경우 약속한 금은보화는 감히 상상할 수도 없을 정도였다.

그런데 패배라니?

숨이 턱 막혀왔다.

믿을 수 없는 사실에 그의 몸속 혈관을 흐르던 피는 급격히 요동 쳤고 모든 세포들도 경련을 일으켰다.

"험! 험!"

대신관이 크게 헛기침을 하며 다시 나서려고 했다.

"기련신룡, 그대는 졌다고 승복하는가?"

대신관이 다른 말을 하기 전에 살가는 재빨리 나서 말을 자르고는 풍진악을 바라보며 물었다.

원래 이 비무의 규칙은 상대가 패배를 인정하거나 비무에서 완전히 제압되면 진 것으로 한다고 합의한 상태였다. 무인이 검을 버렸으니 목을 내어놓은 것과 다름없지만 이 경우 너무도 당연해서 규정에 넣지 않은 것을 핑계로 삼을 속셈이었다.

"그렇소!"

풍진악은 살가 쪽은 쳐다보지도 않고 자신의 옷자락을 찢어 다친 오른팔을 싸매며 무표정한 말투로 대답했다. 이미 목숨까지 구걸받은 처지였다.

"뭣이?"

살가는 그 말에 반쯤 정신이 나간 표정이었다.

당연히 풍진악이 패배를 부인하고 다시 나설 줄 알았다. 자신이 체면을 완전히 구겨가며 겨우 꼬투리를 잡고 나섰는데 풍진악이 그만 포기한 것이었다.

'저, 저놈이!'

예기치 못한 풍진악의 간단한 대답에 살가는 일순 당황해서 어찌할 바를 몰랐다.

"와— 와— 와—"

삘리리— 삐— 삐—

관중들의 고함 소리와 호저 소리가 천지를 뒤흔들듯이 울렸다.

"철가륵 왕자의 대리인 장무영의 승리를 선언합니다. 아울러 오늘 이후로 살가 장군은 하미왕국의 국경 내에 머무를 수가 없음을 선포합니다. 살가 장군은 미리 합의한 약속에 따라 자정이 되기 전에 하미의 영토를 벗어나야 할 것이오."

대신관이 손을 들어 무영의 승리와 살가의 국외 축출을 선언했다. 당사자가 패배를 시인했으니 이제는 더 이상 재론할 여지도 없었다.

"와— 와— 와—"

왕자를 지지했던 군중들은 두 손을 흔들며 소리를 질러대거나 호저를 불고 춤을 추며 기뻐했다.

"철가륵 왕자님! 천세! 천세! 천천세!"

누군가 자리에 부복하며 선창을 하자 모두 합창하듯 따라서 소리를 지르며 땅바닥에 엎드렸다.

살가 측 진영에서는 우왕좌왕하며 어찌할 바를 모르다가 몇몇 병사들이 바닥에 머리를 조아리자 대부분 그들을 따라서 머리 숙여 엎드리며 왕자 마마 천천세를 외쳤다.

꼿꼿이 서 있는 무리는 아직도 정신을 차리지 못하고 있는 살가 장군과 그의 추종자 몇몇이 전부였다.

"무엄하다! 살가 장군은 어찌하여 부복하지 않는가?!"

철가륵 왕자의 측근이 서 있는 그를 보고 큰 소리로 나무랐다.

"뭣이? 무엄하다고?!"

말과 동시에 살가는 장군도를 뽑았다.

눈에는 광기가 서렸다.

"이런 쳐 죽일 놈들, 감이 나를 능멸해?!"

이제 멸시까지 받고 있었다.

"명령이다! 수비대는 모두 무기를 들고 철가륵 일당을 주살하라!"

더 이상 물러설 수도, 물러날 곳도 없었다.

그는 이제 사막으로 내쫓기는 선택만 남은 마당에 망설일 이유가 없었다. 죽든 살든 이곳에서 승부를 내야 했다.

"친위대는 왕자님을 지켜라!"

수십 명의 살가 일당이 칼을 뽑아 왕자가 참관을 위해 앉아 있던 비무대로 달려들자 왕자의 친위대장이 재빨리 친위대를 이끌고 앞을 막았다.

"으악!"

"억!"

양측은 모두 창검을 휘두르며 피 튀기는 싸움에 돌입했다.

일단 싸움이 벌어지자 땅에 엎드렸던 수비대 병사들도 장군도를 휘두르며 독려하는 살가의 지시를 받자 속속 다시 일어나 무기를 들고 친위대를 향해 덤볐고 그 수는 삽시간에 수백을 헤아렸다.

싸움은 삽시간에 혼전으로 치달아 사방에서 죽어가는 병사들의 비명 소리와 병장기 부딪치는 소리가 난무했다.

살가가 지휘하는 수비대는 수적으로 왕자의 친위대를 압도하고 있어 순식간에 철가륵 왕자 측은 뒤로 밀리고 있었다.

무영도 왕자의 앞을 막아서며 싸움에 가담했다.

언뜻 아라 공주가 걱정되어 그녀가 있던 쪽을 보니 이미 몸을 피신했는지 보이지 않았다.

죽이고 죽는 전투가 계속되면서 숫자에서 확연히 열세인 왕자 측의 친위대가 계속해서 뒤로 밀려 무너지는 것은 이제 시간문제였다.

제5장 첫날밤

“살가를 죽여라!”

갑자기 모여 있던 사람들 속에서 누군가 소리를 질렀다.

군중들은 도검이 난무하자 뒤로 물러나 몸을 피했지만 비무에서 이긴 왕자 측이 밀리자 참지 못했다.

그 소리를 시발점으로 모여 섰던 군중들 여기저기에서 그에 동조하는 소리가 들리더니 광장의 군중들은 순식간에 일제히 합창하듯 소리를 질렀다.

“살가를 죽여라! 비겁한 살가를 죽여라!”

군중들의 소리는 광장을 뒤흔들듯 커지더니 급기야 여기저기에서 반군을 지휘하고 있던 살가 쪽을 향해 돌팔매가 날아들었다.

살가를 따르던 병사들도 처음에는 살가를 중심으로 굳게 뭉쳐 살가를 보호하려 했으나 워낙 엄청난 수만 군중들의 기세에 압도되어 하나

둘 무기를 버리고 달아나는 자가 생기더니 시간이 지나자 그 뒤를 따르는 자가 속출했다.

천여 명까지 불어났던 살가 휘하의 수비대 병사들은 잠깐 사이에 수십 명만 남기고 모두 자취를 감추었다. 수만에 이르는 군중들의 기세에 자기 한목숨 살기 위해 달아나거나 방관자가 되어버린 것이다.

게다가 하미왕국은 작은 나라이다 보니 군중들이라고 해야 대부분 친인척이나 동네 사람 등으로 알고 지내는 경우가 많아서 적극적으로 군중과 대적하여 싸우려 하는 병사는 별로 없었다.

"퇴각하라!"

사태가 이미 돌이킬 수 없다는 것을 깨달은 살가는 몇십 기의 추종자와 호위기병을 대동하고는 재빨리 말을 달려 성문을 통해 달아났다.

분하지만 훗날을 기약하는 수밖에 없었다. 달아나는 그 일당들을 향해 돌팔매가 날았다.

"와—"

군중들은 마치 오랜 투쟁 끝에 독립을 쟁취한 시민들같이 기뻐하고 있었다.

"장 협사, 정말 이 은혜를 어떻게 갚아야 할지 모르겠소!"

자신에게 환호하는 군중들을 향해 여러 차례 화답한 철가륵 왕자가 무영에게 다가오며 인사했다.

"왕자 전하께 약속을 지키게 되어 기쁩니다."

무영도 만면에 기쁜 미소를 지으며 답하고는 말을 이었다.

"그리고 하미왕국의 국왕이 되신 것을 진심으로 축하드립니다."

"핫핫핫, 이 모든 것이 장 협사의 공이 아니오? 협사가 나서지 않았더라면 내가 나서서 이 비무대 위에서 죽으려고 했소이다."

왕자는 진심으로 고마워했다.

여기저기에서 인사말과 축하의 말이 오갔고 왕자를 따라 무영은 주청으로 안내되었다. 덩달아 방극도 귀빈으로 초대되었는데 무영 주위에 여러 사람이 모여들어 축하 인사를 하는 바람에 말도 제대로 건네지 못하고 있었다.

떠들썩하게 술잔이 계속 오가는 중에 철가륵이 나서서 긴 인사말과 치사를 하더니 돌연 무영을 바라보며 말했다.

"이제 내가 협사와의 약속을 지켜드릴 차례요."

철가륵은 무영의 뒤를 보며 말을 이었다.

"협사님을 누님의 처소로 모셔 드려라."

뒤를 돌아보니 어느 틈엔가 공주의 시녀인 단단이 기다리고 있었다. 철가륵의 말이 떨어지기 무섭게 그녀는 장무영의 곁에 섰다. 그를 안내해 가려는 것이었다.

"와—"

짝짝짝짝!

좌중에 모인 사람들은 일제히 그를 향해 환호하며 박수를 쳐 축하해 주었다.

얼굴이 붉어진 무영은 간단히 인사하고는 곧장 공주의 처소로 향했다. 안내하는 단단의 엉덩이가 야릇하게 흔들린다고 느껴졌다.

"장 협사께서 오셨습니다."

공주 처소 앞에 도착하여 머뭇거리자 단단이 잰 걸음으로 나서더니 그의 내방을 알렸다.

"안으로 모셔라."

언제 들어도 단아한 느낌을 주는 아라 공주의 목소리였다.

공주의 처소는 무척이나 화려하게 꾸며져 있었는데 지난번에 방문했을 때와 다른 점이 있다면 붉은색의 장식이 특히 많아졌다.

"소녀 아라가 협사님을 뵙습니다."

여전히 면사로 얼굴을 가린 공주는 이제까지와는 다르게 한껏 예를 갖춰가며 자신을 낮추어 말했다. 비무를 하기 전보다 자신을 대하는 태도도 어딘가 조심스러우면서도 공경하는 빛이 역력했다.

"험! 공주 마마께 제가 무리한 부탁을 드린 게 아닌지 모르겠습니다."

갑자기 돌변한 공주의 태도에 당황한 무영은 적당한 말이 생각나지 않아 약속을 상기시키듯이 말했다.

'빌어먹을, 왜 이 여자 앞에만 서면 버벅거리는 거야?

자신도 모르게 은근히 주눅 드는 것이 자존심이 상할 지경이었다.

잠시 서먹한 시간이 계속되는 사이 단단은 소담하게 담은 호과(胡瓜:사막에서 나는 과일. 중원과 종류는 비슷하나 당도가 높다) 한 바구니와 차를 내왔다.

"협사께서는 저희 남매를 살리신 것뿐만 아니라 이 나라를 살리셨습니다. 그 은혜는 소녀가 목숨이 다할 때까지 갚아도 다하지 못할 것입니다."

'음, 목소리가 정말 곱군.'

"험, 최선을 다한 것뿐입니다. 그리고 제 부탁이 부담스러우시다면 지금이라도 제 요구를 취소하겠습니다."

슬쩍 한발을 빼며 반응을 보았다.

"오늘 밤 그 약속은 틀림없이 지킬 것이니 심려하지 말아주세요."

'오늘 밤이라고?

"험, 험!"

무영은 그의 속내를 들여다보는 듯한 아라 공주의 대답에 얼굴이 달아오르고 공연히 헛기침만 나왔다.

"협사님의 집안은 어떤 댁인가요?"

"……?"

무영은 갑자기 집안 애기를 묻는 아라 공주의 말에 순간적으로 당황해 얼른 대답하지 못했다. 사실 집안 이야기를 하고 싶지도 않았다.

공주는 그의 대답을 기다리는 듯 면사를 쓴 채로 얼굴을 무영에게 고정시켰다.

계속 말없이 버틸 수 없어 잠시 뜸을 들이던 무영은 자신의 집안 내력에 대해 자세히 애기를 시작했다.

아라 공주는 무영이 명의 대장군이라는 것에 크게 놀랐다. 하지만 궁중에서 배운 법도에 익숙했는지라 조용히 무영의 말을 경청했다.

한참이 지나서 지내온 이야기를 마치는 무영의 눈에 언뜻 눈물이 비쳤다. 애기를 하다 보니 아직도 마음 졸이며 자신을 기다리고 있을 어머니 주설하며 장자맹, 미랑 등이 생각난 것이었다.

"부모님께서는 좋은 분들이신 것 같군요."

분위기가 묘하게 돌아가는 듯하자 아라 공주는 조용한 목소리로 무영의 애기를 마무리 지었다.

'젠장, 뭐 하러 그런 걸 물어가지고.'

무영은 아직도 뭉클한 감정을 다스리지 못해 잠자코 있었다.

어느덧 창밖을 보니 어둠이 얕게 내렸다.

공주는 무영을 대청으로 안내했다. 그곳은 온통 붉은색의 천들로 치장되어 있었는데 어느 틈에 왔는지 철가륵과 하미왕국의 여러 대신들이 자리하고 있었다.

"하하하, 장 협사, 이제부터 처남 매부지간이니 사석에서는 말을 놓으셔도 좋습니다."

철가륵은 예의 그 호방한 웃음과 함께 무영의 두 손을 굳게 맞잡으며 말했다.

"처남 매부?"

그 말에 무영이 깜짝 놀라며 반문하자 철가륵이 오히려 더 놀라는 표정이었다.

"하하하, 이제 곧 누님과 결혼하면 그렇게 될 터인데 뭘 그리 놀라십니까?"

"결혼?"

"그럼 얼굴을 보여달라는 말의 의미를 모르고……?"

철가륵이 뒷말을 흐렸다.

"아!"

어디선가 미약한 탄성이 들렸다.

무영이 언뜻 보니 아라 공주의 교구가 잠깐 흔들리는 것 같았다.

"그럼 그 말이 결혼을 의미하는……?"

무영도 뒷말을 흐렸다.

이곳은 회회교를 믿는 하미왕국이니 당연히 여자는 얼굴을 보여준 남자와 결혼을 해야 한다는 생각이 퍼뜩 무영의 뇌리를 스쳤다. 면사 속의 얼굴이나 보여달라는 말에 대신들이 놀란 것이나 방금 공주와 대화를 하는 중에 말투가 이상하게 바뀐 것은 그 때문이었다.

'땡잡았다!'

횡재였다. 얼굴이 아니고 전체(?)라니…….

"아아, 그게… 당연히 제가 책임을 져야 하는 것이 아니겠습니까?
하지만 이 점은 제가 미처 예상하지 못했으니 지금은 뭐라고 드릴 말
씀이…….."

무영은 너무나 당황한 나머지 자신도 모르게 횡설수설 단계로 가고
있었다.

"……?"

알쏭달쏭한 무영의 대답에 철가륵은 도대체 그가 무슨 말을 하고 있
나 하는 표정이었다.

"공주 마마는 저에게는 과분한 분이신지라…….."

적절한 대답을 찾아 머리를 굴리다가 말끝을 얼버무렸다. 뒷등에 식
은땀이 나는 기분이었다.

"하하하, 그런 소리였습니다. 이 기쁜 날에 우리 다 같이 술 한잔 다
시 했으면 좋겠군요."

무영은 갑자기 어울리지도 않게 호탕하게 웃으며 덧붙였다.

"하하하, 당연히 그래야지요. 오늘같이 기쁜 날…….."

철가륵은 그의 말을 제대로 이해하기 어려웠지만 아무튼 분위기를
바꾸려는 듯 호방하게 웃으며 말했다.

"그런데 회회교(回回敎) 사람들도 술을 먹나요?"

갑자기 생각난 듯 무영이 단단을 향해 작은 소리로 물었다.

"회회교를 믿는다 해도 우리는 오랫동안 중원 풍습 속에 살아왔기
때문에 술을 먹습니다."

어느 틈에 철가륵이 듣고는 나서서 말했다.

'사이비구만.'

그는 가볍게 고개를 끄덕여 주었다.

"원래 한나라, 수나라나 당나라 시절에는 이곳도 중원 천자의 지배 아래 있었습니다. 명나라에서는 이곳이 변장 이북이라 신경을 쓰지 않아 우리끼리 모여 살다 보니 나라를 세우게 된 것이지요."

철가륵이 덧붙이듯 말했다.

공주 처소의 대청은 마치 축제 분위기에 젖은 듯 여기저기에서 담소가 피어났고 시종들은 마치 서양식 부페처럼 술과 갖가지 음식을 들고 사람들 사이를 누비고 다녔다.

"식을 올릴 시간이 됐으니 협사께서도 준비를 하시지요."

만찬이 한창 무르익어 갈 무렵 단단이 살며시 다가와서 말했다.

"식이라니?"

장무영은 어안이 벙벙해서 물었다.

"결혼식 말입니다."

단단은 놀라는 무영이 오히려 이상하다는 듯이 바라보며 말했다.

"옛? 결혼식?"

"모르셨어요?"

말을 잃은 무영은 도대체 어떻게 해야 할지를 몰라 갈피를 잡지 못했다. 가만히 생각해 보니 이 만찬은 자신과 아라 공주의 결혼식 만찬이었던 것이다.

"무슨 문제라도 있는지요?"

그의 안색이 영 신통치 않음을 본 철가륵이 다가와 물었다.

"사실 중원에서는 결혼식을 올리기 전에 부모님의 허락을 받아야 하는데… 제가 여기서 허락도 없이 식을 올렸다가는 부모님이 매우 실망하실 게 틀림없으니 어찌해야 할지……."

다다익선이라지만 무영은 사실 그게 제일 난감했다. 결혼식이야 천

번 만 번 올릴 용의가 있었지만 첫 결혼(?)인데 자신만을 믿고 있는 대학사 부부가 무허가 결혼식에 실망할 것을 생각하니 도무지 용기가 나지 않았다.

"아, 그런 문제가 있었구려. 맞아맞아, 내가 왜 미처 그 생각을 하지 못했지……."

철가륵도 얼굴빛이 변했다.

막상 무영의 부모 생각은 하지 못했던 것이다. 이곳에서도 결혼을 하려면 양측 부모의 합의가 있어야 하는 것이다. 그런데 이미 결혼식은 공표된 것이나 마찬가지이니 난감했다.

"그럼 이렇게 하는 것이 어떻습니까? 여기서 일단 임시로 결혼식을 올리고 중원에 가서 다시 부모님의 허락을 받고 중원 방식으로 식을 올리는 것이……."

잠깐 고민하던 철가륵은 무영을 보더니 그렇게 말했다.

"……."

무영은 그의 말에 잠깐 생각에 잠겼다. 하기는 이곳 왕실의 체면이 있지 이제 와서 식을 물릴 수도 없는 형편이었다.

'에라, 모르겠다.'

"그게 좋겠군요. 부모님은 제가 책임을 지고 설득하겠습니다."

부모님도 공주와 혼인을 한다면 반대하지는 않으리라 생각했다.

중원 천자의 공주도 변방의 왕에게 시집가는 경우가 가끔 있었다. 더구나 공주는 한어도 잘하니 며느릿감으론 큰 문제가 없겠다고 생각한 것이다.

"됐습니다. 그럼 결정을 본 것으로 하고 가서 준비를 하시지요."

철가륵의 말을 신호로 단단의 손에 이끌려 간 무영은 목욕을 한다,

머리를 빗는다, 치장을 한다 하여 한동안 분주했다. 모든 준비를 마치
자 단단이 어디서 구해왔는지 명나라 장군복을 가져왔다.

"이 옷을 위에 입으세요."

"갑옷을 입고 결혼식을 올리란 말이오?"

단단의 말에 그가 눈을 둥그렇게 뜨고 물었다.

"사실 지금 백성들은 나라가 아직 안정되지 않아서 매우 불안해하고
있어요. 이럴 때 장군께서 장군복을 예복으로 입으신다면 모두들 명나
라에서 우리 왕자님을 인정하는 줄 알고 믿음을 가지고 왕자님을 따르
게 될 거예요."

"왕자의 뜻이오?"

의외로 정치적인 목적의 예복인지라 왕자가 사주한 것인가 해서 무
영이 물었다.

"아니에요. 공주 마마의 뜻이에요. 마마께서는 장군께서 마지막으
로 한 번만 더 왕자님을 도와주시기를 바라고 계세요."

"……."

잘못하면 후일 정치적으로 비화될 수 있는 문제인지라 무영은 내심
결정을 내리기가 힘들었다. 아무래도 아버지 장자맹 대학사의 입장을
생각하지 않을 수 없었던 것이다.

"공주님께서는 만일 왕자님이 장군복을 입으신다면 왕자님께 부탁
해서 명나라와 하미왕국이 화친을 맺고 조공을 바치겠다는 국서를 장
군 편에 보내달라고 말씀드린다고 하더군요."

단단의 말에 무영이 가만히 생각해 보니 명나라에 이득이 되니 후일
크게 문제가 없겠다 싶어 응낙했다.

"알았소. 그렇게 하리다."

그 말에 단단은 공주님도 기뻐하실 거라고 하며 방을 나갔다.

하미왕국은 약소국인지라 북방의 달단족이나 동남방의 명나라의 틈바구니에서 항상 불안해하며 사는 처지였다. 만일 무영이 명군 장수의 복장으로 식을 올린다면 국민들이 크게 기뻐할 것은 당연했다.

이윽고 결혼식이 거행되었다. 왕궁의 악사들이 생전 처음 보는 여러 가지 악기들을 가지고 나와 감미로운 음악을 연주했고 모든 참가자들은 두 사람을 축복해 주었다.

왕궁 안에서의 결혼 식순이 끝나자 공주와 함께 백성들의 축하를 받으며 성안을 한 바퀴 도는 것이 마무리 순서였다. 하미왕국의 백성들은 무영의 이름을 연호하며 결혼식을 축하했다.

콩, 콩, 콩당, 콩당.

침상 위에서 공주를 마주한 무영은 가슴이 벌렁거려 정신을 차릴 수 없을 지경이었다.

면사로 얼굴을 가린 채 언뜻언뜻 속살이 비치는 얇은 분홍색 망사를 두세 겹 걸쳐 입은 공주의 모습은 요염하기가 그지없는지라 그는 완전히 맛이 가버린 상태였다.

"꿀떡!"

어색한 분위기 속에 무영이 참지 못하고 군침을 삼켰다.

'허걱!'

웬 침 넘어가는 소리가 자기 귀에까지 들리는 게 마치 천둥처럼 요란하게 느껴져서 얼굴이 벌게지는 무영이었다. 여자와 오붓하게 한 방에서 마주했으니 당연하달까. 아무튼 망신이었다.

"면사를 벗겨주세요."

꿀떡 하는 소리에 무영의 생각을 눈치 챈 공주도 긴장했는지 떨리는 목소리로 조그맣게 말했다.

무영의 손이 눈에 뜨일 정도로 떨며 공주의 얼굴로 향했다.

사실 그동안 약간 걱정이 없지 않았다.

'혹시 얼굴은 아닌데 목소리만?

원래 공평하신 하느님이니 충분히 가능한 추측이었다.

그런 경우 물릴 수도 없고… 튀자.

무영이 과감하게 면사를 벗겨갔다.

면사가 올려지며 공주의 얼굴이 나타났다.

'으헉!'

눈을 함초롬히 내리깔고 가볍게 입술을 다문 공주의 얼굴. 이제껏 이처럼 아름다운 얼굴을 보지 못했다. 마치 옥으로 빚어놓은 듯한 고운 피부와 윤곽.

"꿀떡!"

자신도 모르게 군침이 다시 넘어갔다.

심호흡을 해서 어느 정도 수전증을 다스린 무영은 가만히 다가가 공주의 이마에 가볍게 입을 맞췄다. 살며시 뒤로 손을 돌려 공주의 가녀린 어깨를 가볍게 안았다. 공주의 어깨도 가늘게 떨렸다.

"상공."

더 이상 부끄러움을 참지 못한 공주가 속삭이듯 그를 부르며 안겨왔다. 안고 있는 그의 귀에는 그 소리가 마치 꿈결처럼 들렸다. 다음 순간 무영의 하체에서 또 다른 무언가를 찾는 듯 헤매는 어떤 놈이 느껴졌다. 더 이상 기다릴 수가 없었다. 그는 공주를 가볍게 침상 위로 쓰러뜨려 갔다.

‘엥?

침상 위로 누이려던 무영은 의외로 완강한 저항에 부딪쳤다. 아라 공주가 적극적인 몸짓으로 그걸 거부했기 때문이다.

‘맘이 변했나? 이미 늦었는데…….’

“상공, 저는 이미 상공의 것입니다. 하지만 북경으로 가서 정식으로 허락을 얻어 식을 올린 후에 몸을 허락하고 싶습니다.”

‘허걱! 이게 무슨 소리?’

“부탁드려요. 조금이라도 저를 아끼신다면 제 소원을 들어주시리라 믿습니다.”

얘기인 즉, 무영이 지금 건드리면 자신을 아끼는 마음이 조금도 없다는 뜻으로 받아들이겠다는 것이 아닌가?

‘환장하네.’

하도 목소리가 고와서 얼굴이나 한번 보고 가려고 했었다. 불을 지펴가며 장작을 땐 것이 누군데 이제 와서 찬물을 뿌리다니, 도대체 이게 무슨 경우인가?

물론 지금은 얼굴만 보고 끝낼 생각은 조금도 없었다.

‘이젠 내 건데…….’

“상공…….”

“우, 우리는 이미 결혼식을…….”

이럴 수는 없었다.

“상공…….”

아라 공주는 마치 어린아이처럼 도리질까지 해가며 애절한 목소리로 무영에게 부탁해 왔다.

“험험, 다, 당연히 그래야겠지요.”

그 뇌살적인 애교에 미처 생각할 틈도 없이 대답이 먼저 나왔다.

'어? 이게 아닌데…….'

이미 늦었다.

'그럼 대신 그거라도…….'

무영의 손이 더듬더듬 게 발로 아라 공주의 젖가슴으로 향했다.

"상공, 이러지 마세요."

"험험, 그래도 그것도 안 주겠다면 너무하지 않소?"

"기왕에 참으신 것인데……."

"이미 우리는 부부가 아니오?"

"잠시만 기다리시면 될 것을……."

주제가 뭔지 둘은 그걸 놓고 치열한 설전을 벌였다.

"아무튼 참아주세요."

공주는 끝까지 버텼다.

'아, 미치겠구나.'

지극히 정상인 남자의 몸으로 아름다운 여인과 조용히 밤을 지새는 일은 겪어보지 않으면 알 수 없을 정도로 고통스러웠다.

아무튼 그날 공주의 처소에 불은 꺼졌다.

공주와 무영은 침상 위에 나란히 누웠다. 도저히 잠이 올 것 같지 않았다.

'음, 재도전이다.'

다시 무영의 손이 게 걸음으로 공주의 젖가슴을 향해 움직였다.

탁!

사정없는 공주의 손길이 무영의 팔을 쳐냈다.

'음, 안 되는군.'

무영은 도인이 되기 위해 도를 닦을 준비를 했다.

'먼저 호흡을 고르고, 후, 후, 후, 후, 헉헉.'

도무지 호흡부터 통제가 불가능했다.

몇 번을 시도하다가 번번이 실패하자 이성이 마비되는 듯했다.

"으악, 못 참겠다."

도를 닦던 무영이 벌떡 일어나 공주를 덮쳤다.

"사, 상공!"

"가, 가슴이라도… 허엉~"

무지막지한 무영의 손길을 공주도 더 이상 막지 못했다. 하지만 여전히 저항이 격심했다.

'아라, 딱 한 번만……'

무영이 입김을 불어넣어 가며 아라 공주의 귀를 간지럽혔다. 순간 거짓말같이 막아오던 공주의 손길이 힘을 잃었다.

'됐다.'

즉효로 약발을 받았다.

하지만 더 이상의 진도는 나갈 수 없었다.

무영을 정말 미치게 한 것은 신부의 신방에서 삼 일을 보내야 한다는 이곳 풍습이었다. 그는 지옥 같은(?) 삼 일 동안 매일 밤 찌찌만 빨며 밤을 새워야 했다.

첫날밤을 거우 지내고 밖으로 나오니 방극이 찾아왔다.

"자네, 재간이 놀라우이. 변방에서 여비도 없어 쩔쩔맨 게 언제라고 이제 공주님의 부마가 됐으니… 그래 첫날밤은 잘 지냈겠지?"

그는 웃으며 물었다.

"이 얼굴이 잘 지낸 얼굴로 보입니까?"

하기는 아침에 일어나 거울을 보니 얼굴이 초췌한 것이 무척 고생한 모습이었다.

"아니, 그게 무슨 소린가? 그러고 보니 몰골이 말이 아니군."

그는 무영을 위아래로 자세히 보더니 말을 이었다.

"그럼… 역시 그게 문제로군. 쯧쯧, 젊은 사람이 그리 부실해서야……. 남자는 역시 하초가 튼튼해야 어디 가서도 대접을 받을 수 있는데 그리 몸이 약해서야."

방극은 안됐다는 듯이 허까지 차가며 말했다.

"예? 그게 아니라구요! 그게……."

차마 공주가 주지(?) 않았다고 말할 수도 없어 뒷말을 흐릴 수밖에 없었다.

"괜찮네. 처음엔 잘 안 되는 수도 있다네. 차츰 나아질 거야. 그저 그런 때는 여자가 남자 맘을 편하게 해줘야 하는 건데……. 공주님이 그런 걸 아셔야 할 텐데… 아직 경험이 없으셔서."

방극은 자못 안타깝다는 표정까지 지었다.

"아, 글쎄, 그게 아니라니까요."

그의 엉뚱한 상상에 얼굴까지 붉어졌다.

"그럼 첫날밤에 그것 말고 무슨 다른 문제가 있었나?"

"말씀드리기는 그래도 그건 아니라니까요."

펄쩍 뛰며 부인하자 방극이 고심하던 눈치더니 사방을 둘러보고 나서 조용히 옆으로 다가오더니 귓속말로 물었다.

"그럼 공주님이 석녀……?"

'허걱!'

제6장

재회(再會)

청해삼호가 무영의 소식을 들은 것은 천산(天山)의 끝 자락에서 조금 떨어진 토로번(吐魯番)에 도착해서였다.

그들은 오랍족의 흔적을 계속 쫓아서 초원을 따라왔다가 오랍족의 족장 곡길한을 만나 무영이 혼전 중에 달아난 것 같다는 말을 전해 들었다. 다행히 한때 서로 칼을 겨눴던 곡길한은 호의적이었다. 일단 무영이 살아 있다는 소식에 안도했지만 그 후의 행방을 알 수 없으니 난감한 일이었다.

생각 같아서는 고향 땅 청해가 지척이니 그대로 튀고 싶었지만 그래도 대학사 부부의 얼굴이 떠올라 도저히 포기할 수 없었다.

"에이그, 그놈의 정이 뭔지……."

"그러게요. 녀석, 그래도 꼭 살아 있기만 하면……."

"이 녀석은 눈에 안 띄어도 속을 썩인다니까요."

삼 형제가 사막의 모래바람을 견뎌가며 서로 한 말이었다.

끝없이 펼쳐진 초원과 열사의 사막, 그리고 풀 몇 포기와 앙상한 나무들만 살아 있는 황무지를 번갈아 넘나들며 그를 찾아 헤매다가 도착한 곳이 이곳 토로번이었다.

그들이 그곳까지 간 것은 토로번은 옥문관을 통해 서역으로 나오는 중원 상인들과 천산을 넘어온 서역의 상인들이 오가는 길목으로 웬만한 정보는 꿰고 있는 그들의 입을 통해 소식을 듣는 것이 낫겠다 싶었기 때문이다.

그런데 상인들을 수소문하여 들은 소식은 해괴했다.

어떤 젊은 중원의 무사가 사막에서 흉명을 떨치던 혈랑단 수십의 목을 베고 위험에 처한 상단을 지켰다는 소문과 다시 하미왕국으로 가서 왕자를 도와 반역자를 물리쳤고 그 공으로 부마가 되었다는 얘기였다. 오가는 말들이 중원의 무사를 소설의 영웅처럼 묘사하고 있었는데 확실치는 않지만 그 협사의 이름은 거용관 전투로 이름이 높은 장무영 대장군이라는 말도 있었다.

참 이상한 일이라고 생각한 그들은 마침 중원으로 들어오는 상단에 붙어 하미까지 왔다.

녀석이 살아 있다면 집으로 올 일이지 왜 변방에 오랑캐 나라 부마가 되어 있겠나 하는 것이 그들의 생각이었지만 장무영이라는 이름까지 구체적으로 거명된 소문이니 확인하지 않을 수 없었다.

하미로 가까이 갈수록 그 소문의 신빙성은 도를 더하고 있었는데 나이가 이십여 세도 채 되지 않을 정도로 어리다는 것이며 사막에서 길을 잃고 헤매다가 섬서 상단의 구함을 받았는데 그 은혜를 갚기 위해 혈랑단으로부터 상단을 지켜주었다는 것과 명나라 대학사의 아들이라는 소문이 그것이었다.

하미왕국에 도착한 그들은 즉시 소문을 확인하더니 모두 사실이었다. 동명이인인가 싶기도 했지만 장무영의 이름 앞에 수식어처럼 따라붙는 '거용관 전투'의 영웅이라는 말이 붙으니 믿지 않을 수 없었다.

청해삼호는 공주궁에서 이름이 바뀐 부마궁(駙馬宮)을 방문했다.

"부마궁이 아무나 들어가는 곳인 줄 아슈? 썩 물러가시오."

"우리가 모시던 분이라니까요."

"허어, 부마님을 만나려고 하는 사람들이 한둘인 줄 아슈? 이 나라의 모든 세력가들이나 거상들이 하루에도 수십 번씩 찾아와 부마님을 만나려고 부탁하니 우리 같은 문지기들은 정말 죽을 지경이요. 다들 한자리씩 하는 사람들이니 나 몰라라 내칠 수도 없는 판국이라 난처하기가 이를 데 없는 처진데 댁 같은 사람들마저 나선다면 도대체 우리는 어떡하란 말이요?"

청해삼호는 예상치 못한 난관에 부딪쳤다. 부마궁의 위사들이 출입은 물론 말도 전해줄 수 없다는 것이다.

하미왕국에서 무영의 위상은 하루가 다르게 격이 달라지고 있었다. 무엇보다도 지금의 왕이 왕권을 잡을 수 있는 결정적인 공로자였고 왕의 누이인 아라 공주의 남편이니 지금 하미왕국에서 힘을 빌리자면 그보다 확실한 연줄은 없었다.

그러다 보니 부마궁을 지키는 친위대 위사들은 그야말로 무영의 얼굴 도장이라도 찍어두거나 연(緣)을 맺어두려는 각계의 실력자들로 골치를 앓고 있었다. 무영의 일과는 하루 종일 그런 손님들을 접견하고 은밀히 전하는 귀한 보퉁이를 받아 한구석에 챙겨두는 일이었다.

'음, 나중에 장사 밑천으로 써야지.'

아라 공주마저도 그의 끝없는 물욕에 혀를 내두를 지경이었다.

공주는 생각다 못해 부마궁에 외인의 출입을 금했다.

덕분에 정문 위사들의 부수입이 떨어졌는데 굳이 위안을 삼자면 왕국에서 무영의 하늘을 찌르는 위세를 등에 업고 기회를 잡으려는 사람들이 부마궁 출입을 끝까지 포기하지 않고 위사들에게 인사를 하고 있다는 것이었다. 그들이 남몰래 찔러주는 은근한 부수입도 만만찮았다. 하지만 이런 비렁뱅이 같은 놈들에게는 나올 것이 없다는 것쯤은 그도 잘 알았다.

"우리는 중원에서부터 부마님을 모시고 있던 사람들입니다. 안으로 기별을 주시면 틀림없이 달려나오실 게 확실하니 안에 우리 얘기나 좀 넣어주시오."

달뢰가 사정하다시피 하며 계속 매달렸다. 원래 여기저기 떠돌다 보니 관(官) 자가 들어가면 온몸에 경기를 일으키고 굽실거리는 것이 체질에 밴 그들인지라 위사들의 딱딱거리는 소리에도 다른 말은 하지 못하고 그저 사정만 하고 있었다.

"글쎄 안 된다고 하지 않았소. 다들 그럴듯한 핑곗거리를 만들어 가지고 오니 이거야 원……. 처음에는 진짜인 줄 알고 대장군께 모시고 갔다가 나중에 우리만 경을 친 것이 어디 한두 번인 줄 아시오?"

철가륵은 왕위에 오르자 무영에게 충의대장군(忠義大將軍)이라는 직함을 내렸기에 사람들은 그를 대장군으로 부르고 있었다.

달뢰 일행은 부마궁 앞에서 그렇게 며칠째 실랑이만 했다. 생각 같아서는 그저 뛰어 들어가 멱살을 움켜쥐고 끌고 나와 '너 때문에 우리가 얼마나 고생을 하고 있는데' 하며 혼쭐을 내고 싶었지만 그건 생각일 뿐이었다.

도저히 안 되겠다 싶었는지 그들은 부마궁 앞에서 진을 치고 앉아 무영이 나오기만을 기다리기로 했다. 식사도 교대로 했고 뒷간도 차례대로 갔으며 잘 때는 순번을 정해 번을 섰다.

며칠을 그렇게 여기저기 물어가며 보내니 이제 부마궁 안에 사는 사람들의 면면을 대충 파악할 수 있게 되었는데 마침내 그들은 공주의 시녀인 단단과 말할 기회를 잡았다.

일이 있어 궁 밖을 나선 단단을 만난 것이다.

청해삼호는 그녀를 잡고 통사정을 해서 제발 안에 기별이나 넣어달라고 하고 밖에서 기다렸다. 워낙 무영의 과거사를 줄줄이 꿰는 그들의 말에 혹시나 하며 안으로 들어갔던 단단이 다시 나왔다.

"일단 공주 마마께 먼저 말씀을 드렸더니 부마님을 모시던 사람들이라는 것을 확인할 수 있는 말이나 물건을 전해달라고 하시더군요."

"그럼 '선문학관'이라고 전해주시겠소? 그렇게만 말씀드리면 당장 달려나오실 겁니다."

부마궁에 머물고 있는 무영은 그동안 몇 번이나 북경으로 돌아가려 했으나 아라 공주와 철가륵의 지극한 만류에 그만 눌러앉아 있은 지가 벌써 보름이 넘고 있었다. '걱정하고 계실 부모님을 뵈어야 하니 더 이상은 안 되고 그럼 삼 일 후에는 꼭 가겠소' 한 것이 어제였다.

아침에 아라 공주가 다가오더니 은근한 목소리로 말했다.

"상공, 눈을 감고 계시면 제가 좋은 선물을 드릴게요."

'음, 뽀뽀로군.'

영화나 드라마에서 흔히 보았던 스토리가 아닌가?

무영은 짐짓 웃음을 띠며 눈을 감고 입술을 쭉 내밀었다. 그런데 뽀뽀 대신에 갑자기 왁자지껄하는 소리가 나기에 눈을 떠보니 청해삼호가 한꺼번에 나타난 것이다.

"입술은 왜 내밀고 있어요?"

달운의 퉁명스러운 목소리였다.

"이게 누구야?"

무영은 뽀뽀에 대한 미련을 가질 틈도 없이 기쁨에 휩싸였다. 서로 소주인, 아저씨 등 갖가지 이름을 불러대며 얼싸안았다.

"아저씨!"

"공자!"

말이 필요없었다. 한동안 네 사람은 서로 끌어안고 떨어질 줄 몰랐다.

눈물을 흘리며 기뻐하다가 시녀 단단이 나타나 간단한 다과를 차려놓자 겨우 진정하고 자리에 앉았다.

"부모님은?"

장무영은 우선 부모님 소식부터 물었다.

"대학사님은 사직서를 내셨고 대부인마님은 상심하셔서 자리를 깔고 누우셨어요."

달뢰의 말이었다.

목이 메었다.

아련한 그리움에 가슴이 미어터지는 기분이었고 한동안 아무런 말도 하지 못했다. 끝없는 자식 사랑이 또 그녀를 병들게 하고 있었다.

"일단 돌아가시죠. 대부인마님을 다시 침상에서 일으켜 세우실 분은 공자님밖에 없습니다."

달운이 말했다.

"어떻게 여기 있는 걸 알구 왔어요?"

무영은 그제야 이들이 한꺼번에 나타난 사연을 물었다. 청해삼호도 나이가 제법 들었는지라 무영도 예전처럼 어리광 피우듯 말을 함부로 놓기가 좀 어색했다.

달운은 그동안 무영을 찾아다녔던 일과 여기까지 오게 된 사연을 말했다.

"그런데 정말 너무하더라구요. 부마궁 밖에서 사흘이나 죽치고 기다렸지 뭡니까."

"쯧쯧, 그렇게 융통성이 없어서야……."

속마음은 그 고마움에 눈물이 흐를 지경이었으나 입은 따로 놀았다. 그의 말에 청해삼호의 눈이 쌍심지를 켰다.

'니미럴, 누구 때문에 고생고생해 가며 여기까지 왔는데…….'

무영의 그 한마디에 삼 형제의 머리 속에는 그동안 무영을 찾아 헤매던 고난과 역경의 길들이 떠올랐다. 자신들이 그런 고생을 하고 있는 동안 녀석은 변방에 와서 공주까지 꿰차고 신선 놀음을 하고 있었다. 정 많은 달뢰였지만 갑자기 무영에 대한 오만 가지 정이 다 떨어지면서 가슴속 깊은 곳에서 뜨거운 열기가 치밀어 올랐다.

"공자, 도대체 지금 여기서 뭐 하고 있는 겁니까?! 아니, 대부인마님이나 대감마님은 하나밖에 없는 아들놈 생각에 깊어가는 가을밤을 시름에 잠겨 잠도 못 이루고 계신데 여기서 딴짓이나 하고 있다니 이게 말이나 됩니까?!"

무영은 찔끔했다.

달뢰의 말은 조금도 틀린 것이 없었다.

'아들놈' 이라는 겁없는 표현까지 써대는 그였지만 부모님 심정을 생각하면 당연한 말이었다. 몇 년을 함께하면서 살갑게 그들을 대해온 대부인이나 대감마님은 아버지나 엄마 같은 존재였다. 달뢰는 진심으로 그를 나무라고 있었다.

자신이 독한 마음을 먹고 떠나기로 했다면 굳이 막을 사람이 있는 것도 아니었다. 다만 공주와 왕자의 부탁을 핑계로 자기 합리화를 시키며 어영부영 자리를 잡고 있을 뿐이었다.

"그리고 신발 바닥이 다 닳도록 천하를 헤매는 우리 형제들 생각을 눈곱만큼이라도 해본 적이 있소, 공자?!"

열이 받을 대로 받은 달뢰는 부들대며 떠는 손길로 삿대질까지 해가며 그를 나무랐다. 평소 같으면 그런 말을 들을 일도 없고 또 참고 있을 무영도 아니었지만 몇 달을 자신을 찾아 헤맨 그들의 심정을 알기에 오히려 목이 메었다.

"미안해요."

고개를 숙이는 무영을 본 달뢰는 그제야 분을 삭이며 입을 닫았다.

이심전심.

말을 함부로 한 자신을 나무라기는커녕 오히려 잘못했다고 하는 그 마음이 달뢰의 가슴에 와 닿았다.

그들의 재회를 방해하지 않으려고 한 옆에 비켜서 있던 아라 공주도 자신의 잘못인 양 얼굴을 들지 못하고 있다가 비로소 나섰다.

"죄송합니다. 몇 번이나 가시겠다고 하는 걸 그만 아녀자의 좁은 소견으로 만류했습니다. 저를 욕해주세요."

공주의 말에 달뢰는 얼굴을 붉혔다.

그녀는 일국의 공주였다.

공주가 나서서 자신을 욕해 달라고 하니 당황할 수밖에 없었다.

"험험, 어찌 그게 공주 마마의 탓이겠습니까? 말만 그렇게 하고 실제로는 갈 마음이 없었던 게지요."

달뢰는 끝까지 무영을 물고 늘어졌다.

"일단 며칠 머무르면서 여독을 푸시지요."

공주는 단단에게 일러 그들이 머물 곳과 목욕 물 등을 손수 챙겼다.

청해삼호는 무영의 이름을 등에 업은 덕분에 일약 국가의 귀빈이 되어 왕자도 만나고 여러 대신들도 소개받았다. 하지만 기다리는 사람을 생각해서라도 오래 머물 수는 없었다.

오랜 여행을 하느라 쌓인 여독도 풀 겸 며칠을 쉰 그들은 왕자가 준비한 선물 보따리를 여러 필의 말에 나눠 싣고 출발 준비를 했다. 더 머물다 출발하라는 철가륵의 간절한 만류가 있었지만 대부인이 그리워 더 이상 기다릴 수가 없다고 하자 왕자도 더 이상 잡지 않았다.

아라 공주는 부모의 허락을 받은 후에 다시 와서 데려가기로 했다.

"공주, 곧 돌아올 테니 그동안 몸조심하고 있어요."

어젯밤 무영은 아라 공주의 두 손을 살며시 부여잡고 마지막 이별의 정을 나누었다.

"상공, 부디 몸 보중하세요. 기다리겠어요."

눈물을 뚝뚝 흘려가며 애절한 목소리로 이별을 슬퍼하는 공주를 보니 가슴이 미어지는 무영이었다.

공주는 별리(別離)의 아픔 속에서도 먼 길을 떠나는 무영을 위해 여러 가지 준비를 꼼꼼히 해주는 것을 잊지 않았다.

너무 많은 선물을 준비하는 바람에 짐을 실은 낙타의 수가 이십여

마리가 넘을 지경이었다. 특히 무영이 은밀히 챙긴 짐도 낙타 몇 마리
분은 되었다. 낙타의 수가 많다 보니 그에 따른 타호(駝戶:낙타 몰이꾼)
들도 늘어야 했고 다시 그들을 호위할 병사들도 백여 명이나 됐다. 웬
만한 대상을 뺨 치는 규모인지라 무영은 비교적 값싼 선물을 줄이기
위해 하루 종일 목록을 다시 점검해야 했다.

결국 짐은 낙타 세 마리분에 호위병만 백여 명 따라가는 것으로 낙
착을 보았다. 무영 일행이 혈랑단의 습격을 받은 사실을 알고 있는 공
주는 호위병 문제만은 양보하려 하지 않았기 때문이었다.

방극도 선물을 받았는데 더 반가운 것은 흑선풍으로 죽은 줄 알았던
유승과 그의 피마온인 원랑이 무영을 찾아온 것이다. 유승은 정신을
잃고 있다가 마침 지나던 대상들에게 발견되어 그들이 민가로 옮겨주
어 그곳에서 간병을 받고 있다가 무영의 소문을 듣고는 불편한 몸을
이끌고 하미로 찾아왔다.

일행은 며칠간 모래바람을 맞아가며 밤낮을 사막과 황야를 지난 끝
에 옥문관(玉門關)을 지나 수어벽의 서쪽 끝 방어선인 가욕관에 도착했
다.

사막과 황야로만 이어지는 귀향길은 여전히 힘들고 험했다. 피할 수
없는 뜨거운 태양과 모래바람, 그리고 밤의 추위는 계속됐지만 이번에
는 하미국왕과 아라 공주가 여러모로 신경을 써준 덕분에 험한 사막
길을 헤치고 나온 점을 감안하면 무척이나 편하게 온 셈이었다.

저 멀리 가욕관이 보이자 무영은 호위병들을 돌려보냈다.

천하웅관(天下雄關)이라 불리는 가욕관은 중원의 동북쪽에서 내려온
천산(天山) 줄기의 동쪽 끝과 감숙(甘肅) 일대를 따라 뻗은 기련산(祁連
山) 줄기의 북쪽 끝이 만나는 곳에 지어진 관문으로 누구도 이곳을 통

하지 않고는 중원과 서역을 오갈 수 없었다.

높이가 십여 미터가 넘는 성벽은 이중으로 지어져 있었고 세 개의 성루와 외성(外城)은 연와(鍊瓦)로 쌓았고 내성은 토벽이었다.

관성의 수비대는 난주에서 장액에 이르는 수어벽의 한 중심 축을 담당하는 감숙진(甘肅鎭) 관할로 장액(張液)에 그 본영이 있고 평소 관성(關城)에는 삼백여 명에 이르는 정병이 파견되어 있었다. 이들은 가욕관을 드나드는 사람들을 일일이 검색하여 출입 여부를 결정하는 임무를 맡고 있었는데 외적이 쳐들어오면 신속히 봉화를 띄워 본영과 황도에 알려야 했기에 봉화대도 항시 준비되어 있었다.

'중국이 크긴 크구만.'

무영은 황무지에 지어진 웅장한 규모의 관성을 보고 놀랐다.

이런 변방까지 병력을 파견해 나라를 지켜야 할 정도로 넓은 땅덩어리이니 부러운 마음도 들었지만 이미 중원 분위기에 익숙한 터라 별다른 생각은 들지 않았다.

가욕관은 대명(大明)의 최서단 관문인지라 장성에 이어진 사막 지대 한가운데에 위치한 관문이지만 항상 오가는 사람들로 붐볐다.

무영 일행은 가욕관 관성의 서문(西門)인 유원문(柔遠門)에 이르러 이곳 관소(關所)의 수비대장을 찾았다.

그런데 관문을 지키는 장수에게 신분을 밝히고 입관을 요청한 일행은 청천벽력 같은 소리를 들었다.

"일단 관문을 벗어난 장수는 황제 폐하의 윤허가 있기 전까진 관문 안으로 절대 들어올 수 없으니 그때까지는 일단 관문 밖에서 기다려 주서야겠습니다."

수비대장은 무영을 매우 공경하는 듯한 자세를 취하고 있었지만 그

대답은 단호했다. 그의 말에 따르면 본영에 회신을 구할 것도 없이 이런 사안은 당연히 황명에 의해 결정된다는 것이었다.

"얼마나 걸립니까?"

황법이 그렇다는 데야 어쩔 수 없다고 생각한 무영이 나서며 물었다.

"최소한 서너 달은 족히 걸릴 것입니다."

수비대장은 같은 장수로서 안됐다는 듯이 말했다. 하지만 여전히 정중한 자세를 잃지 않았다.

장무영의 이름은 명군의 장수들 사이에는 거의 신적인 존재로 받들어지고 있었다. 모든 장수들은 조보의 간계를 무릅쓰고 어려운 역경하에서도 몇 배나 되는 달단의 기병을 물리친 그의 용맹과 지략을 진심으로 존경하고 있었다.

"아니, 그럼 그때까지 관문 밖에서 폐하의 윤허가 있을 때까지 기다려야 한다는 말이오?"

"어쩔 수가 없습니다. 이런 말씀을 드려야 하는 제 입장을 살펴주시리라 믿습니다."

수비대장은 정중했지만 단호했다.

"일단 폐하께 입관을 허락하는 상주문을 준비해서 올리시지요."

더 이상 수비대장의 입장을 난처하게 할 수는 없었기에 일행은 결국 관문 밖으로 물러나는 도리밖에 없었다. 일단 가욕관에서 밖으로 나가면 머물 곳이 없으니 이곳에서 일백여 리 이상 떨어진 옥문관에 머물 도리밖에 없었다.

"장군, 이제 헤어져야 할 시간인가 보오."

유승과 방극은 진심으로 이별을 아쉬워하며 인사를 건넸다.

유승과 방극은 상인이었기에 절차에 따라 간단한 검사만 받고 입관이 허락되었다. 어차피 그들에게는 애타게 기다리는 식구들이 있었다.

"그동안 여러 가지로 도와주신 점 진심으로 감사드립니다."

무영이 두 손을 마주 잡고 인사했다.

그동안 짧은 기간이었지만 같이 생사의 경계선을 넘나들며 정을 쌓았었다. 이제 갈 사람은 가고 남을 사람은 남아야 하는 시간이었다.

서로는 눈시울을 붉혔다.

유승과 방극도 무영 일행을 관문 밖에 남겨두는 것이 마음에 걸리는지 말을 제대로 잇지 못했다.

"서안에 오면 반드시 낙양 마방을 찾아주게. 만일 우리가 일을 나가지 않고 있다면 만사 제치고 만날 것이네."

방극이 굳게 손을 잡으며 말했다.

꽥꽥!

이별을 아는지 원랑도 소리를 질렀다.

그들은 돌아가는 무영 일행의 모습이 멀리 모래 능선으로 사라질 때까지 손을 흔들며 아쉬워했다.

옥문관으로 되돌아가는 길은 순탄하지 않았다.

단순히 말이 백 리지 중원의 평지와 달라 온통 사막풍이 휩쓸고 다니는 길은 여행자를 괴롭혔고 게다가 입관마저 거절되어 돌아가는 발길이니 무겁기가 한량없었다.

연신 '빌어먹을' 을 되뇌이며 일행은 다시 옥문관으로 물러나 객잔에 짐을 풀고는 황제께 올릴 장문의 보고서부터 준비했다. 머리를 짜 상주문이 대충 준비되자 마음이 급한 일행은 즉시 말을 타고 걷고 해서 다시 가욕관에 도착하였다.

"저, 죄송스런 말씀입니다만 제 사적인 생각으로 알고 들어주십시오. 아마 황제께서는 윤허하지 않으실지도 모릅니다."

무영이 의아한 눈빛으로 보자 그는 잠시 머뭇거리더니 말을 이었다.

"저도 며칠 전에 들은 이야긴데 지금 항간에는 거용관 전투에서 대장군님이 달단에 항복했다는 말도 떠돌고 있습니다. 만일 그 말이 조정에 들어갔다면 크게 문제가 될 수도 있습니다."

상주문을 받으며 수비대장이 말했다.

그의 말에 의하면 싸움에 져서 포로가 되었다가 탈출한 경우 입관을 허락하지 않은 관례가 여러 차례 있었다고 했고 더 끔찍한 것은 그 경우 패전지장은 나라 안에 남아 있는 친족까지 극형에 처한 경우가 있다는 것이었다.

"아니, 그게 무슨 말이오? 친족까지 죽이다니?"

무영이 깜짝 놀라며 물었다.

"심하면 구족까지 멸하는 경우도 있었습니다."

수비대장은 이제 한 술 더 떴다.

'겁주나?'

은근히 부아가 치밀었다.

"하지만 부하들을 살리기 위해서는 어쩔 수 없었소. 그게 다 조보가 보낸 위지명이란 태감 놈이 적과 내통하는 바람에 그리된 것이오. 생각 같아서는 그놈을 단칼에 쳐 죽이고 싶었지만 황명을 받든 흠차이니 겨우 참았소이다."

"허, 그런 일이 있었습니까? 정말 괘씸한 놈이군요. 그런데 그렇게 되면 항복했다는 소문이 사실이라는 말씀이 아닙니까? 허, 이거 참……. 그렇다면 정말 쉽게 생각할 문제가 아닌데……."

수비대장의 표정을 보니 진심으로 안타까워하고 있었다.

무영은 그의 엄청난 말에 당황해하다가 가만히 생각해 보니 남우선
으로부터 그런 얘기를 들은 기억이 났다. 수비대장의 말은 거의 사실
이었다. 오랑캐와 싸우다 포로가 된 경우 구족을 멸한 사례는 얼마든
지 있었다.

대학사 부부가 처참히 죽는 모습이 떠오르자 갑자기 눈앞이 캄캄해
지더니 눈시울마저 뜨거워졌다.

항상 자신이 문제였다.

자신을 무슨 대단한 인물이 될 듯이 없는 살림에 몸이 상하도록 돈
을 모아가며 가르치려다 끝내 죽어간 할머니, 지금도 자식 걱정에 잠을
못 이루며 쓸쓸한 가을밤을 보내고 있을 중원의 어머니 주설하, 말은
않지만 항상 애정 어린 눈길로 바라보던 아버지 장자맹…….

항상 마음의 언덕이었고 버팀목이었다.

한동안 어찌할 바를 모르던 무영은 수비대장에게 제출했던 보고서
를 황급히 다시 빼앗아 들었다.

"우리가 이곳에 온 사실을 없었던 일로 해주십시오."

그는 억지로 눈물을 참아가며 수비대장에게 말했다.

그의 돌연한 말에 수비대장은 무슨 소린가 하고 그의 얼굴을 쳐다보
았다.

"조정에서는 우리가 포로가 되었던 사실을 아직 모를 테니 다시 돌
아가 적장의 목을 가져오겠소."

무영의 표정을 본 수비대장은 그의 내심을 짐작하는 듯했다.

"그럴 수만 있다면 그게 최선의 방법이지요. 하지만 쉬운 일이 아니
니 그게 걱정입니다."

수비대장은 남의 일 같지 않은지 얼굴에 진심으로 염려하는 기색이

가득했다.

"그건 우리들이 알아서 할 문제니 부탁이나 들어주시구려."

무영이 침울한 어조로 말했다.

"그럼 오늘 일은 없던 것으로 하겠습니다."

수비대장은 기꺼이 그의 청을 받아들였다.

일행은 기운이 축 처진 상태로 다시 옥문관으로 향했다. 우선 그곳에 머물면서 대책을 세울 수밖에 없었다.

"반드시 뜻한 바를 이루시기 바랍니다."

수비대장의 호의로 식수와 건량을 건네받은 일행은 그의 격려를 뒤로하고 힘없이 발길을 돌렸다.

청해삼호는 무영의 마음과 같은 마음이었다. 그들은 말없이 황무지를 향해 떠났다.

"그게 사실인가? 허, 믿어지지가 않는구려."

황제의 눈이 커졌다.

"신이 어찌 거짓을 아뢰오리까? 지금 성안에는 소문이 파다하다 하옵니다. 옛날 한나라 무제(武帝)는 이능이라는 장수가 오천의 군대로 팔만의 흉노와 팔 일간이나 맞서 싸우다 결국 사로잡혔다는 소식을 듣고 이능의 일가 구족을 멸한 경우도 있사옵니다. 장수는 어떤 경우에도 포로가 되는 수치를 당해서는 안 되는 것입니다. 아무쪼록 장자맹 일가를 참수하시어 조정의 기강을 세우고 군율을 확립해야 할 것입니다."

예부상서는 한무제 시대의 고사까지 들먹이며 장자맹 일가의 처벌을 주장하고 나섰다.

"장무영은 대명의 대장군으로서 수치스럽게도 오랑캐의 포로가 되었으니 그 일가를 처벌하심이 가한 줄로 아뢰오."

호부상서도 거들고 나섰다.

어전회의장은 예부상서의 말을 필두로 해 여기저기에서 장자맹을 탄핵하는 말이 쏟아져 나와 장자맹 일가는 졸지에 도마 위의 생선이 되어버린 분위기였다.

이미 조정은 새로운 논쟁에 휘말려 긴장이 감돌았다.

죽은 것으로 알려졌던 무영이 포로가 되었다는 새로운 사실은 조정을 뒤흔들기에 충분했다.

포로로 되었다가 풀려난 병졸들의 입을 통해 나온 말에 의하면 장무영이 무기를 버리고 투항할 것을 사주하고 자신도 적에게 붙잡혔다고 했다. 만약 그게 사실이라면 보통 큰 죄를 지은 것이 아니었다.

결정적으로 장자맹을 불리하게 한 것은 조정에는 그의 편이 거의 없다는 것이었다. 대쪽 같은 성품에 타협을 모르니 남들이 보기에는 잘난 척하는 그 이상도 아니었고 그동안 장자맹의 그런 성격으로 인해 피해를 본 사람이 한두 명이 아니었기 때문이다.

가장 큰 손해는 동정호 수재민 사건과 연관된 것으로 억지 춘향 격으로 수재민들을 거둬 먹여 살리느라 막대한 사재를 털어 장자맹의 '본'을 받아야 한 일이었다.

게다가 그 아들이란 놈도 지난번 똥지게 사건으로 자식들을 고생시킨 생각이 나서 영 마음에 들지 않았는데 오랑캐의 포로가 되었다니 정말 이번에는 그 망할 놈의 장씨 일가를 단단히 혼내줄 기회를 잡았다. 언젠가 한번 단단히 손보리라 한 것이 제대로 걸렸으니 조정 전체가 들썩거리는 것은 당연했다.

“그만그만, 경들의 말을 알아들었으니 대충 하고… 그럼 장자맹 일가를 어떻게 처리했으면 좋겠소?”

하도 시끄러워서 짜증만 나는 황제였다.

대신들은 장자맹이 있을 때는 입에 찰떡을 꽉 물고 있더니 그가 임의로 사직서를 낸 이후로 나오지 않고 있는데다가 아들놈이 포로가 되었다고 하자 마치 미친개 떼처럼 짖어대고 있었다.

“구족을 멸해야 합니다.”

“그동안의 공로를 참작해서 삼족만 멸해야 합니다.”

“아비는 공로가 컸고 자식도 육천의 병력으로 십만을 밀어내고 황도를 지킨 공이 있으니 부자만 참수하는 것으로……”

벌주는 것도 제각기였다.

‘에이, 시끄러워.’

황제는 슬슬 역정이 나고 있었다.

“그래, 경들의 얘기는 장자맹 부자는 죽이되 부자(父子)만이냐 구족까지냐가 문제 아니요? 그럼 일단 장자맹을 먼저 참수하고 나머지는 다시 의논하는 것이 어떻겠소?”

의리라고는 손톱 밑의 때만큼도 없는 황제였다.

어차피 걱정했던 달단의 침략도 무사히 막아낸 마당에 적당히 하고 빨리 내궁으로 가서 색향으로 소문난 항주에서 올렸다는 새로운 후궁을 보러 가고 싶은 그였다.

“망극하옵니다.”

황제의 목소리에 역정이 담겨 있자 모두들 고개를 조아렸다. 괜히 심기를 건드려 찍힐 필요는 없는 것이다.

그때였다.

"신 병부시랑 아뢰오."

대충 결말이 난 것으로 되어 조용해진 회의장에 다시 나서는 자가 있었다. 그는 지난번 감관 인사 발령 때 장자맹이 아들을 꼭 전방으로 보내달라는 간청에(?) 진심으로 감복했던 그였다.

"경은 또 뭔가?"

꼭 발목을 잡는 놈들이 있었다. 황제는 놈의 얼굴을 보아두었다. 도움되지 않는 부류에 넣어서…….

"지금 장무영 대장군이 항복을 하고 포로가 되었다는 말은 하급 병사들의 입소문으로 전해진 것에 불과합니다. 오랑캐들이 포로로 잡았다면 무슨 요구라도 해오는 것이 관례인데 아무런 통보도 없는 것을 보면 사실이라 단정 짓기 어려운 면이 있습니다."

'응?'

황제는 가끔 영민했다.

가만히 보니 대신들은 지금 시중에 떠돈다는 소문만 듣고 삼족이니 구족이니 하고 있는 것이 아닌가?

충신이야 얼마든지 구할 수 있다고 생각해 장자맹을 죽이자는 얘기에 그러라고 했는데 병부시랑 녀석의 말을 듣자니 조정의 대신이라는 놈들은 여태 헛지랄을 한 격이었다. 중신이란 것들이 어려운 국사에는 꼬리를 말고 입에 떡이나 꽉 물고 있다가 남을 밟는 일에는 확실한 물증도 없는 일을 크게 떠벌려 시끄럽게 하고 있었다.

'가만, 이것들이 한 달에 나랏돈을 얼마씩이나 축내나?'

새삼 녹봉이 아까웠다.

따지고 보자면 장자맹만한 충신을 다시 얻기란 쉽지 않을 터였다.

"경들은 어찌 생각하오?"

황제는 다른 신료들의 의견을 재차 물었다.

"……"

아무래도 얘기가 그들이 생각한 방향으로 나가지 않자 모두의 입이 또 찰떡을 물었다. 잘못 나섰다가 장자맹이 다시 조정에 들어오기라도 한다면 이 자리에 말 한마디 잘못한 죄로 서로 원수가 될 가능성도 있었다. 파당(派黨)이야 수십 개도 더 되는 조정에서 피차간에 은원도 많았지만 아무래도 장자맹과 원수를 맺어서는 좋을 일이 있을 것 같지 않았다. 다른 사람이라면 어떻게 밟아볼 수도 있겠지만 게거품 장자맹은 좀 껄끄러웠다.

"망극하옵니다, 폐하."

대부분의 대신들은 조용히 입에 떡을 물고 돌아가는 추세나 살피기로 했다. 굿판에서는 굿이나 보고 떡이나 먹으면 된다는 신조 하나로 꿋꿋이 버텨온 관직이었다.

'멍청한 놈들.'

"쯧쯧쯧, 에잉!'

갑자기 황제는 이곳에 모인 중신들이 모두 바보 멍청이들로 보이는 것이 새삼 장자맹이 그리웠다.

"폐하, 일단 사태가 명확히 밝혀지기 전까지는 연금 상태로 두는 것이 가한 줄로 아뢰오."

병부시랑이었다.

황제는 녀석의 얼굴을 다시 보아두었다. 아무래도 쓸모있는 녀석 같았다. 그리고 보니 지난번 황성이 달단병에게 포위되었을 때도 바른 소리를 했던 녀석이었다.

"아니되옵니다. 포로로 잡혔다고 말하는 병사가 수백이 넘습니다.

그들이 거짓을 고했다고는 보기 어려우니 일당 장자맹 일가를 성 밖으로 내치고 재산을 몰수한 다음 연금 상태로 두는 것이 가한 줄 아룁니다. 나중에 증거가 더 드러나면 그때 다시 처벌을 논하는 것이 옳은 줄 아뢰오.”

장자맹 일가의 참수를 주장했던 대신 중 하나가 나섰다.

그는 상황이 묘하게 돌아가자 일단 장자맹을 성 밖으로 내치기라도 해놓고 후일을 도모해 보자는 생각을 가지고 있었다. 이 논의가 장자맹의 입에 들어간다면 사직서를 낸 놈이 맘을 바꿔 다시 입조(入朝)할 가능성이 있었다. 그렇게 되면 게거품의 입재간을 당할 사람이 없을 테니 변덕이 심한 황제가 어떻게 마음을 바꿀지 알 수 없었다.

우선 장자맹을 죽이자고 나선 자신이 가장 곤란했다.

“그러하옵니다, 폐하.”

“폐하, 그리하소서.”

몇몇 대신들도 다시 그를 지지하고 나섰다. 모두 장씨 일가의 참수를 주장한 무리들이었다.

‘정말 자꾸 시간을 끄니 죽겠군. 새 후궁이 나를 보려고 무척이나 기다릴 텐데……’

그는 마음이 급했다.

“그리하라!”

황제는 근엄한 목소리로 마무리를 지었다. 이럴 때는 위엄있게 나가야 뒤를 이어 떠드는 놈들이 없는 법이다.

중신들을 향해 노한 표정을 지은 황제는 ‘성은이 어쩌고……’ 하는 소리를 뒤로 들으며 화가 난 척 벌떡 일어나 회의장을 나섰다.

‘이번에는 진짜 대단한 미인이라던데……’

그간 겪어봐서 잘 알지만 장 태감이 올리는 여자는 진품 중의 진품
이었다.

별실.

한눈에 보기에도 우아하게 꾸민 이곳은 정면에 재신(財神)인 관제(關
帝)의 초상화가 금박으로 치장되어 모셔 있고 각종 자기(瓷器)며 서화(書
畫)가 방을 둘렀다.

중앙에 놓여 있는 자단목 탁자 주위에 세 명이 앉아 대화를 하고 있
는데 그중에 가운데 한 명은 백발에 흰 수염의 노인이고 그 뒤로 한 걸
음 처져서 오십이 넘어 보이는 선비풍의 장년 사내가 공손히 시립하고
있다.

"일단 그 정도에서 양보하고 다시 기회를 노려 싹을 제거하는 방향
으로 합시다."

평복을 입은 예부상서 용호금(容湖金)이었다.

"병부시랑 그자도 적절한 기회에 손을 봐야겠소. 철없는 놈 같으니
라고, 다된 밥에 재를 뿌려도 유분수지."

이부상서 적인철(積引鐵)이 인상을 쓰며 말했다.

"조보 그놈이 너무 설치는 통에 그동안 놈한테 들인 수만금이 다 헛
돈이 되고 말았습니다. 하지만 대인들께서 도와주시고 또 진충이 잘하
고 있으니 조만간 그쪽도 정리가 될 것입니다."

흰 수염을 기른 평복의 노인이 말했다. 양 볼에 살이 붙어 두툼한데
다 개기름까지 번들거리는 것이 도무지 노인의 피부라고는 믿어지지
않을 정도였다.

"핫핫핫, 우리가 뭐 한 것이 있습니까? 그거야 모든 것이 다 총행두(總

行頭)님의 뛰어난 상재(商才) 덕분이지요.”

“허허허, 그리 말씀하시니 소인이 낯이 다 뜨겁습니다. 조만간 산서(山西)와 산동(山東)은 확실히 우리 수중에 들어올 것입니다. 두 분께 투자금의 몇백 배는 건질 수 있게 해드리겠습니다.”

백발노인은 자신감에 찬 어조로 말했다.

“개봉부 관아에 은밀히 선을 대어두었으니 뒤처리는 걱정하지 마십시오. 저희가 도와드릴 수 있는 건 바로 그런 것이 아니겠습니까?”

적인철이었다.

“그럼 총행두님만 믿고 가보겠습니다.”

용호금이 적인철에게 눈짓을 하며 말했다.

“허허허, 알겠습니다. 평천(平千)아, 모셔 드려라.”

총행두라 불린 노인이 일어나며 뒤에 시립해 있던 장년인을 돌아보고 말했다.

평천이라 불린 사내는 두 사람을 밖으로 인도하고는 곧 돌아왔다.

“이목이 번잡해 밖에까지 모시지는 못했습니다.”

“잘 보았느냐? 앞으로는 네가 해야 할 일이다. 섬서 상방만 밀어내면 나는 이제 일선에서 물러날 생각이니 네 일이 될 것이다. 세상에 돈으로 안 되는 일은 없다.”

“명심하겠습니다.”

“너는 상인의 재능은 뛰어나지만 일을 도모하는 능력이 부족해 항상 근심이 된다. 네 마음을 잘 다스려라. 외적(外敵)은 눈에 쉽게 띄니 방비하기도 쉽지만 내적(內敵)은 볼 수도 없고 자기 자신은 느끼기도 쉽지 않아 방비가 어렵다.”

“제가 경계해야 할 내적은 무엇입니까?”

"인의예지신(仁義禮智信) 다섯 가지라 할 수 있다. 그중에서도 인(仁)은 첫째 가는 적(敵)이다. 필부로서 정의를 받들어 가산을 탕진한다면 무슨 소용이 있겠느냐? 둘째로는 견리망의(見利忘義)이다. 이익을 보면 정의를 잊는 것이 상인이 가야 할 길이다. 세 번째 적은 예(禮)로써 받은 만큼 돌려주는 것이 아니라 적게 주고 많이 받는 것이 상인이 취할 길로 허례(虛禮)을 택해서는 안 된다. 그 다음은 지(智)다. 스스로의 총명을 믿지 말고 항상 주위를 살피고 의견을 구해라. 마지막 적은 신(信)으로 세상에는 아무것도 믿을 수 없다는 것을 알아야 한다. 네 자신도 예외는 아니다. 사람의 마음은 언제 변할지 아무도 모른다. 나는 평생을 이 다섯 가지 내적을 가장 경계했기에 오늘 이 자리에서 앉아 즐거운 마음으로 쌓인 재물을 보며 장수를 누리고 있다. 명심하거라."

백발노인은 그 말을 하고는 방을 떠났다.

그가 나간 것을 확인한 평천은 별실의 구석에 있는 끈을 당겼다.

'아버님, 저는 아버님이 이루신 것의 열 배 이상을 키울 것입니다. 중원을 돈으로 호령하고 천하를 산서 상방의 발 아래 두겠습니다. 아버님처럼 미지근한 방법은 절대 쓰지 않을 것입니다.'

"부르셨습니까?"

무표정한 젊은 얼굴의 사내가 들어와 고개를 숙였다.

"흑방에 은밀히 청부(請負)를 해라. 상대는 개봉 섬서 상방 총방의 수뇌부 전체다. 청부 대가는 은자 십만 냥이다."

선비풍이던 그의 얼굴은 어디 가고 사람을 죽여놓고도 눈 하나 깜짝하지 않을 것 같은 냉막함만이 풍겼다.

사내가 말없이 고개를 숙였다.

“기한은 석 달이다. 충분한 시간을 주는 것은 그만큼 일을 확실히
처리하기를 바라는 것임을 필히 전해라. 그리고 일이 끝난 후에는 우
리 상방이 관련된 것이 노출되지 않도록 모든 선을 잘라라. 명심해라.”
　“알겠습니다.”

제7장 풍진악(豊振岳)

멀리 서역 곤륜산에서 이곳을 경유해 옥을 수입했기에 옥문관(玉門關)이라는 이름이 붙여졌다는 이곳은 일 년 내내 거친 바람이 몰아쳐 삽시간에 사방에 크고 작은 모래탑을 만들어놓는 황량한 곳이었다. 그나나 이곳에 사람이 살 수 있는 것은 소륵하(疏勒河)가 흘러 물을 구할 수 있기 때문이었다.

이곳에서 제일 좋다고는 하지만 일행이 보기에는 허름하기 짝이 없는 객잔에 투숙한 무영 일행은 일단 짐을 풀고 저녁을 먹기 위해 주루로 내려왔다.

"잠깐 실례해도 되겠소?"

탁자에 빙 둘러앉아 담소를 나누고 있는데 피풍의(避風衣:바람막이 옷)를 걸친 죽립의 사내가 다가서며 말을 걸어왔다.

"무슨 일이시오?"

얼굴을 반쯤 찌푸린 달운이 나섰다.

달운의 오른손이 슬며시 검을 찬 허리춤으로 갔다. 객지 생활을 오래 했기에 이럴 때 찾는 놈치고 좋은 놈이 별로 없다는 것을 알고 있는 데다가 중원으로 들어가지도 못하는 처지라 가뜩이나 심사가 불편한 판국에 나오는 말이 고울 리가 없었다.

사내는 개의치 않고 죽립을 벗었다.

"엇, 당신은……?"

무영이 보니 사내는 풍진악이었다.

하미왕국에서 비무에 패하자 말없이 떠나 버린 그가 갑자기 이곳에 나타나니 그때 진 것이 아쉬워서 다시 한 번 붙어보자는 얘기가 아닐까 하는 생각도 들었다.

"풍진악이오."

일행을 향해 가볍게 포권하더니 말을 이었다.

"지난번 비무에서 귀하의 무공이 본인이 배운 것과 같은 뿌리인 것 같아 실례를 무릅쓰고 물어보려는 것이오."

풍진악도 무영의 무공에 깊은 관심을 가지고 있었던 것이 분명했다.

"……."

무영은 문득 풍진악이 금룡검법을 썼음을 기억했다.

"사문을 물어봐도 되겠소?"

풍진악은 그리 정중한 편은 아니었으나 그래도 예의를 차려가며 물었다.

"오라, 알고 보니 당신이 풍진악이군. 비무에 졌으면 더 이상 볼일이 없을 텐네 왜 자꾸 귀찮게 하는 거요?"

달운은 무영에게서 풍진악이 살가 장군의 편에 서서 무영과 대적한 사실을 들어 알고 있는지라 처음 본 그를 대뜸 적대시했다.

"아, 잠깐! 나도 귀하의 검법이 나와 비슷하기에 궁금하던 차요."

무영이 나서서 달운을 제지하고는 말을 이었다.

"그런데 상대방에게 뿌리를 묻기 전에 자신의 사문부터 밝히는 것이 예의가 아닐까요?"

무영은 점잖게 상대를 나무라며 거꾸로 풍진악의 사문을 물었다.

그 말이 틀리지 않는지라 풍진악은 순간적으로 멈칫했지만 이내 주위를 살펴가며 말했다.

"그렇구료. 하지만 이곳에서 밝히기 어려운 사정이 있으니 조용한 곳에 가서 얘기를 나눌 수 있었으면 좋겠소."

무영과 청해삼호는 풍진악의 요구에 따라 무영이 잡아놓은 객잔의 방으로 들어갔다.

"내 사문은 곤륜파라 할 수 있지만 지금은 멸문당했으니……."

자리를 잡은 풍진악은 말을 시작하자마자 말끝을 흐렸다.

백여 년 전에 멸문당한 곤륜파 출신이라고 말하는 것은 일반적인 관점에서 보면 좀 이상한 말이었다.

"곤륜파!"

일행은 풍진악의 말에 모두 깜짝 놀랐다.

무영도 예외는 아니었는데 그는 아직 강호 경험이 없어 문파에 따라 그 무공이 완전히 다르다는 것을 잘 모르고 있었다. 다만 풍진악이 자기와 비슷한 무공을 사용했기에 좀 이상하다고 생각하는 정도였다.

"자세한 말씀을 드릴 수는 없으나 내 무공은 어쨌든 곤륜의 것이오."

일행의 놀란 반응에 풍진악이 덧붙여 말했다.

"그럼 당신도 비급을 보고 배웠다는 말이오?"

무영은 그가 자신과 같이 책을 보고 배웠는가 해서 물었다.

달운의 안색이 변했다.

'저 멍청이.'

그는 무영이 강호 경험이 없어 자신이 곤륜 비급을 가지고 있다는 듯 말하자 내심 긴장했다. 그가 알기로 강호에서는 귀한 물건이나 비급을 가진 이유로 죽임을 당한 경우가 한둘이 아니었다. 그중에서도 가치있는 무공 비급은 실제 강호 전체를 술렁이게 만들기도 했다.

달운은 풍진악을 매섭게 쏘아보았다.

"비급? 그럼 당신은 비급을 가지고 있다는 말이오?"

그런 눈치를 모르는지 풍진악은 무영이 비급을 소유했는가를 재차 물었다. 그 말이 떨어지는 순간 청해삼호가 일제히 몸을 날려 풍진악을 품 자 형태로 둘러쌌다.

그제야 풍진악도 자신이 말을 함부로 한 것을 알았다.

"다른 뜻은 없소이다. 다 같이 곤륜의 무공을 익혔다면 한형제라 할 수 있지 않겠소?"

풍진악은 상대방이 자신의 말을 오해하고 있음을 알고 수습하려는 듯 말했다. 그는 이미 달운 등의 몸놀림을 보고 무공이 보통이 아니라는 것을 느꼈기에 더 더욱 말을 조심했다.

"아저씨들, 괜찮아요. 나 이 사람하고 얘기를 좀 해보고 싶어. 옛날 곤륜의 후손들이 아직도 남아 있다면 우리가 곤륜파를 세우는 데 동참시킬 수도 있잖아요."

'가만이나 있지…….'

청해삼호가 보기에 무영은 아무 생각이 없어 보였다. 이렇게 분위기 파악을 못하니 참으로 철없는 녀석이라 생각되었다.

"곤륜파를 다시 세운다고 했소?"

무영의 말에 풍진악도 의아하다는 듯이 나섰다.

"혹시 곤륜 무공을 익힌 사람이 당신 말고도 또 있소?"

무영은 풍진악의 질문을 무시하고 말했다.

"그건 지금 말하기 어렵소."

풍진악은 단호히 말을 잘랐다.

"자자, 이럴 게 아니라 음식을 객방으로 시켜 계속 말을 나누는 것이 어떻겠습니까?"

달운은 화제가 곤륜 무공이 되자 말이 길어질 것이 뻔한지라 배가 고파옴을 느끼고 말했다.

달운의 제안에 모두들 취향에 따라 음식을 시켰다. 이곳에서 보통 나오는 음식이래야 밀가루를 구워 양젖이나 우유와 함께 먹는 것이 고작이었다. 그러나 그들이 묵은 객잔은 그나마 비교적 컸는지라 그래도 주인이 신경 써서 여러 재료를 구입해 놓고 있었기에 어느 정도 기호에 맞춰 주문이 가능했다. 그러나 그런 재료 값이 반영된 음식 값은 상상을 초월할 만큼 비쌌다.

자리를 잡고 식사를 하며 무영은 풍진악에게 자신들이 곤륜 무공을 익힌 경위를 소상하게 설명했다. 달운은 무영이 잘 알지도 못하는 그에게 미주알고주알 까발리자 몇 번 제지하는 눈짓을 보냈으나 그가 무시하자 그만 입이 한 다발은 나와서 더 이상 관여하지 않겠다는 듯 음식만 입에 처넣었다.

그러나 무영은 나름대로 풍진악을 평가하고 있었다. 비무에서 살가를 믿고 불복하며 함께 소동을 피울 수도 있었다. 그러나 깨끗이 물러선 것으로 보아 그런대로 맺고 끊음이 분명하고 행동이 공명정대하다

고 보았다. 같은 곤륜 무공을 익힌 처지이고 보니 그리 남같이 느껴지
지도 않았다.

"사실 우리는 자손 대대로 비급을 찾아 헤맸소이다. 아무리 마교가
대규모로 쳐들어왔다 해도 우리 문파의 맥이 그토록 쉽게 끊어지지는
않았을 것이란 믿음이 있었기 때문이오."

풍진악이 그렇게 말을 꺼냈다.

그에 의하면 자신들은 기련산(祁連山) 줄기의 한 마을에 오십여 가구
정도가 집단으로 모여 사는데 모두 곤륜의 후예를 자처하며 무공을 배
우고 있다는 것이었다. 그들은 곤륜파를 재건하기 위해 그동안 돈을
모아왔는데 이번에 살가의 대리인으로 나선 것도 살가로부터 큰 돈을
받기로 하고 비무에 나선 것이라고 했다.

수십 년 동안 마을 사람들이 힘을 합쳐 어느 정도의 재산을 모았지
만 아직 한 문파를 세울 만한 여력은 되지 않고 또 자신들의 무공은 구
술로만 전해져 왔기에 빠진 부분이 많아 문제점이 많다고도 했다.

"그럼 우리 힘을 합쳐 곤륜파를 재건하는 것이 어떻겠소? 당신들은
전수받은 무공이 있고 우리는 비급이 있으니 힘을 합친다면 한 문파의
독문 무공으로 조금도 손색이 없을 게요."

풍진악의 말이 끝나기를 기다려 무영이 제안을 하고 나섰다.

"충분치는 않겠지만 모아놓은 재산도 제법 있소."

자금도 문제라는 말에 무영이 덧붙였다.

"그 문제는 내가 결정하기 어려우니 바쁘지 않으면 우리 마을로 같
이 가서서 의논해 보는 것이 어떻겠소?"

풍진악은 일행과 함께 자신의 마을로 갈 것을 권했다. 그러나 무영
에게는 그것보다 더 다급한 일이 있지 않은가.

"우리도 시간이 있다면 그렇게 하겠지만 지금 우리 상황이 그리 썩 좋지가 않소이다."

무영은 동행을 제안하는 풍진악에게 자기가 이곳까지 오게 된 경위를 간략하게 말했다.

부모의 안위조차도 걱정된다는 그의 말에 풍진악도 더 이상 권하지 못했다.

"그럼 이렇게 하는 것이 어떻겠소? 일 년 후에 서안에서 만나는 것으로 합시다. 거기 가면 금양객잔이라고 있소. 그 집 일층 주루에서 다시 만나는 것으로 합시다."

무영이 자기 말을 무시한다고 삐쳐 있던 달운이었다. 그는 두 사람이 번갈아가며 서로의 사정을 솔직하게 이야기하는 것을 보자 믿음이 생겼는지 적극적으로 나섰다.

달운의 말에 두 사람은 모두 동의했고 이어 술판이 벌어졌다. 드디어 정식으로 문파를 만들겠다고 나선 무영을 보자 달운도 슬슬 회가 동했다.

'음, 잘하면 내가 장문인?'

사실 그동안 달운이 보기에 무영은 능력있는 녀석이었다.

그동안의 일 처리 솜씨로 보아 이제 무영이 본격적으로 나서면 곤륜파를 재건하는 일도 어렵지 않을 것 같았다. 더구나 그가 알기로도 녀석은 모아둔 돈이 제법 되었다. 그동안 선문학관에서 벌어들인 돈만 해도 몇만 냥은 족히 될 것이다.

그는 몇 년 전에 무영이 자신에게 곤륜파 장문인을 시켜주겠다는 말을 기억했다. 그때는 정말 말 같지도 않다고 했는데 지금에 와서는 곧 실현될 것 같은 믿음까지 생겼다.

‘음, 앞으로 문파의 장문인이 해야 될 일에 관한 책자를 몇 권 사 봐
야겠군.’

자신이 생각하기에도 책으로 만사를 해결하려는 남우선 밑에서 몇
년 배우면서 그의 영향을 톡톡히 받은 듯했다.

풍진악은 일 년 후에 만날 것을 기약하고 떠났다.

일단 하미로 다시 가는 수밖에 없었다.

객방에 홀로 머물며 바람이 뜸한 시간에 창문을 열고 하늘을 보는
무영의 마음은 울적하기 그지없었다.

언제나 그랬듯 사막의 밤하늘에는 무수히 많은 별들이 보석처럼 반
짝이고 있었다.

“어머니……”

주설하가 떠올랐다.

자신을 보는 눈은 항상 자애와 걱정이 담겨 있었다.

거용관으로 병영 입소를 위해 떠난 길을 마지막으로 벌써 반년이 넘
었다.

“그래, 잘 다녀오거라. 몸조심하고. 어미 걱정은 조금도 하지 말고 그저
네 한 몸만 잘 건사해서 무사히 돌아오면 그게 효도란다.”

아직도 어린애인 양 자신보다 큰 아들을 끌어안고 눈물을 감추던 그
녀의 모습을 잊을 수가 없었다.

어머니는 사흘이 멀다 하고 편지를 보내왔다.

그 답장을 쓰는 것이 왜 그리 귀찮았던지……. 좀 더 따뜻한 말로 답

장을 보내지 않은 것이 후회스러웠다.

　어머님, 소자는 잘 있습니다. 하지만 이곳 일상이 너무 바쁘다 보니 자주 답장을 쓰기가 쉽지 않군요. 이해해 주세요.

　"큭큭."
　생각해 보면 너무나 미안하고 죄송한 편지였다. 그게 어머니에게 보낸 마지막 편지라니…….
　눈물이 흘렀다.
　주설하가 자신에게 쏟는 정의 만분지 일도 돌려주지 못한 것이 못내 가슴을 아프게 해 눈물로 흘렀다.
　무영은 주설하에게 있어 귀한 아들이요, 왕이었다.
　거용관에서 그가 보낸 편지를 읽고 또 읽으며 편지지를 눈물로 덧칠하고 있을 어머니 주설하의 모습이 눈에 선했다. 그때 조금이라도 더 따뜻한 말로 써드릴 것을…….
　안타까운 마음으로 편지를 썼을 그녀의 마음이 지금에야 이해가 됐다.
　'철없는 놈.'
　지조없는 사막풍이 또 방향을 바꿨다.
　열려진 창문을 통해 모래먼지가 방 안으로 날아들었다.
　'모래가 눈에 들어갔나?'
　무영은 눈을 훔쳤다.
　근엄한 척하며 아들의 어리광 섞인 응석을 받아주던 아버지 장자맹의 모습도 떠올랐다. 남우선이 회초리를 들었다는 말에 입으로는 '그 녀석은 좀 맞아야 해' 하면서도 마치 자신이 맞은 양 아파하는 마음을 숨기지 못하던 아버지였다.

　회초리를 든 남우선 스승의 얼굴도 눈에 선했다. 이런 곳에 떨어져
있으니 왜 그리 아프도록 보고 싶은 사람이 많은지.

　"에이 씨～"

이튿날 풍진악과 헤어진 일행은 다시 하미왕국으로 향했다.

집으로 가겠다며 보따리를 싸서 가더니 한 달도 되지 않아 다시 돌아온 그들을 보고 아라 공주는 깜짝 놀랐다. 자초지종을 들은 그녀는 자기 일보다 더 안타까워했다.

일행은 부마궁에 머물며 이리저리 해결할 방도를 찾아 며칠을 소일하고 있던 중에 아라 공주가 찾아왔다.

"상공은 이미 달단의 포로가 되었던 몸이기에 웬만해선 황제의 진노를 피하기 어려울 거예요. 그러나 몇 가지 선물을 준비해 간다면 그리 어렵게만 생각할 일도 아니지요."

무영은 그 말에 귀가 번쩍 띄었다.

"달운 아저씨의 말로는 오랍족이 이미 목와족에게 멸망했다고 하니 그 점을 활용한다면 방법이 있을 것 같군요."

며칠을 고심한 끝에 공주가 내놓은 방법은 무영이 듣기에도 무척 가능성이 높아 보였다.

"우선 제가 국왕께 부탁을 드릴 테니 우리 하미왕국과 명나라 간의 친교를 허락해 달라는 국왕의 친서를 받아 가세요. 또 제 생각이지만 곡길한도 지금쯤이면 명과 관계를 개선할 방법을 찾아 골몰하고 있을 거예요. 명과 담을 쌓고 지내는 것이 곡길한에게는 큰 손실일 테니까요. 그러니 아합극의 목을 달라고 하세요. 곡길한이 아합극을 죽였다면 시체라도 있을 테니까요. 대신 그에게 명과의 화친과 마시(馬市)의 개방을 약속하세요."

아라 공주의 계속되는 말에 무영은 고개를 끄덕였다.

자고 이래로 중원의 패자인 천자와 변방 여러 국가와의 관계는 조공을 통해 해결해 왔다. 명목상으로 주변 약소국은 군신 관계를 맺음으로써 조공을 허락받아 중원과 교역을 하고 이로써 천자는 제국(諸國)의 중심으로 군림하며 평화를 취하는 외교 방법이었다.

하미국왕의 친서는 황제의 입장에서도 변방을 안정시킬 수 있으니 좋은 선물이 될 것이다. 또한 아합극의 목은 명에서 무영의 복권을 위한 초석이 될 수 있었다.

"이토록 세심하게 신경을 써주니 고맙소."

"아니에요. 어차피 보내려던 국서였어요. 하미왕국에 큰 도움을 주신 상공께서 개인적으로 어려움에 처해 있으니 이렇게라도 도와줄 수 있다는 것이 다행이에요."

공주의 목소리는 여전히 아름다웠다. 아라 공주는 황제의 진노를 피할 몇 가지 방법을 더 일러주었다.

다음날 일행은 공주의 계책에 따라 하미왕국을 나섰다.

우호적인 입장을 표하기 위해 아합극에게 보낼 선물은 공주가 별도
로 마련해 주었기에 낙타와 타호, 그리고 호위병을 포함한 행렬은 다시
규모가 커졌지만 이번에는 발등에 떨어진 불을 끄기 위한 것이기에 무
영도 굳이 규모를 줄이려 하지 않았다.

아합극은 명나라의 군대에 쫓겨 국경에서 멀리 떨어진 곳으로 진지
를 옮겨 생활하고 있었다.

"그렇게 하시면 본인은 명분을 얻고 대왕께서는 실리를 취할 수 있
으니 피차간에 좋은 거래가 아니겠습니까?"

무영은 아라 공주의 계책에 따라 목와족 족장 곡길한을 만나 설득하
고 있었다.

무영은 곡길한이 마시가 폐쇄되었을 지금쯤 자금줄이 봉쇄되었을
거라고 짐작하고 있었다. 그는 그걸 풀어주겠다는 대가를 가지고 아합
극의 목을 달라고 했다.

무영이 와서 확인하니 아합극은 곡길한에게 실컷 조롱당한 뒤 몸뚱
어리는 펄펄 끓는 기름 솥에 튀겨지고 목은 잘린 채로 소금에 절여지
는 끔찍한 죽음을 맞았다고 한다.

아합극의 목은 성하게 있으니 다행이었다.

"명국(明國)이 마시를 다시 열어주고 그 주도권도 내가 가질 수 있다
는 보증은 무엇인가?"

곡길한은 족장답게 노련한 협상을 해 나가고 있었다.

기실 그는 명군으로 변장하여 동족을 죽인 오랍족을 멸족시켰고 아
합극을 죽였으니 복수는 마쳤고 족장으로서 부족에 대한 책무는 다한
셈이기에 얼굴은 세운 처지였다.

그러나 지난번 전쟁으로 인해서 명나라와 국경 도시에서 열리는 마시가 폐쇄되었기에 마땅한 수입이 없어 재정적으로 타격이 막대해 돌파구가 필요한 시점에 무영이 찾아온 것이다.

그는 내심 무영의 방문을 환영하고 있었다.

이번 기회를 잘 활용하면 그동안 명군의 보복을 피해 멀리 떠나왔던 풍성한 초원과 사냥감이 많은 그곳으로 다시 돌아갈 수도 있을 것이고 마시가 열린다면 자신의 주머니도 다시 두둑해질 수 있었다.

마시(馬市)란 변방 부족과 명나라 사이에서 열리는 일종의 말시장인데, 주변 민족들이 해마다 조공을 명분으로 수천 필의 말을 끌고 가면 명나라에서는 시세보다 훨씬 비싼 가격에 말을 사주거나 차나 비단을 내다 파는 상인들 간에 이루어지는 변시(邊市) 교역에서 거두어들인 세금을 부족장의 수입으로 돌려주어 오랑캐를 달래는 것으로 일종의 화평을 위해 만든 시장이었다.

명나라의 입장에서 보면 일종의 평화에 대한 대가를 지불하는 셈이었고, 변방 부족들은 말을 팔아 충분한 돈을 받아가기에 굳이 목숨을 걸고 명나라 변방을 쳐들어가 노략질할 이유가 없었다.

그런 마시가 전쟁이 일어난 후부터 여태껏 폐쇄되었기에 곡길한도 큰 타격을 받고 있었다. 기회가 있을 때마다 그는 '아합극, 죽일 놈'하며 욕을 해댔었다.

그런 자신에게 다시 주머니를 채울 기회가 온 것이다. 하지만 차근차근 확인할 필요가 있었다.

"이거면 되겠습니까?"

무영은 품속에서 대장군의 관인을 꺼냈다.

지난번 조보의 간계 덕분에 졸지에 대장군으로 임명되어 황제의 명에 따라 태감으로부터 받은 것이었다.

"아, 대장군이었소?"

곡길한은 그냥 명나라 장수라고 소개한 이 젊은 청년이 명군의 대장군이라는 것에 놀랐다. 지난번 맞붙어 싸우기는 했으나 나이가 무척 젊었고 부하들의 수효도 많지 않았기에 그저 일반 장군쯤 되겠거니 했었다. 그런데 대명의 대장군 관인을 꺼내 보이니 함부로 하대할 수도 없었다. 게다가 포로가 된 무영을 아합극이 데리고 있었기에 자신은 미처 신경을 쓰지 않아 그의 정확한 신분을 알 수 없었다.

비록 상대가 체면을 생각해 주어 자기를 대왕으로 높여 불러주고 있지만 자신은 북방 변경에서 몇만의 부족을 거느린 작은 부족장일 뿐이었다. 지금 자신이 아쉬운 처지에 명의 대장군이라면 아무래도 함부로 대할 수가 없었다.

"설마 황제의 관인을 모른다고 하지는 않으시겠지요?"

곡길한의 변화를 눈치 챈 무영이 말을 살짝 비틀었다.

이제 대화의 주도권이 넘어오는 중이니 때를 놓치지 말고 보따리를 확실히 풀어줄 필요가 있었다.

"만약 대왕께서 아합극의 목을 넘겨주시는 것과 국경을 넘보지 않을 것을 약속하고 조공을 원한다는 친서를 써주시면 반드시 원하는 바를 얻으실 것입니다."

무영은 빙그레 웃으며 은근한 투로 말을 이었다.

"아마 이 같은 기회도 흔치 않을 겁니다. 그 점은 대왕께서도 잘 아시리라고 믿습니다."

핵심을 찔렀다.

곡길한도 그 점을 잘 알고 있었다.

　물론 명에 사죄하고 나서 마시를 재개해 달라고 요청할 수도 있었지만 체면이 깎이는 일이었다. 게다가 자신이 마시의 주도권을 가진다는 보장도 없었다.

　명에서는 이번 전쟁으로 황도가 오랑캐에게 포위되는 수모를 겪었기에 화친 제의에 응하기는커녕 당분간 강공으로 나올 것이 틀림없었다. 지금 이 명나라의 젊은 대상군의 처지가 어렵지 않았다면 도저히 자신에게 올 수 없는 기회였다. 무영의 말에 그는 내심 찔끔했지만 내색은 하지 않았다.

　"좋소. 대장군의 뜻대로 하리다. 그렇게만 해주시겠다면 내 한 가지 선물을 더 드리겠소."

　곡길한은 더 이상 망설이지 않았다. 결정한 마당에 목표 달성을 위해 처지가 어려운 상대를 확실하게 밀어줄 필요가 있었다.

　"물론 그렇게 될 것입니다. 그리고 아합극의 목과 대왕의 친서라면 다른 선물은 필요가 없습니다."

　무영은 곡길한이 개인적으로 자신에게 뇌물이라도 주려는 줄 알고 그렇게 말했다. 괜히 눈이 어두워 그걸 챙겼다가 나중에 말이 나오면 더 큰 파장이 생길 수도 있었다.

　재물이야 많으면 많을수록 좋지만 일이 잘 풀리더라도 나중에 '장무영 대장군이 오랑캐의 뇌물을 먹고 마시를 열어주었다더라' 하는 말이 나오면 곤란했다.

　"핫핫핫! 장군이 보시면 무척 좋아할 선물이요. 장군께서 이토록 신경을 써주시니 나도 답례가 있어야 할 게 아니겠소? 그건 나중에 준비할 터이니 필히 챙겨 가도록 하시지요."

　곡길한의 권유에 무영도 계속 거절할 수는 없었다.

외줄타기를 하고 있는 이때에 공연히 상대의 심기를 거슬려 일을 어렵게 할 필요는 없었다. 선물이 과하면 나라에 바치면 그뿐이라고 생각했다.

"그토록 권하시니 고맙게 받겠습니다."

이제 살길이 열렸다. 무영은 내심 안도하였다.

곡길한은 주연을 베풀었다.

이국적인 복장을 한 어여쁜 무희들이 나오더니 호선무(胡旋舞:북방 춤)를 추며 주흥을 돋우었다.

청해삼호와 감관들도 모두 술을 거나하게 마셔 오랜만에 편안한 마음으로 취했다. 밤이 이슥할 무렵이 되어서야 술자리가 끝났다. 독한 술에 떡이 된 일행은 각자 마련된 빠오(包:이동식 막사)로 안내됐다.

무영이 빠오 안에 들어서니 아까 춤을 추던 무희들 중에서 술김에도 가장 예쁘다고 생각했던 여자가 다소곳한 자세로 앉아 있다가 그를 반겼다.

워낙 독한 술을 많이 마셔 취해 이성이 마비된 상태였는지라 그저 여자가 해주는 대로 옷을 벗고 자리에 함께 누웠다.

"허걱! 당신은 누구요?"

아침에 자리에서 일어난 무영은 깜짝 놀라며 소리쳤다. 경장 차림의 웬 낯선 여자가 곁에서 단정한 자세로 무릎을 꿇고 앉아 있었다

무영이 술이 덜 깬 눈으로 보자 그는 얼굴을 붉혔다. 어디선가 많이 본 듯 눈에 익었다.

"속이 좋지 않으실 테니 이걸 드십시오."

순간적으로 뒷골이 땡겼다.

그가 주는 양젖에 무얼 탄 것 같은 음료를 받아 마시니 속이 시원해지고 정신이 좀 드는 것 같았다. 그런데 예쁘장한 얼굴에 어울리지 않게 목소리가 중성 같았다.

"낭자는 왜 이곳에 있는 게요?"

혹시나 해서 물었다.

"곡완주라 합니다. 어젯밤부터 내인의 시중을 들고 있었습니다."

"어젯밤부터?"

무영이 놀라서 다시 물었으나 여인은 대답 대신 얼굴만 붉혔다.

마땅히 할 말이 떠오르지 않았다.

어색하게 '내가 그걸 했냐'고 물을 수도 없었다. 그랬다가 그게 뭐냐고 물으면 또 뭐라고 대답해야 한단 말인가?

"호, 혹시 낭자께 실례를 범하지는 않았소?"

"대장군께서는 그런 염려는 하지 마십시오. 여자가 아니라 남잡니다. 행여 그런 걱정일랑 마십시오."

"남자?"

말을 듣고 보니 얼굴은 예쁘장하게 생겼지만 남자로 보였다. 아직 스물이 채 되지 않은 자신과 비슷한 또래로 보였다. 변방의 오랑캐답지 않게 무척 예의가 바른 것이 제대로 교육받은 게 분명했다.

"믿기지 않으십니까?"

예쁘장한 얼굴을 붉혀가며 불쾌한 듯이 말하자 당황해진 그는 급히 손까지 저어가며 변명을 하려고 했다.

"아, 아니오. 그게 아니라……."

"모르고 그렇게 말씀하셨으니 괜찮습니다. 하지만 제가 여자 같다거나 그런 말은 하지 말아주십시오. 가장 싫어하는 말입니다."

“아, 알았소. 흠흠, 그런데 왜 밤새……?”

“중원으로 가실 때 저를 데려가 주십시오.”

난데없는 말이었다.

가고 싶으면 혼자 가든지 동행을 하자면 거절할 것도 아닌데…….

“아버님은 제가 이곳에 남기를 바라고 계십니다. 하지만 이런 초원에서 썩으려고 십삼 년 동안 무공을 수련한 것이 아니기에 중원으로 떠나려고 합니다. 사부님께서도 바라셨던 일이고요.”

“하지만 내가 무슨 도움이 되겠소?”

“아버님이 저를 막는 명분은 중원에 가면 의지할 곳 하나 없이 떠돌며 고생한다고 말리시는 겁니다. 제가 너무 어리다는 거지요. 대인께서 제 후견인이 되겠다고 말씀을 드려주십사 하는 것입니다. 부탁드립니다.”

젊은 혈기에 충분히 그럴 수 있었다. 온갖 풍요로움이 가득 찬 곳, 척박한 이곳 황무지나 초원에 있기보다는 중원을 동경하는 것은 당연했다. 하지만 귀찮은 혹을 하나 붙여 가기는 싫었다.

“솔직히 말해서 나로서는 매우 번거로운 일이오. 만일 당신에게 무슨 일이 생긴다면 그 책임은 내가 다 져야 하는 형국이 아니오? 내가 무슨 이득이 있다고 그래야 한다는 말이오.”

다소 몰인정하게 들릴 수도 있겠다 싶었지만 개의치 않았다. 공연히 책임질 일을 하기는 싫었다.

“대신 삼 개월간 대인의 수족이 되겠습니다.”

“수족이라면 지금도 충분하오.”

청해삼호를 염두에 두고 하는 말이었다. 게다가 조씨 형제들도 있지 않은가?

"결코 후회하지는 않으실 겁니다."

곡완주는 두 눈을 똑바로 뜨고 그를 바라보았다. 마치 수정같이 맑고 사심이 없어 절로 호감이 가는 눈빛이었다.

'그냥 데려가?'

순간적으로 갈등에 싸였다.

"일 년간 모시겠습니다. 지금 대인을 뫼시고 있는 분들도 부공이 보통은 넘지만 제가 보기에는 충분치 않습니다. 제가 대인의 안전을 책임지겠습니다."

무영이 망설이자 삼 개월이 충분치 않았다고 생각했는지 다시 일 년으로 늘여 말했다. 게다가 안전을 책임지겠다니, '나이도 어린 녀석이 무척 건방지구나' 할 정도였다. 은근히 기분이 상했다.

"하하, 무공에 무척 자신이 있는 모양이오?"

은근히 비꼬는 투로 그렇게 말했다.

이런 변방에서 몇 수 익힌 재간으로 명문정파에 속했던 곤륜파의 정통 무공을 수 년간이나 배운 자신과 청해삼호에 대해 쉽게 생각하고 함부로 말하는 것 같아 반발심에 그렇게 말한 것이었다. 젊은 혈기로 치부하기에는 너무 심한 말로 들렸다.

"최소한 대인이나 다른 세 분보다는 높습니다."

"하하하, 우리 무공을 제대로 알지도 못하면서 말을 너무 함부로 하는 것이 아니오?"

"대인은 무공이 정순하고 내공이 깊어 보입니다. 보폭의 넓이와 방위가 일정하고 손발이 경쾌한 것으로 보아 권각술의 기초가 매우 튼튼해 보입니다. 하지만 검을 쥐었을 때는 자세가 무척 불안합니다. 검술에는 무척 약하다는 증거지요. 다른 세 분은 내력이 충만치 못한 것이 오히려 대인보다 무공이 떨어져 보이더군요.”

“엇!”

무영은 깜짝 놀랐다.

어제 왔으니 멀리서 몇 번 본 것이 전부일 텐데 정확하게 짚어내고 있었다. 갑자기 곡완주에 대해 홍미가 일었다.

“그럼 당신의 무공은 어느 정도요?”

“네 분이 합격한다면 승부를 장담하기가 어렵습니다.”

“잉?”

‘광오한 놈.’

사 대 일로 싸워야 평수를 이룰 것이라는 말이 아닌가?

무영은 곡완주의 얼굴을 자세히 살펴보았다. 아무리 봐도 꽃미남같이 생겨먹은 예쁘장하고 앳된 젊은이에 불과해 보였다.

곡완주가 얼굴을 붉혔다.

뒤늦게 자신의 말이 너무 건방졌다고 생각해서 빨개진 것인지 무영이 자꾸 보니까 그런 것인지 알 수 없었다.

그때였다.

“험! 험! 기침하셨소, 대장군?”

곡길한의 목소리였다.

“들어오십시오.”

무영이 얼른 일어나며 예의를 갖추었다.

곡길한이 막사 안으로 들어오자 곡완주는 가볍게 인사하더니 옆으로 비켜서며 말했다.

“대인께서 제가 중원에 있는 동안 후견인이 되어주시겠다고 하셨습니다.”

곡완주가 누가 물어보지도 않았는데 굳은 얼굴로 그렇게 말하며 무영의 눈치를 살폈다.

무영이 그의 얼굴을 보았다.

'음, 일단 저질러 놓고 보자는 심보?'

하지만 곡길한이 있는 자리에서 '내가 언제' 하는 표정으로 그를 실망시키기는 싫었다.

"허, 대인께서 대단한 결심을 하셨구려. 저 아이는 사실 어릴 때 무공을 배우러 성숙해로 떠나 돌아온 지 얼마 되지 않아서 내 품에 두고 싶었는데……."

그런 속내를 모르는 곡길한은 자못 아쉬운 얼굴로 말을 이었다.

"사실 어제저녁 나를 찾아와 장군의 시중을 꼭 자기가 들게 해달라고 은밀히 말합디다. 그러더니 그 부탁을 하려고……. 핫핫핫, 자식 이기는 부모가 어디 있겠소? 장군께서 허락하셨다니 염치없는 부탁을 드리겠습니다. 밑에 두고 제대로 가르치지 못해서 부족한 점이 많더라도 이해해 주시구려."

곡완주는 일이 자신의 뜻대로 돌아가자 흥분되는지 얼굴이 붉어져 있었다.

"아닙니다. 좋은 아드님을 두셨더군요. 감탄했습니다. 제가 도리어 배울 게 많을 것 같습니다."

예의를 차려가며 그렇게 말하는 수밖에 없었다.

"대장군께 뭐라 드릴 말씀이 없소. 멀리 떨어져 크더니 아비 말은 들은 척도 않는지라……."

아버지의 입장이 되어 한숨을 쉬며 나오는 곡길한을 보니 더 이상 뭐라고 말할 엄두가 나지 않았다. 이미 결정난 일이었다.

"고맙습니다."

곡완주는 아버지의 잔소리 같은 말이 듣기가 거북했는지 인사를 하고는 자리를 떴다.

"길게 얘기를 나눠볼 기회가 없어 잘은 모르지만 장군께서는 너무 부담 갖지 말아주시오. 어딜 가도 제 한 몸은 지킬 녀석이오. 내 생각에도 중원 구경을 한번 하는 것도 괜찮을 거라는 마음이 들기는 했지만 자식을 품에서 내놓는다는 것이 쉽지는 않더이다. 이것도 인연이라고 생각해 주시고 잘 돌봐주시기를 바랄 뿐이오."

"천만의 말씀입니다."

중원에서는 막연히 오랑캐라며 경멸했지만 무영이 대하는 이들 부자는 예의 바르고 경우가 있어 보였다. 하기는 옛날 우리 나라도 중국에서는 오랑캐라 불렀다고 하지 않던가? 중원인의 오만한 편견이었다.

곡길한은 내심 안도했다.

아끼는 자식을 낯선 명나라로 보내는 것은 모험이라 생각되었으나 자식이 그토록 원하니 고민을 하고 있었다. 그런데 장무영이 나서서 중원에서 기댈 언덕이 되어주겠다고 하니 든든한 마음이 들어 무영이 남 같지 않았다.

"최선을 다하겠습니다. 하지만 귀한 자제 분께 행여 변고라도 생길까 걱정되는 것도 사실입니다."

"하하하, 우리 완주가 그래도 자기 앞가림은 할 터이니 너무 걱정은 마십시오. 무공도 제법 배운 모양이니 제 몸 간수야 잘하겠지요."

그는 품속에서 봉투 하나를 꺼냈다.

"이건 어제 내가 약속한 선물이오. 한번 보시오."

봉투 안에는 편지가 들어 있었다.

“아니?”

편지는 이학량이 아합극에게 보낸 밀서였다. 아합극을 생포할 때 그의 품에서 나온 것으로 보관하고 있었는데 이렇게 요긴하게 쓸 줄은 몰랐었다. 곡길한 입장에서도 이 편지가 명나라 황제에게 전해지면 자신의 부족은 책임을 벗을 수 있다는 생각이었다.

“그 정도면 돌아가서 장군 체면이 서겠소?”

“이런 더러운 사연이 있었는지 몰랐습니다. 큰 도움이 되겠습니다.”

실로 엄청난 일이었다.

변경을 지키는 장수가 적국과 내통해 공격해 달라는 밀지를 보냈고 그게 지금 자신의 손에 들어와 있다.

‘이제 돌아가서도 큰소리를 칠 수 있겠다.’

그동안 가장 곤란했던 부분은 역시 병사들의 목숨을 살리려고 적에게 투항한 항장이라는 오명을 쓴 부분이었다. 하지만 이제는 가져갈 보따리가 두둑하니 걱정이 없었다.

초원의 황혼은 눈이 부시도록 아름다웠다.

내일 길 떠날 준비를 대충 마치고 바람을 쐬러 밖으로 나온 무영은 언덕 위에 홀로 서서 한가로이 풀을 뜯는 양 떼며 말들을 구경하고 있었다. 노을에 붉게 물든 한 떼의 구름이 하늘 저편으로 빠르게 흩어져 물러났다.

문득 뒤에서 인기척이 들렸다.

발소리가 가벼운 것으로 보아 제법 무공을 익혔다는 곡완주일 것으로 짐작됐다.

“대인, 고맙습니다.”

발걸음이 멈춰지는 것 같더니 곡완주가 무영에 말했다. 아직도 흥분한 어조였다.

"이곳은 참 평화롭고 여유가 있어 보이오."

말을 돌려 대답했다. 난처하게 만든 가벼운 질책이었다.

곡완주는 대답 대신 그런 무영을 한동안 물끄러미 바라보더니 무릎을 꿇었다.

"일 년간만 주공으로 모시겠습니다."

무영은 그렇게까지 할 줄은 몰랐는지라 얼른 손을 잡아 일으키려고 했다. 하지만 그는 완강하게 거부했다.

"예의는 제 방식대로 갖추겠습니다."

곡완주의 어깨를 잡고 어정쩡하게 서 있는 자세가 되었다.

"난 그런 절차는 좋아하지 않소. 중원에 도착해서 하고 싶은 일이 있으면 나를 떠나 마음껏 하시오. 대신 목만 붙어 살아 있으면 되오. 아버님께 후견인이 되어주겠다고 약속한 모양새가 되었으니 내가 책임을 져야 한다는 말이오."

무영이 웃음을 지어가며 말했다.

둘은 언덕에 나란히 앉았다.

"대인의 호위무사가 되겠습니다. 일 년의 약속은 확실히 지킬 것입니다."

"정말 무공에 그렇게 자신이 있소?"

"제 사부님은 중원에서 적수를 찾지 못했다고 들었습니다. 그리고 사부님께서는 제 무공이 당신의 칠할 수준은 와 있다고 하셨습니다. 그 정도로도 중원에서 상당한 고수에 속할 거라고. 하시더군요."

적수를 찾지 못했을 정도라면 초절정의 고수라는 말이었다. 무영이 관심을 갖고 듣는 것을 느꼈는지 곡완주는 자신의 얘기를 들려주었다.

그는 어릴 적에 부족을 지나던 성숙파파(星宿婆婆)의 눈에 들어 집을 떠나 성숙해(星宿海)에서 십이 년을 있었다고 했다.

당시 이미 백 살이 다 되어가던 성숙파파는 젊어서 사랑에 실패한 후로 그곳에만 머물렀는데 죽을 때가 가까워오자 자신의 무공을 남길 후손을 찾아 나섰다가 어리지만 근골이 뛰어난 그를 발견하여 무공을 가르쳤다.

"사부님은 작년에 돌아가셨습니다. 돌아가시기 전에 당신의 내력을 제게 모두 주시고… 죽어서는 내공도 필요없고, 또 성숙해의 제자가 강호에 나가 수모를 겪어서는 절대 안 된다고 하시며 제게……."

곡완주의 눈시울이 붉어졌다.

"저는 그게 마지막인 줄도 몰랐습니다. 그런데 깨어나 보니 사부님께서는 이미……."

곡완주의 눈시울이 붉게 물들었다.

무영은 손을 뻗어 살며시 그의 어깨에 둘렀다.

"만약… 만약 당시에 그게 사부님을 죽게 하는 방법이라는 것만 알았어도……."

곡완주는 끝내 닭똥 같은 눈물을 떨구었다.

"아닐 것이오. 사부님은 당신께서 가실 날을 미리 아셨기에 그대를 위해 그리하셨을 게요."

"그렇겠지요? 저도 그렇게 믿고 싶습니다."

"경지에 오르면 그런 능력도 생긴다 들었소."

그런 말은 들은 적이 없지만 그럴 것도 같았는지라 마음이나 편히 먹으라고 그렇게 말해 주었다.

무영의 말에 위안을 얻었는지, 아니면 자신에 대한 마음 씀씀이가 고마웠는지 곡완주는 눈물이 채 가시지 않은 눈길로 빙긋 웃으며 그를 올려다보았다.

곡길한은 멀리서 그 모습을 지켜보고 있었다. 지난번 아합극의 간계로 막내아들을 잃은 후 남은 자식에 대한 노파심이 자꾸 커지는 것은 어쩔 수가 없었다.

"녀석……."

내심 대견한 생각도 들었다. 그러나 또다시 헤어질 것을 생각하니 가슴이 아팠다.

"허허, 나도 이제는 늙었나?"

곡길한은 발길을 돌렸다.

두 사람은 다정한 모습으로 막사로 돌아왔다.

다시 술자리를 만들며 며칠 더 머물 것을 권하는 곡길한에게 집안의 급한 사정을 말하고 짐을 꾸렸다.

제9장

귀향(歸鄕)

무영 일행이 거용관에 도착한 것은 목와족의 거주지를 출발하고 거의 두 달이 다 되어갈 무렵이었다.

관성에 도착한 그는 신임 지휘사를 통해 준비해 온 여러 가지 서찰과 공물을 황제께 바쳤다.

"그게 사실이냐?"

황제는 장무영이 거용관에 도착해서 입관을 요청했는데 그가 제출한 증거물에 의하면 큰 전공을 세우고 온 것이나 다름없다고 하자 기분이 무척 좋았다.

더구나 포로가 된 것은 자신이 직접 호랑이 굴로 들어가 적장의 목을 가져오기 위해서라고 했다. 물론 그 부분은 미심쩍었지만 지금 그게 중요한 것이 아니었다.

이번 침략의 주모자인 아합극의 목은 물론이고 목와족 족장 곡길한이 보낸 사죄의 편지에다가 조공 허락 요청서, 그리고 하미왕국에서 조공을 허락해 달라는 국왕의 친서 등, 포로로 잡혀갔다더니 오히려 큰 공을 세우고 돌아왔다.

그리고 마지막으로 한 가지가 더 있었는데 바로 이학량이 아합극에게 보낸 밀서였다.

내용을 확인한 황제는 노여움에 치를 떨었다.

"그런 자가 관문의 책임자로 있었으니 우리 대명이 치욕을 당한 것이 아닌가?"

황제는 지난번 장자맹을 처단하라며 주둥이질을 해대던 대신들에게 그 분풀이를 했다.

"황공하옵니다, 폐하."

"밤낮 황공이니 성은이니만 하지 말고 앞으로 이런 일이 다시는 생기지 않도록 할 방도나 잘 연구하도록 하시오. 에잉, 쯧쯧쯧."

이럴 때 장자맹이라도 곁에 있었으면 속 시원한 말이라도 들을 수 있을 것 같았다. 지금 주변에 있는 것들은 아무리 잘 봐줘도 나라 살림이나 축내는 밥버러지 이상은 아닌 놈들이었다.

새삼 장자맹이 그리웠다.

아무래도 그 집안은 씨도 다른 것 같았다. 항복했다는 병사들 말만 믿고 장자맹까지 내쳤는데 알고 보니 그게 다 작전이었다고 한다.

그 증거로 적과 내통한 첩자도 밝혀내고 적장의 목까지 가져왔다지 않는가? 게다가 변방 여러 나라에서 조공을 허락해 달라는 화친서까지 잔뜩 받아 들고 왔으니 이보다 더한 충신이 없었다.

'장자맹은 너무 늙었으니 이제 그 아들놈이나 단단히 써먹어야겠군.'

황제는 그렇게 마음먹었다.

"즉시 장무영 대장군을 부르도록 하라. 큰 공을 거두었으니 짐이 어찌 그의 얼굴을 보고 기뻐하지 않으리오."

황제의 명을 전하는 파발마가 먼지를 일으키며 달려와 무영에게 입관은 물론 알현까지 허락함에 따라 거용관을 통과하여 북경에 도착하니 밤이 되었다.

원래 해가 진 이후에는 도성의 문이 닫혀 새벽닭이 울 때까지 열리지 않는 것이 관례였지만 미리 마중 나온 태감의 조처로 무사히 성안으로 들어올 수 있었다. 너무 늦은 시간이었는지라 황제를 알현할 수 없어 일행은 일단 집으로 갔다. 그런데 대문에는 붉은 글씨로 금(禁) 자가 쓰여진 종이가 붙어 있었고 오랫동안 사람이 산 흔적이 보이지 않았다. 가슴이 철렁 내려앉은 일행은 월장을 해서 안으로 들어가 보니 집 안은 텅 비어 있었다.

'혹시……?'

빌어먹을 황제 놈이 벌써 부모님을 어찌하지 않았나 싶어 즉시 선문학관의 백문호를 찾아봐야겠다고 생각했다. 북경에서 믿을 만한 사람은 그밖에 없었다.

그를 찾아 나서려는데 차림새가 하인으로 보이는 사람이 무영에게 다가왔다.

"장 대장군님 아니십니까?"

"그렇소만."

무영은 신경이 예민해져 있는 상태였는지라 또 무슨 일인가 하여 말투가 곱게 나가지 않았다.

"학예춘 감관어른을 기억하시는지요."

주위를 의식하는 기색이 역력한 상대는 목소리를 낮추어 물어왔다.

"학예춘을 아시오?"

무영이 깜짝 놀라며 반문했다.

그는 다시 주위를 둘러보더니 말했다.

"이미 성안에 들어와 계십니다. 한데 아직 죄인의 신분이라 장군님의 도움이 필요합니다."

그의 말에 의하면 사막을 벗어난 학예춘 등은 가욕관에서 입관이 거절당하자 상인들의 도움으로 상단의 일꾼으로 위장하고 몰래 중원으로 들어왔다는 것이다. 무영이 돌아오기 전까지 그들은 항복을 주도한 인물로 낙인찍혀 여전히 죄인의 신분이 되어 있다는 것이었다.

그들은 지금 은밀한 곳에 잠시 몸을 피하고 있다고 했다.

"무슨 말인지 알았다고 전해주시오. 내가 내일 황제 폐하를 배알할 적에 모두가 세운 공(功)을 말씀드리겠소."

깜빡 잊고 있었다.

생사의 역경을 함께 넘나들었던 친구들이다.

"너무 염려하지 말라고 전해주시오. 곧 만나자는 말도 함께 말이오."

부모님의 상황부터 파악해야 했는지라 마음이 급했던 무영은 자세한 것을 물을 시간이 없었다.

허둥지둥 찾아간 백문호의 말은 그를 안심시키기에 충분했다.

"대학사 내외께서는 한 달 전에 성 밖으로 나가 살도록 명을 받아 지금 성에서 오 리 정도 떨어진 곳에 조그만 집을 구해 살고 계시오."

백문호의 말에 무영은 안도의 숨을 내쉬었다. 일단 살아 계시니 황제를 알현하여 자초지종을 설명하면 끝날 일이었다.

"일체 아랫것들의 시중을 받지 못하게 명이 내려져 있어 몸이 편찮으신 대부인마님의 고생이 심하시다오. 가산도 모두 몰수당해 내가 은밀히 미랑에게 뒷돈을 대주어 보살피고 있소."

무영은 백문호의 말을 듣고 나서야 어느 정도 안심이 되었다.

"백 관주, 고맙소. 여기저기 눈치를 보느라 쉽지 않았을 터인데 그렇게 일일이 부모님의 뒤를 돌보아주었으니……."

전에는 영감이라 불렀지만 지금은 백 관주로 불렀다. 이제 자신도 예의를 차릴 나이가 됐고 또 그의 마음 씀씀이가 너무 고마워 나름대로 한껏 체면을 세워준 것이었다.

"조씨 형제들은 이번 기회에 아예 양문으로 가서 양가창법이나 익히라고 했소이다. 양문에서는 외인이라 꺼려 했지만 내가 이리저리 손을 쓴데다 대학사님 댁과 옛정이 있는 양겸이 받아들인 모양이오."

백문호는 말을 이었다.

"연화는 달뢰 공자를 잊지 못해하더이다. 후일 달뢰 공자가 돌아오면 혼인이라도 시켜줄 생각으로 성내에 조그만 집 한 채를 구해 살게 했소. 혹시 공자가 영영 돌아오지 못할 경우도 대비해야 한다는 생각에……."

백문호는 그 부분은 말을 계속하기가 미안했는지 말끝을 흐렸다.

"백 관주, 정말 고맙습니다."

무영은 눈시울이 시큰할 정도로 고마웠다. 이곳에서 자신과 정을 나눈 사람들을 그토록 세심하게 보살펴 준 그에게 진정으로 감사했다.

뒤에서 달뢰가 얼굴이 벌게져서 어쩔 줄 몰라 했지만 싫은 기색은 아니었다.

일행은 일단 선문학관에 짐을 풀었다.

다음날 아침 일찍 황궁으로 가서 황제를 알현했다. 황제는 오문(午門) 위 누각의 어좌(御座)에 앉아 그를 맞이했다.

무영의 입궁은 그 어떤 개선장군에 못지않았다.

갑주에 번쩍이는 창검으로 무장한 금의위 위사들이 자금성 성벽을 따라 도열했고 고루(鼓樓)의 고수(鼓手)들은 힘차게 북을 두드렸다. 문무백관은 모두 성문 앞에 열을 지어 모여 섰고 구경을 나온 백성들은 길을 메웠다.

화려한 갑주에 긴 장군검을 찬 무영은 그 사이를 말을 타고 당당히 지나 오문을 통과했다.

사실 이 정도로 크게 행사를 하려는 계획은 없었다.

하지만 오랜만에 만천하에 자신의 권위를 보여주고 싶어하는 황제의 내심을 눈치 챈 장 태감이 황제께 성대한 환영 행사를 주청했고 황제는 기꺼이 허락하는 은혜를 베풀어 이렇듯 성대한 자리가 마련된 것이었다.

오문은 자금성의 정문으로 황제를 제외한 다른 사람은 절대 지날 수 없었고 황후나 과거시험에 급제한 자에 한해서 평생 한 번이나 통과할 수 있는 문으로 전쟁에서 개선하는 장수도 이곳에서 맞기도 하는 곳이었다.

행사가 모두 끝나자 어전으로 인도된 무영은 황제와 대신들의 환영을 받았다.

이미 보고서에 상세한 내용을 적었기에 먼저 알현하고 황제의 치하를 받는 것으로 진행되고 있었다.

웅웅웅.

그런데 황궁으로 들어선 이후 무영은 마음속에서 무언가 자신을 자꾸 이끄는 듯한 소리를 들었다. 그 소리는 황궁에 들어선 이후로도 계속 자극을 가하더니 점점 그 강도가 세어지고 있었다.

'묵환이다!'

문득 자신을 살리고 죽어간 노인의 말이 생각났다. 노인의 말대로라면 지금 자신의 기(氣)가 묵환에 반응하고 있는 것이었다.

"내 들리는 말만 믿고 장군과 같은 충신을 몰라보았으니 그 점 심히 안타까워하노라."

황제는 자신이 장자맹 대학사를 처벌한 것을 완곡하게 돌려 사과하고 있었다. 장무영이 쓸 만한 놈이라고 여겼다. 그래서 오늘 아침에도 자금성으로 입성하는 장무영에게 관례에 따라 오문(午門)에서 친견을 하는 영광을 베풀었다.

"황공하옵니다, 폐하. 소신 감히 몸둘 바를 모르겠습니다. 하온데 소신의 부모가 저로 인하여 고초를 겪고 계시다니 자식된 도리로써 그 점이 죄스러울 따름이옵니다."

소리에 신경을 팔다가 황제의 치하에 퍼뜩 정신을 차린 그는 황제에게 지금도 연금 상태에 있는 부모님을 상기시켰다. 황제가 그리 늙지도 않았는데 기억력이 좋지 않다는 소문이 있으니 깜빡 잊으면 곤란했다.

"허어, 그렇지. 대학사가……. 음, 지금 귀향 중이지? 여봐라, 지난번 대학사에게 내린 모든 처벌을 취소하도록 하라."

황제는 대학사를 귀향 보낸 줄 착각하고 있었다. 매일 하는 일이 국사를 결재하고 벌 주고 상 주는 일이니 대학사에게 내렸던 벌이 일일이 생각나지 않고 헷갈렸다. 그냥 '예전으로 되돌려라' 하는 식으로 편하게 말하는 황제였다.

하지만 장무영이란 녀석은 변방을 안정시키는 큰 공을 세웠으니 뭔가 적당한 상을 내려야 했다.

"허허허, 대장군의 공이 작다 할 수 없으니 내 그대에게 상을 내리겠노라. 대장군 장무영에게 황금 십만 냥을 내리도록 하여라."

황제는 이 정도면 되겠지 하며 흡족한 표정을 짓고는 대신들을 둘러보았다. '성은이 하해'가 나올 차례이니 점잖게 위엄을 가득 채운 얼굴을 하고 들어줄 채비를 해야 했다.

그런데 대신들이 잠시 멈칫했다.

뒷 순서가 바로 따라오지 않자 황제는 의아했고 이어 슬슬 열이 받기 시작했다.

'이것들이 개겨?'

황제의 불편한 속마음이 얼굴에 그대로 나타났다.

그걸 놓치지 않고 곁눈질로 살피던 대신들이 일제히 머리를 조아리며 황제의 성은을 칭송했다.

"성은이 하해와 같사옵니다."

대신들이 멈칫했던 이유는 금액이 너무나 엄청나기 때문이었다.

하지만 곁눈질로 황제의 안면 근육을 놓치지 않고 살피던 그들은 용안(龍顏)에 생긴 실핏줄의 두께를 확인하고는 내 주머니 퍼주는 것도 아닌데 괜히 성질 건드리지 말고 일단 인사나 해두자 하는 심정으로 늦게나마 '성은가'를 부른 것이었다.

"폐하, 아무리 공을 세웠다고는 하나 황금 십만 냥은 은자로 하면 백만 냥이나 되니 좀 과하신 듯하옵니다."

태감 중에 왕초 격인 사례 태감이 상이 과하다고 하며 딴지를 걸고 나섰다. 여간해서 대신들 앞에서는 입을 열지 않는 그였지만 지금 황실의 재정을 볼 때 황금 십만 냥이 쑥 빠져나가면 허리띠를 단단히 졸라매야 할 지경이었다.

'헉, 은자로 하면 백만 냥이나 되는구나.'

전하의 모든 것이 다 내 것이니 은자에 대한 개념이 희박했던 황제인지라 기분에 그만 과언을 하고 만 것이었다. 하지만 이왕 뱉은 말이니 중신 놈들이 말려주면 못 이기는 체하고 깎을 수는 있어도 태감의 말 한마디에 '그럼 십분지 일로 하여라' 할 수도 없는 노릇이었다.

황제는 아무나 하나? 항상 체면을 중시해야 하는 위치였다.

"폐하, 사례 태감의 말대로 황금 십만 냥은 소신에게 너무 과하신 듯하옵니다. 감히 받을 수 없사오니 거두어주십시오."

무영이 눈치를 채고 얼른 상을 물려달라고 했다.

다른 대신들도 그런 생각은 있었지만 지난번에 장씨 부자를 매도한 처지라 선뜻 나서기가 애매해서 입에 떡을 물고 있었다. 이제 곧 장자맹이 정계로 복귀할 텐데 괜히 내 것도 아닌 은자를 아끼겠다고 나섰다가 가뜩이나 지난번 '장자맹 부자를 참수' 어쩌고 한 것을 벼르고 있으리라 짐작되는 게거품의 안줏감이 되어 두고두고 씹히기는 정말 싫었다.

대신은 아무나 하나?

항상 미래를 보는 안목이 남다른 대신들이었다.

그런데 무영이 눈치있게 알아서 먼저 나서주니 황제의 심사를 짐작하는 대신들로서는 이때다 하며 너도나도 나서서 한마디씩 했다.

'그러하옵니다, 폐하. 너무 많으니 재고하여 주십시오' 로 요약되는 말을 저마다 한마디씩 뱉으며 황제의 체면 살려주기에 나섰다.

"허, 그러한가? 경들의 의견이 그렇다면야……. 험, 그, 그럼… 황금 일만 냥으로 하라."

이미 한 번 실수를 한 황제는 마음속으로 금자 일만 냥의 가치를 열심히 은자로 환산해 본 뒤에 이 정도면 되겠지 싶어 말했다.

"성은이 하해와 같사옵니다."

이번에는 대신들도 비호같이 '성은가'를 합창했다.

"소신이 작은 소원이 있어 감히 주청을 드리고자 합니다."

'저놈이.'

무영이 다시 나서자 황제는 약간 심기가 상했다.

황금 일만 냥이면 평생 써도 못 쓸 적지 않은 액수라 생각했는데 녀석이 아직 나이가 젊어 철없이 욕심을 부리고 있었다. 하지만 '작은 소원'이라니 한번 들어볼 필요는 있었다.

"황금 일만 냥은 소신에게 너무 과분하니 거두어주시옵고 대신 황궁에 있는 쇠 팔찌 하나를 얻고자 합니다."

'엉? 황금을 거두어달라고?'

황금 일만 냥 대신에 쇠로 된 팔찌라고 하니 이상했다. 그렇다면 뭔가 신기한 팔찌일 가능성이 있었다.

'음, 아무래도 수상해…….'

또 실수하기 전에 자세히 알아봐야겠다고 생각한 황제가 물었다.

"팔찌라니? 그게 어디 있으며 무엇에 쓰는 물건인고?"

"특별한 용도는 없사오나 소신에게 은혜를 베푼 적이 있는 한 노인 집안의 가보로 내려오던 것인데 그만 밖으로 흘러나가 떠돌다가 지금은 황궁 내에 있다고 합니다. 소신도 자세한 장소는 어딘지 모르고 있사온데 아마 소신이 내관과 함께 찾는다면 금방 찾을 수 있을 것입니다."

'별것 아니군.'

무영의 말에 황제는 안심했다. 무슨 귀한 물건인 줄 알고 내심 긴장되었던 것이다.

몇 년 전에도 '어어' 하다가 저 녀석에게 만년설삼을 뺏긴 적이 있다는 것을 잊지 않고 있었다. 다른 것은 다 잊어도 만년설삼을 쥐버린 일은 후궁들을 안을 때마다 하초에 허허로움이 느껴져 아쉬운 마음에 늘 생각이 간절했었다.

"그리하라. 하지만 황금 일만 냥은 기왕에 내린 것으로 짐이 다시 거둘 수 없으니 받도록 하라."

황제는 다시 '성은가'의 합창을 들을 수 있었다.

무영은 곡길한과 합의한 내용과 하미국왕의 일을 다시 거론하여 황제의 윤허를 얻는 것으로 모든 일을 마무리 지었다.

어전을 나선 무영을 내관이 찾아왔다.

"장군, 쇠 팔찌가 도대체 어디 있다는 겁니까? 옥 팔찌라면 또 몰라도……."

내관은 그를 도와 쇠 팔찌를 찾아주라는 명을 받았으나 귀찮은 일을 떠맡게 되어서인지 투덜거리는 투로 말했다. 옥 팔찌나 금 팔찌도 아니고 쇠 팔찌를 찾겠다니 번거롭기만 하다는 생각이었다.

"제가 어느 정도 짐작하고 있으니 길만 인도해 주십시오."

내관은 '궁궐 안에 처음 들어온 녀석치고는 이상한 놈일세' 하는 표정을 지었다. 넓이가 사방으로 수 리에 이르는 자금성은 무얼 금방 찾아내기에는 절대 만만한 장소가 아니었다.

"잠시 기다려 주시지요."

눈을 감은 무영은 조용히 정신을 집중하고 마음이 인도하는 곳으로 따라갔다. 자금성은 사방이 몇 리에 이를 정도로 넓은 곳이었지만 의외로 묵환이 있는 곳은 금방 찾을 수 있었는데 그곳은 황궁 비고(皇宮秘庫) 안이었다.

"이곳은 금역인데… 황제 폐하의 명이 없으면 절대 들어갈 수 없는 곳이오."

난처해진 내관은 황제의 윤허를 다시 얻어야 한다는 듯이 말했다.

"아니, 아까 폐하께서 물건이 있는 곳을 알아내 찾아주라고 하셨지 않소? 이미 끝난 일인데 자꾸 아뢰어 폐하의 심기를 어지럽힌다면 폐하께서도 좋아하지 않으실 겝니다."

괜히 귀찮은 일이 벌어질까 우려한 무영이 얼른 말을 받았다.

내관도 가만히 생각해 보니 황제는 지금쯤 후궁과 함께 있을 시간이니 귀찮아할 게 뻔했다. 급한 국사만 대충 마치면 하루의 절반은 후궁과 함께 보내는 황제였다.

"그렇군요."

대충 서로 말을 맞춘 후에 절차에 따라 비고를 지키는 태감을 만나 황제의 명을 전하고는 함께 안으로 들어섰다.

'음, 다 빼앗아다 놨군.'

비고 안에는 천하에서 모인 진귀한 보석이며 장신구 등 온갖 귀한 것들이 가득했다. 탐나지 않는 것은 아니었지만 그걸 신경 쓸 때가 아니었다. 무영은 계속해서 느껴오는 기운을 따라 안으로 들어가니 과연 가슴에 무언가 충격처럼 와 닿는 느낌이 드는 상자 하나를 찾을 수 있었다.

"이것 같습니다."

궁궐 안을 잘 모를 텐데 금방 물건을 찾았다 하니 참 신기한 놈도 다 있다 싶었던 내관은 태감의 허락을 얻어 상자를 열었다. 그 속에는 거무튀튀하게 탁한 색을 띤 쇠 팔찌 한 쌍이 들어 있었다.

"바로 이것이오!"

너무나 강렬한 느낌에 무영은 확신에 찬 어조로 내관에게 말했다.

뒤따라온 태감은 책자를 꺼내 들더니 상자에 붙은 번호와 대조하며 읽어 내려갔다.

"가볍고 도검에 상하지 않는 쇠 팔찌라… 별로 대단한 건 없군."

태감의 말대로 황궁 비고 안에는 다른 여러 가지 진귀한 것들이 너무도 많았다. 그에 비하면 이 정도는 정말 대단한 구석이라고는 전혀 없는 평범한 물건이라 할 수 있었다.

무영은 팔찌를 받아 품속에 갈무리한 뒤 물품대장에 서명했다.

"이곳을 좀 구경할 수 있겠소? 내 평생 언제 이런 곳에 다시 들어와 보겠소?"

무영은 귀한 것들이 이토록 많이 한자리에 모여 있다는 사실에 놀라 한 번 둘러보고 싶은 마음이 생겼다.

"흠, 좋소. 하지만 절대 물건에 손을 대서는 아니 되오."

그곳을 지키는 태감 나중인은 무영이 대학사의 아들이라는 것을 알고 있었다. 비록 지금 성 밖에 격리되어 있겠지만 이미 복권이 되었으니 곧 내각으로 돌아올 게 틀림없었다. 소문이 빠른 이곳에서는 장씨 부자에 대한 이야기는 이미 모든 사람들이 알고 있었다.

황제가 아끼던 신하였으니 잘 사귀어두어 손해날 일이 없겠다 싶었던 그는 한참을 신중한 표정을 지어가며 생각하는 척하다가 어쩔 수 없다는 듯이 허락했다. 아무리 하찮은 부탁도 쉽게 응낙하면 아무것도 아닌 일이 되어버리는 법이다. 그는 확실하게 생색내기 위해 한마디 덧붙이는 것을 잊지 않았다.

"이곳은 들어오는 것도 쉽지 않지만 둘러보는 것도 전례가 없던 일이오. 내 특별히 대학사님과 대장군의 체면을 보아 허락하는 것이오."

무영은 무척 고마운 표정을 지으며 감사하다고 답하고는 내관을 돌려보낸 뒤 태감과 함께 비고 안을 돌았다.

한곳에 가니 책자들이 여기저기 한 뭉치씩 놓여 있었다.

"저건 뭡니까?"

다름 물건들은 상자에 넣어 잘 보관하면서 책자들은 함부로 굴리자 궁금했다.

"아, 저건 아직 분류가 끝나지 않은 책자들이라오. 이곳에 들어온 지는 꽤 됐는데 워낙 바빠 구석구석 미처 손이 가지 않는 곳이 많이 있소이다."

사실 책자들이 그렇게 나뒹굴고 있는 것은 책자는 궁중의 주요 관심사가 아니기 때문이었다. 비고는 황제가 황실의 큰 행사 때나 개인적으로 후궁들에게 선물을 줄 때만 간간이 사용되었는데 그러다 보니 책자 같은 것은 소홀히 하는 경향이 있었다. 책자는 원래 황궁 서고 격인 문연각(文淵閣) 같은 곳으로 보내져야 하지만 귀한 책자는 진귀한 물건으로 분류되어 이곳으로 왔다. 그러나 각종 진귀한 보물이 많은 이곳에서는 오히려 제대로 대접을 받지 못하고 있었다.

"책자를 좀 살펴봐도 되겠소?"

오랜만에 책을 대하니 마치 남우선을 만난 것 같은 기분이 들어 살펴보고 싶었던 무영이 지나가는 말투로 물었다.

"하하하, 역시 대학사 집안의 자제 분은 남다르시군요. 원래는 손을 대서는 절대 안 되지만 직권으로 특별히 허락하겠소이다."

다른 보물도 아니고 책자 따위는 태감의 생각에 별로 중요한 물품이 아니었기에 쉽게 허락했지만 '절대', '직권', '특별히' 등은 약간 세게 발음하는 것을 잊지 않았다. 쌓이면 나중에 다 재산이 되는 말들이 었나.

무영이 이것저것 들추어 보니 서역, 천축, 조선, 서하 등 여러 나라에서 구한 갖가지 진귀한 책자들이었다. 한참을 그렇게 살피던 그는 우연히 한 책자를 보고 멈칫했다.

'태청강기요해' 라는 제목의 책자였는데 자신이 배운 태청심법과 같은 이름이어서 그런지 유난히 관심이 가 찬찬히 읽어보았다. 저자도 써 있지 않은 그 책은 기의 운용에 관한 요해가 담긴 책이었다.

계속 책자를 살피고 있자 옆에서 기다리던 태감이 지루했는지 한마디 했다.

"험, 장군, 시간이 많이 지난 것 같습니다. 원래 외인은 이곳에 들어올 수도 없는데……."

"아, 예, 죄송합니다. 책에 워낙 빠져 있다 보니……."

책에 몰두해 있던 그는 깜짝 놀라며 얼른 사죄를 했다.

"그렇소이까? 사실 그 책자는 아직 분류 목록에 들어가 있지 않으니 내가 장군께 선물로 드릴 수도 있소이다."

태감은 마치 자기 것으로 인심을 쓰는 양 생색을 내가며 말했다.

"허, 그럴 수만 있다면 반드시 답례는 잊지 않겠습니다."

무영은 크게 기뻐했다.

비록 정당한 절차를 밟은 것은 아니지만 귀한 책을 창고 속에서 곰팡이나 슬게 하는 것보다는 나았다.

책을 품속에 갈무리한 무영은 더 둘러보고 싶었지만 태감의 눈치가 보여 다시 한 번 고맙다고 인사한 후에 밖으로 나왔다.

"아이구, 내 새끼, 살아 있었구나!"

대부인 주설하는 체면도 잊은 듯 살가운 말로 그를 맞았다. 무영이 황궁으로 가 있는 동안 청해삼호가 집으로 모셔왔다.

다시 모인 미랑과 연화, 그리고 마 집사 등도 모두 도련님을 연발하여 대학사 댁은 한동안 눈물 바다가 되었다.

"그럼 이 어미는 집에서 아들 걱정에 잠도 못 이루고 이었는데 네 녀석은 그동안 젊은 것들 하고 놀아나고 있었다는 게 아니냐?"

그동안 겪은 이야기를 듣고 있던 주설하는 기가 막히다는 듯이 말했다.

"돈도 많이 벌었고 며느릿감도 구해났으니 이제 손자 볼 걱정이나 하세요."

무영의 장난기 섞인 말에 주설하를 비롯한 모든 사람들은 박장대소하였고 오랜만에 사람들이 다시 모인 집 안에는 온기가 돌았다.

"예끼, 어디 여자가 없어 오랑캐 여자를 며느리로 맞는단 말이냐?"

비록 농담으로 알아듣기는 했지만 혹시나 하는 주설하였다.

"누구나 보면 반한다니까요."

무영의 대꾸에 다시 한 번 집 안이 웃음 바다가 되었다.

"자네들은 어찌 생각하나."

"글쎄, 자네가 깊이 생각하고 하는 말이라니 내 생각이 뭐가 그리 중

요하겠나. 자네가 무얼 하든지 나는 우리 모두 자네에게 큰 빚이 있으
니 전력으로 돕겠네."

상관우는 상인이 되겠다는 무영의 말에 그렇게 말했다.

안채에서 집안 식구들과 떠들썩한 만남의 즐거움을 나누고 저녁이
되자 이들이 찾아온 것이다. 무영은 모두가 모인 자리에서 자신의 포
부를 얘기했다.

상인(商人).

사농공상(士農工商)의 마지막 서열에 매겨져 있듯이 상인에 대한 평
가는 그리 좋은 것이 아니었다.

한무제 이래 열심히 배워 존경받는 관리가 되는 것을 일반적인 출세
과정으로 보는 '백가를 물리치고 오로지 유학만 존중하는[罷黜百家, 獨
尊儒術]' 풍토여서 상인과 상업은 다른 계층으로부터 무시받는 경향이
상당히 강했다.

그런 의미에서 장자맹은 사회에서 최고의 목표에 두는 자리에 오른
사람이었는데 그 아들은 도리어 상인이 되겠다고 하고 있다.

"좋은 생각이야. 나도 열심히 공부해서 관리가 되는 것이 따분하게
만 느껴지던 참일세. 자네는 어떤 어려움도 헤쳐 갈 수 있을 걸세. 나
도 한자리 끼워주겠나? 자네 옆에만 있으면 나도 덩달아 잘 풀릴 것 같
은데……."

"핫핫핫!"

무임승차를 노리는 학예춘의 말에 모두들 배를 잡고 웃었다.

하지만 상관우와 황학모는 과거를 보아 관리가 되겠다는 생각을 굽
히지는 않았다.

모두 모인 자리에서 이런저런 이야기꽃을 피우다가 헤어졌다.

그동안 있었던 일이 꿈같이 느껴져 잠이 오지 않았다. 찬바람이라도 쏘일까 해서 별채 밖으로 나온 그는 깜짝 놀랐다.

연못가에 인기척이 느껴져 자세히 보니 곡완주였다.

"아니, 완주, 여기서 무엇을 하고 있는 게요?"

"안에서는 웃음소리가 가득한데 저 혼자 홀로 있으려니 답답해서 물고기 먹이나 주려고 나왔어요. 이것저것 생각하며 앉아 있다 보니 이렇게 됐네요."

곡완주의 말에는 쓸쓸함이 깃들어 있었다.

무영은 미안함을 숨길 수 없었다.

자신만 믿고 수천 리 길을 따라나선 그였는데 호위무사라고 인사만 달랑 시키고는 혼자 내버려 두었으니 당연히 외로움을 느낄 수밖에 없었을 것이다.

"미안하오. 오랜만에 재회하여 회포를 풀다 보니 그리되었소."

"아니에요. 장군께서 미안해하실 일이 아니지요. 저라도 그리했을 거예요. 다만 저도 돌아가신 사부님을 생각하다 보니……."

곡완주는 일어서더니 가볍게 목례하고는 자신에게 배정된 방으로 갔다.

그러지 않아도 여자 같은 얼굴에 쓸쓸해서 그런지 뒷모습까지 유난히 가냘프게 보였다.

곡완주가 그렇게 떠나자 바람을 쏘이겠다는 마음이 싹 가셔 다시 방안으로 들어온 그는 품속에 갈무리하였던 묵환을 꺼냈다. 노인이 목숨과 바꿔가면서 찾으려고 했던 것이다. 뭔가 커다란 비밀이 담겨져 있을 것이 틀림없었다.

과연 노인이 말했던 대로 그 위에는 방패 모양의 문양에 쌍검이 새

겨져 있었다. 재질은 쇠로 되어 있는데 일반 쇠와는 달리 거의 무게가
느껴지지 않았다.

　자세히 살피니 옆쪽에 단추가 있기에 살짝 누르자 찰칵 소리와 함께
묵환 벌어졌다. 양팔 손목에 올려놓고 가볍게 누르자 묵환의 고리가
맞물리며 손목에 채워졌다. 그러나 묵환에서는 별다른 반응이 없었다.

　'가볍기는 하지만 그저 그런 평범한 묵환인데……'

　손목에 끼고 한참을 살펴보던 무영은 혹시나 하는 마음에 묵환에 가
볍게 진기를 불어넣어 보았다.

　"헉! 이게……?"

　갑자기 무언가 서늘한 것이 손목을 타고 몸 안으로 흘러 들어오는
것 같더니 이번에는 뜨거운 열기가 묵환에서 흘러나왔다. 안으로 들어
간 두 기운은 몸 안에서 서로 섞여가며 요동을 쳤다. 이대로 가만히 있
다가는 무슨 큰일이 날 것만 같은 생각이 들었다.

　무영은 얼른 가부좌를 틀고 앉았다.

　두 가지 서로 상반된 기운이 몸속을 그냥 휘젓게 내버려 두었다가는
주화입마라도 당하게 될 것 같았다.

　애써 마음을 가라앉히려고 노력해 가며 태청심법을 운용하는데 그
게 그만 불에 기름을 끼얹는 격이 되고 말았다. 맹렬히 몸 안의 기맥을
따라 돌던 그 기운들이 갑자기 수십 배나 거대해지며 마치 노도처럼
혈맥을 파고들었다.

　'어이쿠, 나 죽네. 빨리 이 기운을 다스리지 못하다면 아예 가는 수
가 생기겠구나.'

　걱정이 앞서자 평정심마저 흐뜨러졌다. 그러자 가슴을 옥죄는 듯한
커다란 고통이 더 크게 느껴졌다. 이럴 때 곁에 누구라도 있어주었으

면 좋으련만 하는 생각도 했으나 그런 생각은 집중력을 분산시켜 오히
려 고통을 배가시켰다.

"으……."

입에서 신음성이 절로 흘러나오는가 싶더니 입가로 피가 흘러내렸
다. 고통은 시간이 갈수록 심해지면서 정신마저도 혼미해졌다.

딱!

무언가 머리를 후려치는 듯한 느낌이 들었다.

"손이고 발이고 무기고 간에 모든 것의 기본은 네 머리 속에 있는 게다.
심(心)! 그래서 이 책자의 이름도 태청 '심' 법이 아니냐? 청해삼호가 비급
속의 무공을 십 년이 넘게 독학으로 배우고도 이제 와서는 네게 뒤지는 이유
가 무엇인지 아느냐?"

별안간 남우선 스승이 박달나무 지팡이로 무영의 머리통을 후려치
면서 하던 말이 생각났다. 그 느낌은 마치 지금 남우선을 대하듯 생생
하게 느껴졌다.

재차 마음을 다잡았다.

고통의 강도에 따라 정신이 흐려오고 있었지만 여기서 더 이상 기운
을 다스리지 못하면 끝장이라는 걸 알고 있었다. 이마에서는 땀이 비
오듯 흘러내렸다.

무영의 표정이 시시각각으로 바뀌었다.

얼마간을 씨름했을까.

다행히 제멋대로이던 기운들이 심법의 구결대로 움직이며 따라오고
있었다. 그러나 그게 한계였다. 더 이상 어떻게 해볼 도리가 없었다.

좁은 혈맥을 성난 파도처럼 요동 치던 그 기운들은 가는 곳곳 막히
는 자리에서는 무엇이든 뚫어버렸다. 갑자기 '쾅' 하는 요란한 소리가
몸속에서 들리는 듯하더니 마침내 서서히 정신을 놓았다.

신기하게도 무영의 몸은 마치 득도한 고승의 자세처럼 흐트러지지
않고 있었다.

이미 정신은 잃은 상태였지만 그의 안색이 푸르게 변했다가 때로는
붉게도 변하기를 여러 번 반복했다.

몇 시진이 흐른 것 같았다.

창문을 통해 여명이 희미하게 비춰들었다.

무영의 안색이 점차 평온을 되찾아 본래대로 돌아왔다.

어느 한순간 문득 정신이 돌아온 그는 눈을 떴다. 아직 날이 완전히
밝은 것도 아닌데 방 안의 모든 사물이 대낮처럼 밝게 보였다.

몸에 무슨 이상이라도 생겼나 싶어 가볍게 진기를 운용해 보았다.
순간 이제껏 느껴보지 못했던 막대한 진기가 요동 치듯 흘렀다. 그동
안 단전 어디엔가 단단히 뭉쳐져 있던 답답한 기운도 많이 사라졌다.

한때 남우선에게 단전의 그런 증상을 호소하며 물어보기도 했으나
그도 잘 모르는 듯 영약을 먹고 그 기운을 풀어주지 않아 그 정기가 단
전에 뭉쳐 있는 것 같다고 했다. 몸에 나쁜 증세가 나타나지 않으면 그
냥 있으라는 말이 전부였다.

그동안 태청심법을 운용하자 뭉친 기운이 조금 풀어진 듯하였으나
일부분에 불과했었다. 지금은 단전도 상쾌한 기분이 들 정도로 이상이
없었다. 게다가 운기해 보니 임독양맥까지 뚫린 것을 알았다. 실로 무
영에게 있어서는 천운이랄지, 아니면 남우선의 가르침을 열심히 따라
연마한 덕분인지 알 수 없는 일이었다.

'아이구, 큰일 날 뻔했구나. 묵환이 그렇게 엄청난 진기를 격발시키다니… 휴~'

내심 크게 놀랐다.

단순히 십년감수한 정도가 아니었다.

그러나 몸속이 한층 개운해진 경험이 있었기에 호기심이 발동해 다시 묵환에 진기를 불어넣어 보았다. 순간 묵환에서 붉은빛이 발산되더니 온 방 안이 온통 묵환의 붉은 기에 휩싸였다.

그 붉은 기운은 무영이 진기를 움직이는 방향으로 이동하고 있었다.

'강하게 진기를 불어넣으면 사람을 해칠 수도 있겠구나.'

내심 앞으로 묵환을 무기로 쓸 생각을 했다. 묵환을 통한 진기의 조절이 가능하니 만약 진기를 한 방향으로 모아 묵환을 통해 쏜다면 엄청난 파괴력을 지니는 무기가 될 수 있을 것도 같았다.

어쨌든 노인이 부탁한 물건 중에 한 가지라도 찾았으니 다행이었다. 이제 신검만 찾으면 되었다.

무영은 다시 가부좌를 하고 진기를 일주천시켰다. 진기의 흐름은 막힘이 없이 부드럽게 사지백해를 돌았다.

"아버지."

"흑흑흑."

무영과 헤어지고 돌아와 침상 위에 쓰러진 곡완주는 행여 누가 들을세라 소리 죽여 흐느꼈다.

무엇을 쫓아 먼 타향 이곳을 찾아왔을까?

막연히 중원에 대한 동경이었다.

사부님이 돌아가신 이후 그 아픔과 고독은 그녀의 가슴에 고스란히 남았다. 어린 나이에 가족을 떠나 십수 년을 오직 칼만 휘두르며 살았다. 집을 떠나기 전에 이미 돌아가신 어머니는 차치하고라도 아버님의 널찍한 가슴에 제대로 한 번 안겨본 기억도 없었다.

기러기도 쉬어가고 별도 자고 쉬어간다고 해서 붙여진 이름 성숙해(星宿海). 저 멀리에는 사람의 발길조차 허락하지 않고 계절의 변화에노 아랑곳없이 사시사철 눈이 쌓인 높고 험준한 산들과 가까이는 끝없이 눈앞에 펼쳐지는 황무지와 모래언덕, 그리고 쉬지 않고 방향을 바꾸어 이리저리 불어대는 바람만이 있었다.

낮에는 오가는 길손들의 목을 축여주고 밤에는 고독한 별과 달을 가슴에 품고 방랑자의 한 맺힌 울음을 대신해 주었던 황하탄(黃河灘)도 어린 그녀의 고독을 달래주지 못했다. 모래먼지를 머금은 성숙해의 새벽은 날마다 정에 굶주려 고독과 싸우는 어린 소녀의 칼질에 의해 천 번 만 번씩 찢겨갔었다.

항상 자애로운 어머니요, 엄격한 스승이고 아버지였던 할머니가 눈을 감았을 때 얼마나 서럽게 울었던가?

하지만 그 스승님도 자신의 가슴속에서 슬퍼하고 있는 고독의 상대가 되어주지는 못했다. 사부님의 시신을 땅에 묻고 차마 돌아서지 못해 며칠을 무덤 앞을 지키며 슬퍼했지만 그녀는 결국 고향으로 돌아와야 했다.

칼을 벗 삼아 십수 년을 지내는 동안 언제나 희미한 기억으로 남아 있던 마음속 고향에는 어릴 적에 우람했던 아버지의 한없이 넓은 가슴 대신 세파에 시달려 늙고 고뇌에 차 주름이 가득한 평범한 아저씨의 얼굴만이 있었다. 오랜만에 만난 아버지는 더 이상 그녀를 안아주지 않았고 좋은 남자를 만나 가정을 꾸리라고 했다. 하지만 아버지가 소개하는 그 누구도 그녀의 갈증을 해갈시켜 줄 상대는 아니었다.

'사부님,'

자신에게 너무 큰 짐을 지우고 떠났다.

"왼쪽 가슴에 열십 자로 그은 검상이 있는 사내를 찾아 죽여라."

중원에 있는 사내들을 줄 세워 웃옷을 죄다 벗기고 찾아볼 수도 없는 노릇이었다.

다행히 단서라는 것이 있기는 했다.

사부와 비슷한 연배라는 것, 지금쯤은 무공이 사부와 비슷하거나 더 나은 수준일지도 모른다는 것이 그것이었다.

사부는 젊은 시절 무공이 이류에 불과했던 그와 만나 사랑에 빠졌고 무림인이 되는 것을 포기하면서까지 그의 아이를 가졌었다. 하지만 임신 육 개월이 넘어 거동이 불편하던 그녀가 저잣거리에서 출산 준비물을 구입해 집에 돌아와서 본 것은 아무도 없는 텅 빈 방이었다.

사내는 그녀의 사문 무공 비급을 훔쳐 달아났다.

그까짓 무공 비급은 당시의 그녀에게는 아무것도 아니었다.

단지 세상에서 가장 소중하게 생각했던 사람이 자신을 버리고 떠났다는 사실이었다.

사부를 더 큰 절망에 빠뜨린 것은 그가 말했던 고향이며 이름이 모두 거짓이라는 것이었다. 그 사실은 혹시 시댁에 일이 있어 갔나 하고 사내가 말해 주었던 고향까지 찾은 끝에 알았다.

사부는 그 충격으로 사산했다.

그때야 사부는 우연히 만난 것으로 알았던 그가 사실은 그녀의 비급을 노리고 계획적으로 접근했다는 것을 알았다. 마음에 들지 않는 처녀와 결혼하라는 부모님의 강요에 못 이겨 집을 나왔다는 것도, 무공에는 관심이 없고 평생 농사만 지으며 살겠다는 것도 모두가 거짓이었다.

"그놈을 찾으면 가슴의 십 자 중앙에 이 검을 박아라."

사내의 가슴에 있는 십 자 검상은 사부에 대한 사랑의 맹세였다. 심장이 조각날 때까지 그녀를 사랑하겠다며 애써 만류하는 사부의 손을 뿌리치고 스스로 가슴에 열십 자를 그었다고 한다.

사부는 자신의 검을 그녀에게 주었다.

"반드시 이 검을 그자의 심장에 박아라."

사부님의 유언이었다.

마지막으로 아버님이나 만나 뵙고 중원으로 나가려던 것이었는데 아버지에게 발이 묶였다가 무영을 만나 중원으로 나온 것이었다. 혼자 아버지 곁을 떠날 수도 있었지만 오라비를 잃고 슬퍼하는 아버지를 차마 두고 오지 못했다. 사부를 떠나온 후 사람의 정이 못내 소중하게 생각되었던 탓이라고나 할까.

그런데 이 집에 와서도 자신은 타인이었다.

안채의 문을 통해 나오는 가족들의 떠들썩한 웃음소리와 자신 사이에는 가족과 남이라는 장벽이 있었다.

'언젠가는 나도 행복한 가정을 꾸려야지.'

이 댁 대부인 주설하는 어릴 때 자신을 떠나 하늘로 가버린 어머니를 생각나게 했다. 남편과 무영을 맞는 그녀의 환한 웃음이 못내 부러웠다.

하지만 사부의 유언을 이루기 전에는 아무 일도 할 수 없었다.

쓸쓸한 고독감에 눈물로 베갯머리를 적시던 곡완주는 입술을 앙다물었다.

날이 밝자 황제가 보낸 황금 일만 냥이 도착했다. 본래 집안 내력이 재물에 크게 관심이 없는 편이었으나 무영과 청해삼호는 입이 째지도록 기뻐하였다.

황금을 실은 수레가 들어오니 곤륜파 장문인을 시켜주겠다는 무영의 약속이 이루어질 수 있겠다 싶은 확신이 든 달운은 몰래 밖으로 나가 책자를 한 권 샀다.

"소림사 역대 방장 언행록."

눈치가 보여 내용은 제대로 살펴볼 겨를도 없이 얼른 집어 계산대에 올렸다.

"은자 닷 냥이오.'

'윽, 비싸군.'

달운은 얼굴 표정만 약간 찡그렸을 뿐 아무 불평도 없이 출혈을 감수했다. 장문인이 되기 위해서는 반드시 읽어야 할 필독서였다.

'음, 그래도 남우선 선생의 가르침이 아니었다면 어떻게 이런 어려운 책을 읽겠어?'

달운은 자신을 박달나무 몽둥이로 두들겨 가며 가르쳤던 남우선에게 처음으로 감사했다. 하지만 남몰래 품속에 간직한 책자를 혼자 방에 가지고 들어와 펼쳐 보던 달운의 얼굴이 제대로 일그러졌다.

'부처님께서 말씀하시기를…….'

얼른 다음 장으로 넘겼지만…….

'무릇 중생을 구제해야 하는 불자로서…….'

몇 장을 넘겼지만 그 말이 그 말이었다.

'내 닷 냥!'

달운의 눈에서 불이 났다.

그날 저녁 네 사람은 황금을 어떻게 쓸 것인가를 두고 즐거운 갑론을박을 벌였다. 책값을 날린 달운도 표정이 밝지는 않았지만 어쨌든 참석했다. 곤륜파의 대계를 세우는 마당에 자신이 빠질 수는 없었다. 이번에는 곤륜파의 재건이라는 막대한 사업을 위해 필요한 자금을 구할 방법에 대해 구상해야 하는 자리였다.

하지만 그들은 이내 김 빠지는 소리를 들어야 했다.

"폐하께서 하사하신 것은 안채에 옮겨두어라. 큰 것을 간수하기에는 네가 아직 어리니 내가 보관하며 차차 쓸 곳을 생각해 보자."

장자맹은 점잖게 무영을 불러 금궤를 안채로 옮길 것을 지시했다. 그는 돈이라는 말을 입에 담는 것조차도 그리 달가워하지 않았기에 '것'이라고 표현하기까지 했다.

금궤를 나르는 청해삼호의 다리가 눈에 띄게 후들거렸다.

뻑!

"어이쿠!"

무영이 목검에 이마를 정통으로 맞고는 끝내 뒤로 발랑 나자빠졌다.

"흥, 검술이 그 따윈데 어떻게 혈랑단을 쳐부수고 살아남았는지 모르겠어."

곡완주는 한 손을 허리에 얹은 채 무영을 내려다보며 비웃듯 말했다.

시작한 게 언제라고 사방 두들겨 맞은 곳이 쓰리고 저리고 아파왔다.

"어이구, 아파라."

체면은 이미 간 곳이 없었다.

무영은 곡완주가 밤새 사람이 바뀌듯 대하는 이유를 몰랐다.

'이거 내가 뭘 잘못했지?

목검을 들고 곡완주의 상대가 되어 정신없이 두들겨 맞아야 하는 이유를 도대체 알 수가 없었다.

무영이 이런 처지가 된 것은 바로 전의 일이었다.

"잠깐 얘기 좀 하지요."

곡완주는 무영의 대답을 기다리지도 않고 계속 말했다.

"오늘부터 제대로 무공을 배우십시오."

"무공?"

"하루에 반 시진씩만 검술을 가르쳐 드리겠습니다."

"흠, 그거 괜찮은 생각인데……. 그렇지 않아도 검술이 좀 미진한 것 같았는데……."

"강호에서는 한 수에 이승과 저승을 왔다 갔다 한다고 들었습니다."

"음, 맞는 말이오."

"먼저 약속을 해주십시오. 첫째, 하루에 무조건 반 시진이라는 것과 둘째, 검술을 연마하시는 동안은 제가 사부임을 잊지 말아주시고 무조건 제 말에 복종하셔야 합니다."

"그거야 당연하지. 검술이야말로 진정한 무공인데 그걸 배우는 입장에 상하를 따질 수야 없지."

"남아일언?"

"중천금이지."

하루에 반 시진이라니 많지도 않은 시간이었고 검술 수준을 높이고 싶은 욕심이 있었기에 약속을 못할 이유가 없었다. 게다가 곡완주의 무공 실력을 직접 겪어보고 싶은 생각도 있었다.

"머지않아 곧 떠나서야 한다니 당장 오늘부터 시작하겠습니다. 목검을 준비해 주십시오."

목검이라면 남우선 스승님께 배우던 시절 쓰던 것이 아직 있었다.

청해삼호가 목검을 찾아왔다.

"자, 갑니다."

'헉!'

곡완주와 목검을 들고 마주하는 순간 주위의 기류가 바뀌는 듯한 착각에 빠졌다.

그런데.

"어깨!"

딱!

"허리!"

픽!

"다리!"

팍!

"머리!"

빡!

'머리, 어깨, 무릎, 팔!'

애들이 부르는 동요 순서는 아니었지만 곡완주는 목검을 들기 무섭게 정신없이 격타했다. 대충 그런 순서로.

'이게 웬!'

무영은 도무지 믿어지지가 않았다. 다른 건 몰라도 적어도 무공은 어느 정도 자신있다고 생각했었다. 또 그가 그렇게 대단한 고수로 보이지도 않았다.

하지만 목검을 든 곡완주가 전혀 다른 사람으로 보이는 순간 뭔가 잘못됐다는 것을 실감했다. 서로 자세를 잡는 순간 뭔가 꽉 찬 느낌에 도무지 허점이라고는 보이지 않았다. 자신의 허점은 고스란히 상대에게 드러나는 기분이었는데 목검이 자신을 향해 뻗자 검끝이 전신 요혈을 한꺼번에 파고드는 통에 도무지 어디부터 어떻게 해야 할지 막을 엄두도 나지 않았다.

빡!

순식간이었다.

무영은 땅바닥에 나자빠져 눈앞에 번쩍거리는 낮 하늘의 별을 보면서도 도대체 뭐가 뭔지 알 수 없었다.

"아이구!"

체면이 있으니 아파도 참아야 한다는 속마음과는 달리 입에서는 신음이 절로 나왔다.

"오늘은 첫날이니 이쯤 하겠습니다. 앞으로는 날마다 하루에 반 시진씩입니다."

'한 시간!'

반 시진이면 한 시간이었다.

무영이 몸을 부르르 떨었다.

어제까지는 분명 예의 바르고 귀여운 녀석이었는데…….

"왜, 왜 그러는 게요?"

워낙 모질게 당했는지라 아무래도 무슨 섭섭한 일이 있었나 싶어 물었다. 모든 일은 대화로 푸는 것이 최고라는 것이 그의 신념이었다.

"검술을 연마시켜 드린다고 했잖습니까?"

“아무리 그래도 그렇지.”

“남아일언?”

“음!”

그는 약속을 확인하려는 듯이 어깨를 펴고 무영을 보며 말했다. 당당한 그를 보는 순간 무영은 갑자기 큰 실수를 했다는 생각이 퍼뜩 머리를 스쳤다.

‘음, 무턱대고 약속을 하는 것이 아니었는데……’

문득 사부인 남우선 선생이 생각났다. 나이만 달랐지 다 똑같은 부류였다.

‘저놈도 나중에 제자를 그렇게 대할 놈이 틀림없어.’

축 처져 돌아서는 무영의 뒷모습은 정말 불쌍하게 보였다.

‘미안하외다.’

곡완주는 오늘 풀었다.

마음에 쌓여 있는 고독감을 풀었고 스승님의 유언에 묶여 자유롭지 못한 자신의 답답함도 풀었다. 먼 길을 오느라 쌓여 있던 여독도 풀었다. 오빠를 잃은 슬픔도 풀었다. 나쁜 것은 죄다 풀었다.

‘오늘은 그래도 기분이 괜찮군.’

곡완주는 문득 날마다 기분이 좋아질 것 같은 예감이 들었다.

‘그래, 인생은 이렇게 사는 거야.’

제10장

변대길(卞大吉) 이야기

하오문 낙양 분타주 변대길(卞大吉)은 갈등에 빠졌다.

정보 분석실 보고를 받을 필요도 없이 대학사 집에 황금 일만 냥이라는 엄청난 거금이 하사되었다는 소문은 이미 시중에 파다하게 퍼져 있었다. 본시 업이 남의 등이나 쳐서 먹고 사는 하오문으로서는 내심 욕심이 나서 견딜 수 없었다.

훔쳐 오는 것은 둥지에서 새 알을 꺼내는 정도로 자신있었고 까짓것 마음만 먹으면 소리 소문없이 가볍게 해치울 자신도 있었지만 문제는 그게 황제 폐하께서 친히 하사하신 금이라는 것과 지금 그 소유주가 중원 모든 사람들로부터 칭송이 자자한 장씨 일문이라는 것에 있었다.

차라리 다른 명문가 같으면 욕심을 내지도 않을 변대길이었다. 그런 놈들은 앞으로 뒤로 긁어 모은 재산을 행여 도둑이라도 맞을까 봐 보안이 엄청났다. 제법 한 수 한다는 식객들을 공밥을 먹여가며 호위병으로 쓰고 있으니 감히 몰래 집 안으로 들어가 무얼 어째보겠다는 엄두도 내지 못했다.

하오문이 비록 온갖 시정잡배들의 총본산이라 할 수 있으나 무공은 정말 보잘것없었다. 제일 자신이 있다는 경공술도 기껏해야 무림에서 이류 축에나 끼일 정도니 다른 것들은 말할 필요가 없었다. 물론 그들도 특별히 훈련된 무사로 구성된 별동대가 있었으나 일반 문도들과는 구별되어 외적으로부터 하오문을 지키는 일만 하는 자들이었다.

대학사 집에 대해서는 이미 정보 분석실의 분석이 끝나 있었다.

남자라야 대학사와 마 집사라는 노인네하고 대장군 직함만 번듯한 책벌레 아들놈 장무영에다 가짜 법사 세 놈, 그리고 아들놈이 어디서 데려왔다는 계집애같이 생긴 어린 호위무사가 전부였다.

일이 되려고 하니 양가창을 배웠다는 소문이 있는 소주 수호대라 불리는 조씨 오 형제는 본격적으로 창법을 익히러 양문으로 가서 아직 돌아오지 않고 있다고 했다.

금덩이 일만 냥을 슬쩍해 오는 것은 누워서 떡 먹기보다 쉬울 터였다.

문제는 뒤처리였다.

"끙, 어찌한다……."

온갖 상상에 하루 종일 자리에서 일어나 안절부절못하고 오락가락하며 서성이는 변대길이었다.

"까짓것, 한번 해보죠, 뭐. 한 건이면 평생 먹고 살 수 있잖습니까?"

변수길(卞壽吉)이었다.

그는 변대길의 팔촌 동생이었는데 한량 짓이나 하며 살다가 그래도 친척이라고 비서 겸 똘마니 겸 해서 정보 분석실에 데려다 두고 쓰는

놈이었다. 경력은 무시하지 못한다고 여기저기에서 남의 밥을 축내며
돌아다니는 동안 쌓은 변수길의 눈치로 볼 때 변대길이 그 금을 욕심
내는 것이 틀림없어 보였다.

자기야 처자식이 있는 것도 아니니 한 탕 크게 하고 어디 멀리 튀어
예쁜 여자나 끼고 평생 호의호식하며 살면 되겠다 싶었던 그는 변대길
의 똥구멍을 열심히 간질이고 있었다.

"하지만 막상 일을 벌여놓으면 관아의 포쾌들이 사방에 쫙 깔릴 터
인데……?"

변대길이 가장 불안해하는 것이었다.

황제가 하사한 금을 손댔다가는 아무리 금은보화가 많아도 중원 천
지에서 숨어 살 자리가 없었다. 전에도 호북신투(湖北神偸)라는 녀석이
고관의 야명주를 한 주머니나 슬쩍했는데 삼 년 만에 잡혀 지금은 목
도 없이 땅속에서 썩고 있었다. 당시 놈의 모가지는 장대에 효수되었
는데 지나가던 독수리가 며칠을 두고 후식으로 즐겼다고 한다. 그 녀
석은 그래도 이 업계에서도 제법 알아주는 고수 축에 속했었다.

물건도 가려가며 챙겨야 뒤탈이 없다는 것쯤은 이쪽 바닥의 수십 년
경력을 들먹일 것도 없이 일이 년이면 피부로 깨달을 수 있는 상식 중
의 상식이었다.

"이런 기회 평생 안 옵니다. 아, 형님이 여태 제일 크게 한 건 한 게
은자 몇천 냥이 고작 아닙니까? 황금 일만 냥이우, 황금 일만 냥. 들고
나오려고 해도 힘 좋은 애들 둘은 붙여야 할 겁니다. 죽기 아니면 까무
라치기 아니겠습니까?"

"다른 놈들이 먼저 손대면 국물도 남지 않습니다. 게다가 그렇게 되
면 순검이나 포쾌들이 제일 먼저 우리를 의심할 텐데 그거야말로 재주

는 다른 놈이 부리고 우리는 국 쏟고 거시기 데고 마누라한테 욕먹은
다음에 똥바가지 쓰는 꽤(卦)가 아닙니까?"

변대길은 녀석의 말이 옳다는 것을 알고 있었다.

이곳 북경에서야 감히 하오문 모르게 영업 허가도 없이 해먹을 놈들
이 없겠지만 가끔 큰 건에는 객지에서 날아온 똥파리들이 꼬이는 경우
가 있었다. 그런 경우라도 평소 뒷 인사나 하며 알고 지내던 포쾌들은
어김없이 그를 찾았다. 서로 상부상조하는 처지라지만 일이 커지면 언
제라도 안면을 몰수할 놈들이었다.

"그도 그렇기는 한데……."

황제 폐하께서 하사하신 금이라니 마음이 영 내키지가 않았다. 한편
에서는 욕심이 나고 다른 한편에서는 두려움이 생기니 안절부절할 수
밖에 없었다.

"이미 시중에 흑방(黑幫)의 움직임이 심상치 않다는 말이 돌고 있습
니다."

변수길은 맥을 짚었다.

지가 아무리 망설여도 이 말에는 도저히 그냥 있지 않을 것이라는
계산이었다.

하오문은 그 이름답게 기루와 도박장 등 유홍업소 쪽에서는 중원 제
일의 조직으로 인정받고 있었다. 흑방은 하오문에 비교할 정도는 아니
지만 청부업을 주업으로 하여 음지에 뿌리를 단단히 내리고 있었고, 건
수가 큰 경우 강도질이나 도적질에도 가끔 나서는 경우가 있었다.

하오문과 흑방의 가장 큰 차이점은 하오문은 일을 진행할 때 가급적
사람이 상하지 않게 하는 것이 원칙이었고 흑방은 목적 달성을 위해서
라면 살인도 꺼리지 않았다.

"뭐야? 감히 그놈들이 내가 있는 이곳 북경에서 일을 벌이려고 한단 말이냐?"

동생의 한마디에 변대길의 인내심이 급격히 그 축을 잃고 흔들리며 남아 있던 한 가닥의 자제심마저 무너뜨렸다. 가만히 있다가는 자기 안방에서 남 좋은 일만 시키게 생겼다. 뀌다 놓은 보릿자루 신세가 되어버리는 것은 물론이고 일이 터지면 나중에 관부에서 자신을 혐의 선상 제일호에 올려놓을 게 뻔했다.

변대길은 잠시 머리를 굴리더니 말했다.

"좋다. 마지막으로 알고 둘이서만 조용히 한 건 하고 튀자."

변대길이 표정을 굳혔다.

"이미 온 장안에 소문이 파다한데 도둑놈치고 이런 큰 건수에 회가 동하지 않을 놈들이 몇 놈이나 되겠나? 몇 년 전에 우리가 회심루에서 이천 냥이 넘는 은자를 도둑질당하지 않았는가? 틀림없을 게야. 지금쯤 어느 뒷방에 모여 이 집 약도를 놓고 연구하고 있을 게 틀림없네. 오늘부터는 날마다 매일 밤이 고비고빌세. 이 집 안에 우리 아니면 누가 야밤에 번을 서겠나?"

달운은 아우들을 모아놓고 금 일만 냥에 대한 수비 작전을 지시하고 있었다. 객지 생활을 오랫동안 해온 그들인지라 물건을 도적 맞고 나중에 외양간 고치는 사람을 수도 없이 봐온 터였다. 더구나 잊혀지지 않는 쓰라린 기억이 있었다.

"형님 말씀이 백 번 지당합니다. 낮에야 그런대로 사람이 오가니 상관없지만 밤에는 정말 주의해야 합니다."

달우도 그것을 지키는 일이 걱정이었다.

다른 대갓집들처럼 집을 지켜주는 사람이 있는 것도 아니니 자신들이 나서야 한다는 생각이었다. 호위무사로 자청하여 와 있는 곡완주도 있었지만 녀석에게 야밤을 새우는 데 동참하라고 할 만큼 그들의 가슴은 좁지 않았다.

"잘 때 미혼분 같은 것에 당할 수도 있으니 제가 미리 해약을 구해놓겠습니다."

달뢰는 회심루에서 당했던 미혼분(迷魂粉)을 잊지 않고 있었다.

삼 형제는 하룻밤씩 교대로 번을 서기로 했다.

"이제 맹세했다. 만일 앞으로도 이 일을 떠벌리는 놈은 스스로 무덤을 파는 것이나 진배없음을 알아야 한다. 이번 거사의 내용은 너와 나 둘이 무덤까지 가져가기로 한다."

변대길은 팔촌 동생 변수길과 마주 앉아 마지막 점검을 했다.

"걱정 마십시오. 어떤 미친놈이 자기 죽는 줄 알면서 제 무덤을 스스로 파겠습니까?"

변수길도 결연한 어조로 대답했다.

"한몫 단단히 챙겨 줄 터이니 배당이 끝나면 알아서 갈라선다."

물건을 터는 것은 문제도 아니라는 듯 나중의 일만 얘기했다.

"기대하겠습니다."

"가자. 시간이 얼추 된 것 같다."

금자의 무게가 만만치 않을 테니 저녁에 미리 마차를 구해 대학사 댁 근처에 세워두었다.

첫날 번을 서기로 한 사람은 맏이인 달운이었다.

그는 일만 냥을 받아 안채에 그냥 둔 대학사의 처사가 영 마음에 들지 않았다. 차라리 전장에 가서 전표로 바꾸어두는 편이 안전할 터인데 대학사께서 너무 과하다며 일단 달리 쓸 용도가 생각나기 전까지는 그대로 두자고 하시니 어쩔 수 없었다.

그는 도둑을 지킨답시고 별채에서 안채로 통하는 중문(中門)에 기대어 담요를 덮고 앉아 있었는데 워낙 야외 생활이 몸에 익었는지라 밖에서 밤을 새우는 것쯤은 그에게 아무것도 아니었다.

하지만 달도 그믐달이라 마음이 처량해 오는 것이 그 옛날 청해 당고랍산에서 혼담이 오갔던 처녀 생각도 나고 마을 축제 때 형제들과 함께 북을 치고 호저를 불며 춤추던 생각도 났다.

'아, 옛날이여……..'

이런저런 생각을 하며 상념에 잠겨 있는데 무언가 익숙하지 않은 소리가 귓전을 스쳤다. 그렇지 않아도 큰 돈이 집 안에 들어왔기 때문에 가뜩이나 신경이 예민해져 있어서 유난히도 크게 들렸다. 더구나 태청심법을 배운 후로는 스스로 생각하기에도 오감이 무척 좋아졌는지라 외부인이 침입했다는 것을 본능적으로 느낄 수 있었다.

살며시 별채에 딸린 삼 형제의 숙소로 가서 두 동생들을 깨웠다.

깊이 잠에 빠져 있다가 벌떡 일어난 두 동생은 잠이 덜 깬 상태에서도 이미 사태를 예견하고 있어서인지 아무런 말도 없이 각자 무기를 챙겨 들었다.

달뢰는 조용히 먼저 빠져나가 무영의 방으로 향했다.

그런데 무영의 방문이 소리없이 열리는 것이 아닌가? 놈들이 벌써 여기까지 침입했나 싶어 깜짝 놀라며 검을 들어 올리려는데 그쪽에서 먼저 신호를 보냈다. 자세히 보니 무영과 곡완주였다.

다섯 명은 모여서 조용히 안채로 통하는 담을 타 넘었다. 중문을 열고 들어가면 소리가 날 테니 놈들이 눈치 챌 우려가 있었다.

안채 마당에 있는 나무 뒤로 조용히 내려서자 무영이 들릴락 말락 하는 목소리로 말했다.

"공연히 집 안에서 일을 벌이면 부모님이 놀라실 우려가 있으니까 일단 기다려요."

주설하는 그동안 이런저런 마음 고생에 몸이 무척 쇠약해 있었다. 만약 도둑이 든 걸 알면 놀란 마음에 심장 마비라도 올까 두려웠다.

"그러다가 사람이 다치기라도 하면……?"

달운 역시 조용히 대답했다.

"그러니까 기회를 보면서 움직이자구요."

무영의 말에 모두들 숨을 죽이고 있으려니 안채 방문이 열리고 두 놈이 복면을 한 채 금궤를 들고 낑낑거리는 자세로 나오고 있었다. 녀석들은 상자를 들고 안채 왼쪽 담으로 가더니 밑에서 사다리를 들어 담에 붙였다. 황자 일만 냥은 보통 무게가 아니었다. 청해삼호가 그걸 안채에 갖다 놓을 때도 낑낑대며 옮겼는데 녀석들도 힘이 드는지 다리를 후둘거리며 비틀댔다.

무영은 녀석들이 안채를 벗어나는 순간 재빨리 안으로 들어가 먼저 대부인의 동태를 살폈다. 대학사 부부 모두 숨소리가 고른 것이 놈들이 손을 쓴 것 같지는 않았고 아마도 미혼산에 취해 이 소동을 전혀 눈치 채지 못하고 있는 것이 분명했다.

조용히 방문을 나선 무영은 곡완주에게 부모님의 신변을 부탁하고는 청해삼호와 함께 놈들을 추적했다.

상자를 담에 올려놓고 미리 담을 넘어가 밖에서 기다리던 변대길은 상자가 넘어오자 힘을 합쳐 마차 안에 실었다. 마차 바퀴에 헝겊을 감아놓았으니 큰 소리는 나지 않을 터이지만 이곳은 자주 순라를 도는 곳이니 가급적 빨리 벗어나야 했다. 서둘러 마차를 모는 변수길은 잔뜩 긴장하고 있었다.

마차가 채 오십 장도 지나오기 전에 일단의 순라꾼들을 만났다.

"멈추시오! 이미 자시가 넘었소. 야간에는 통행할 수 없음을 모르시오?"

순라꾼은 야간이라 일단 마차를 세우기는 하였으나 탄 사람을 모르니 말을 함부로 하지는 않았다. 이 구역은 워낙 높은 분들이 많이 사는 곳이니 하다못해 오기는 개도 함부로 건드렸다가는 경을 치는 수가 있었다. 그야말로 개도 주인을 봐가며 건드리라는 말이 딱 맞는 곳이랄까.

"쉿, 지금 아가씨께서 잠깐 잠이 드셨으니 말을 낮추게, 이 사람아."

변수길은 마치 큰 소리를 내면 큰일이라도 날 듯이 말했다.

"어느 댁이시오?"

순라꾼도 그 말에 기가 팍 죽어서인지 목소리를 죽여가며 다시 물었다.

"이 대감님 댁 따님 되시는 분을 모시고 어디 좀 가는 중일세. 대갓집 젊은 사람들의 일이니 눈 감고 입 다물어주게나."

변수길이 그렇게 둘러댄 이유는 이런 경우 구체적으로 밝힐 필요가 없기 때문이었다. 성내 알 만한 사람은 다 아는 양반가 젊은이들의 청춘 사업 야행은 손쉬운 핑곗거리였다.

순라꾼은 이 대감이 누군지도 몰랐다. 성안에서도 고관들만 모여 사는 곳이니 이 대감 저 대감 죄다 대감이니 알 필요도, 관심도 없었다.

중요한 것은 대갓댁 자제들이 젊은 기운에 가끔 야밤에 은밀히 가마나 마차를 타고 나가 사랑 놀이를 하는 경우가 있다는 것이었고 그런 행차를 잘못 나서서 통행패 어쩌고 하다가는 나중에 다른 이유로 경을 칠 수도 있다는 것이었다.

'니미럴, 누구는 뼛 빠지게 밤에 찬바람 맞아가며 근무하는데……'

속으로야 욕이 나왔지만 통행패를 보잔 소리는 감히 못했다. 하지만 이런 은밀한 행차를 만나면 뒷돈이 좀 생기는 법이라 얼굴은 은근히 펴지고 있었다.

"허, 그렇구료. 이거 행선지도 묻지 못하겠군요. 허어, 참 통행패를 보잘 수도 없고……"

순라꾼은 말만 계속하면서 비킬 생각은 하지 않았다. 아직 비공식 절차가 끝나지 않은 까닭이었다.

변수길은 얼른 주머니에서 은자 한 냥을 꺼내 건넸다. 바로 녀석이 바라는 것이었다.

"자, 옛소. 아침에 해장국이나 하시오."

이런 경우 비공식적인 요율표에 의하면 한 냥이 적당했다. 너무 많이 주면 도리어 의심을 살 수도 있었다.

"어이구, 뭐 이런 걸……"

순라꾼은 얼른 동료들을 물러서게 하기 위해 눈짓을 하려 했으나 이미 그럴 필요가 없었다. 은자를 받는 걸 보는 순간 모두들 재빨리 길을 터주며 물러섰기 때문이다.

"보지도 못하고 듣지도 못했소."

변수길은 서로 간에 통하는 은어로 순라꾼들의 입막음을 하고는 마차를 몰았다. 잠시 후 마차는 허름한 고택 앞에 섰다. 변수길이 얼른 내려 대문을 열고 마차를 그대로 안으로 몰았다.

상자를 방 안에 들인 뒤 변대길은 분배를 시작했다.

"칠 대 삼이다."

자기는 대장이니 칠의 권리가 있었다. 그건 업계(業界)의 오랜 관행이었다.

"뭐요?"

변수길이 발끈했다.

"어차피 이걸 끝으로 떠야 되는 마당에 공평하게 나눠야지 위아래가 어디 있단 말이오?"

그는 엄청난 돈을 눈앞에 두고 반쯤 맛이 간 상태였다.

"이 자식이 보자 보자하니까······."

변대길의 손이 허리춤으로 갔다.

그래도 하오문 낙양 분타주였다. 비록 무공으로 분타주 직위에 오른 것은 아니지만 그렇다고 수길이 놈을 상대하지 못할 정도는 아니었다. 수길이 놈의 무공이라고는 칼 들고 막춤 추는 것이 고작인 수준이니 만일 서로 칼을 겨눈다면 승부가 길어지지는 않을 것이다.

"······."

방 안에 싸늘한 냉기가 감돌았다.

"형님이 조금만 더 쓰시오. 육을 가지시오. 내가 나머지 사를 갖겠소. 아까 한몫 단단히 떼어 준다고 하지 않았소?"

그런 변대길을 본 변수길이 아무래도 자신이 없는지 타협안을 냈다.

"좋다. 이번이 마지막이니 내가 양보하지."

변대길도 어쩔 수 없었다.

놈을 금방 제압할 자신은 있었지만 야밤에 칼부림을 한다면 순식간
에 순검이며 포쾌들이 몰려들 게 뻔했다. 더구나 놈은 팔촌 동생이니
남보다 조금 더 쳐주고 말지 하는 생각도 들었다. 기분은 좋지 않았지
만 황금 육천 냥이면 어디 숨어서 큰 저택을 짓고 편히 살 수 있을 터
이니 빨리 일을 마무리 짓는 편이 나았다.

변대길이 상자의 뚜껑을 여는 순간이었다.

"허어, 멀리 안 가고 여기 계셨네?"

무영과 청해삼호가 싱글거리며 안으로 들어섰다.

"헉! 너희들은……?"

둘은 신속하게 허리춤에서 칼을 빼 들었다. 숫자상으론 두 배지만
놈들의 무공에 대해서는 크게 대단하다고 들은 바가 없었으므로 해볼
만하다는 생각이었다.

"밖에 있는 놈들도 들어오라고 해라!"

변대길은 무영에게 몇 놈이 몰려오든 자신있다는 투로 말했다. 하지
만 사실은 다른 놈들이 더 있나 떠보는 것이었다.

"밖에 누가 있나?"

변대길의 속이 빤히 들여다보였지만 무영은 짐짓 딴청을 피웠다.

"호호호, 죽으려고 쫓아왔느냐?"

네 놈이 전부라면 이 자리에서 모두 죽여 버리고 튀면 그뿐이었다.
어차피 금을 턴 처지에 죄명에 살인이 덧붙는다고 염려할 처지는 아니
었다. 다만 그동안 포쾌들이라도 몰려올까 그게 염려스러웠다.

"귀찮군."

무영은 가볍게 말하며 횡등퇴(橫蹬腿)의 수법으로 몸을 돌려 발로 변
대길의 관절을 찼다. 놈의 칼을 쥔 자세로 보아 무공 실력이 빤히 짐작

되었다.

"어이쿠!"

변대길은 칼을 놓치고 옆으로 나뒹굴었다.

변수길은 눈을 휘둥그레 뜨고 주춤주춤 뒤로 물러섰다.

자신이 전력을 다해 상대해도 금방 질 게 뻔한 변대길을 발길질 한 번에 쓰러뜨렸으니 더 이상 말해 무엇하겠는가? 그러나 좁은 방 안에서 더 이상 뒤로 물러설 곳도 없었다. 더구나 놈의 뒤에는 세 놈이 더 있었다. 점잖게 검을 쥐고 있는 자세 하며 자신은 안중에도 없는 표정이었다.

'상대가 아니다.'

순간적으로 판단이 서자 변수길은 신속하게 무릎을 꿇었다.

어차피 잡히면 죽을 몸이니 이 마당에 선택은 한판 붙어보든가 아니면 눈물로 사정해서 목숨이나 구걸하든가였다. 하지만 맞붙어보는 것은 자살 행위라는 것을 직감적으로 깨달았기에 얼른 무릎을 꿇었다.

"장군, 제발 목숨만 살려주십시오. 그저 물욕이 앞서다 보니 앞뒤 가리지 못하고……."

한 방 얻어터진 변대길도 가세해 바지춤에라도 매달릴 기세였다.

"살려만 주신다면 무슨 일이든 할 테니 제발 목숨만 살려주십시오."

그는 나오지 않는 눈물을 쥐어짜 가며 두 손을 모아 빌어댔다.

"됐어. 일단 다시 마차에 실어."

무영의 말이 끝나기 무섭게 두 녀석이 부리나케 상자를 마차에 실었다. 모질게 걷어차인 변대길은 발을 절뚝이면서도 열심히 날랐다.

"타!"

둘은 후닥닥 소리가 날 정도로 마차 안으로 들어갔는데 변대길은 질질 끄는 다리로도 잽싼 동작을 보여주고 있었다.

"한 놈은 나와서 마차를 몰아야지 우리가 네놈들 모시고 갈까?"

달뢰가 나서서 일갈했다. 변수길이 다시 후닥닥거리며 마부석으로 올라탔다.

"행여 튈 생각은 말아라. 등짝에 내 장검이 꽂혀 죽은 놈도 아마 몇 되지?"

마차를 모는 변수길이 도중에 도망갈 생각을 못하도록 달우가 아예 못을 박았다.

찔끔!

그렇지 않아도 이리저리 도망갈 궁리를 하던 변수길의 등짝에 식은 땀이 흘렀다. 겁이 많은 그는 아예 그 생각을 접어버렸다.

집에 도착한 무영은 다시 상자를 안방에 들여놓게 하고는 둘을 별채 앞마당에 나란히 세웠다.

"넌 누구야?"

장무영이 먼저 변대길에게 물었다.

하지만 변대길은 선뜻 대답할 수가 없었다. 이번 일은 하오문 문주도 모르게 한 건 하고 멀리 튈 생각으로 독단적으로 처리한 일이니 총단에서 알면 배신자로 낙인찍혀 죽은 목숨이나 진배없었다.

달운이 나서더니 갑자기 변대길의 입에 걸레를 처넣었다. 비명을 지르지 못하게 하려는 것이었다. 아직은 밤이었다.

달운은 아무것도 묻지 않고 '퍽, 빡, 콱, 뺑, 와직' 하는 소리가 정말 시원스레 들리도록 반 각을 패기만 했다.

변대길은 정신을 차리기도 힘들 정도로 두들겨 맞았다. 자신들도 가끔 입이 무거운 녀석을 잡아놓고 쓰던 수법이었다. 이럴 때는 어떻게

다루어야 아무런 다른 생각 못하고 술술 부는지 잘 알고 있는 놈이 분명했다.

그동안 변대길은 다 말하겠으니 그만 패 달라는 수(手) 신호며 죽(足) 신호를 여러 번 보냈으나 상대는 그저 말없이 패기만 했다.

이쯤하면 됐겠지 할 때쯤 입에서 걸레를 뺐다.

"하, 하오문 북경 분타줍니다요. 아구구구구……."

변대길이 반쯤 죽어가는 목소리로 겨우 대답했다.

"너는?"

"저, 저는 분타주님의 팔촌 동생으로 변수길이라고 하오며 분타주님 뒤치다꺼리와 하오문 정보 분석실 일을 맡고 있습니다."

변수길은 형이 당하는 것을 마치 자신이 맞는 기분으로 몸서리쳐 가며 봤는지라 질문이 떨어지기가 무섭게 묻지도 않은 말까지 술술 불었다.

"너희들 몇 년 전에 우리 돈도 털었지?"

달운이 물었다.

"허걱!"

변대길은 숨이 턱 막히고 심장이 쿵 하고 떨어지는 것을 느끼며 자신도 모르게 경악성이 나왔다. 순식간에 얼굴에 핏기가 가시며 안색이 노랗게 변했고 고개는 절로 바닥으로 처박혔다.

"흠, 네놈들 짓이었구만……."

얼굴 표정에 써 있으니 이미 들킨 것이나 진배없었다. 달운은 말도 하지 않고 다시 걸레를 입속에 구겨넣었다. 이번에는 수길이 놈도 예외는 아니었다.

"흡!"

매 타작이 길게 길게 이어지고 변대길은 마침내 정신이 희미해졌다.

달운은 그때 전표를 털리고 나서 허망했던 그 심정을 떠올리며 힘껏 조졌다.

변대길은 그 와중에 아까 낮에 수길이 놈이 옆에서 살살 꼬드기던 상황이 떠올랐다.

'이 죽일 놈 때문이야. 내가 살아서 여기를 나가기만 하면 절대 녀석을 그냥 두지 않겠어.'

최후의 맹세까지 마친 그는 더 이상 버틸 여력도 없어 마침내 정신을 잃었다.

"으……."

변대길은 자신의 몸이 무척 불편하고 온통 쑤셔오는 바람에 새벽녘 일찍 눈을 떴다. 대충 정신을 차리고 보니 자신이 누군가와 함께 등짝을 마주하고 머리끝부터 발끝까지 숨 쉬는 입과 목만 빼고는 밧줄로 친친 감겨 있는 것을 알았다.

뒤에서 코 고는 소리가 들렸다.

수길이 놈이 잠을 잘 때 코를 심하게 곤다는 생각이 났다.

문득 왜 여기서 이렇게 됐지 하며 생각을 더듬다가 갑자기 심장이 덜컹했다.

그랬다.

자신이 어제 분수도 모르고 수길이 놈의 꼬드김에 넘어가 대학사 댁을 털다가 잡혀서 정신이 잃도록 맞은 기억이 났다. 태어나서 그렇게 맞아본 적이 없었다. 점잖게 생긴 놈들은 알고 보니 흉신악살 할아비였다.

"어이구우······!"

갑자기 몸이 더 심하게 욱신거리며 아파왔다.

밧줄에 묶인 곳은 피가 통하지 않는지 감각도 없었다.

전신을 돌아가며 혈도를 죄다 짚어놓고도 안심이 되지 않았는지 밧줄까지 친친 동여놓은 게 정말 모질고 모진 놈들한테 걸린 것이 틀림없었다.

삐이걱.

희미하게 날이 밝아올 무렵 문소리가 나더니 누가 안으로 들어서는 것 같았다. 문틈으로 들어오는 빛에 의지해 주변을 살펴보니 자신들은 어떤 창고 안에 갇혀 있었다.

"드르룽, 드릉, 드르룽, 드릉."

동생 수길이 놈은 이런 상황에서도 아무 생각 없이 코를 골며 자빠져 자고 있었다.

"어, 이놈들 봐라? 아직도 코까지 골며 자고 있네?"

들어오던 사람은 변수길의 코 고는 소리를 듣고는 혼자서 떠들더니 가까이 와보지도 않고 다시 밖으로 나갔다.

'음, 아무래도 불길하군.'

변대길은 뭔가 좋지 않은 예감을 느꼈다.

잠시 후 다시 사람이 들어오는 발소리가 들리더니 두 사람의 얼굴에 '쫘악' 하고 물이 뿌려졌다.

"어푸!"

코를 골아대며 자던 동생 덕분에 물벼락을 맞은 변대길의 코에 기이한 향내가 스며들었다.

'윽! 이건······.'

보통 물이 아니었다.

심한 지린내가 나는 것으로 보아 밤새 일을 본 오줌 통을 가져와 얼굴에 뿌린 것이 분명했다.

"페, 페, 에페페페."

변대길은 얼굴에 오줌 물을 뒤집어쓴 것을 알고는 행여 입으로 들어갈까 정신없이 내뱉었다. 등을 맞대고 묶여 있던 변수길도 오줌 물 세례에 잠이 깼는지 등 쪽에서 움직임이 느껴졌다.

"이놈들아, 그럼 너희 놈들 깨우는 데 힘들여 길어온 샘물을 부어줄 줄 알았더냐?"

놈들에게 오줌 통을 갖다 부은 것은 달우였다. 본래 속이 좀 꽁한 구석이 있는 그는 어제저녁 놈들이 몇 년 전에 회심루에서 자신들의 돈을 훔쳐 간 놈들이라는 것을 알고는 화가 머리끝까지 났었다.

전표를 털렸던 그날 그 순간 얼마나 슬퍼했던가?

그동안 무영이 놈한테 시달림은 또 얼마나 받았던가?

그렇게 자신들에게 하늘이 무너지는 천붕(天崩)의 슬픔을 안겨주었던 놈들을 잡아놓으니 온몸의 혈관들이 밤새 요동 쳤고 근육들은 힘쓸 곳을 찾아 잔인하게 꿈틀댔었다.

그런데 아침에 와보니 점잖게 코까지 골아가며 자고 있자 참지 못했다. 그는 그 길로 달려가 밤새 삼 형제의 몸속 정기(?)를 모은 물을 끼얹어주었다.

"어이쿠!"

둘은 곧장 활짝 열려진 창고 문을 통해 마당으로 굴러 나갔다. 달우는 힘들여 밀지 않고 발로 차서 굴렸다.

"아이쿠!"

변대길은 함께 묶여 굴려가면서 아픔을 참지 못하고 내지르는 동생의 비명 소리를 들었다.

'음, 안됐군.'

문지방을 넘어설 때 변수길의 코가 창고 문지방과 정통으로 만났으리라 짐작했다. 자신은 미리 알고 신경을 써 피한 문지방이었다. 물론 피한다고 피할 수 있는 처지는 아니었고 구르는 각도가 중요했지만 마음만은 피하려고 노력했었다.

볼이며 목에 무언가 물 같은 것이 간지럽게 흐르는 것이 느껴졌다. 볼 수도 만질 수도 없었지만 수길이 놈의 코피가 틀림없었다.

"잘 잤냐?"

변대길이 몸이 묶인 채 겨우 고개를 들어 올려다보니 어제저녁에 발길질을 해댄 바로 그 땡땡이 법사 놈들이 한 줄로 시립해 있고 앞에 젊은 놈이 의자에 앉아 자신들을 내려다보고 있었다. 그 옆에는 웬 계집애같이 생긴 허여멀건한 놈도 하나 있었다. 아마 보고 듣기로는 호위 무사라고 했던 녀석 같았다.

그동안 책벌레 같은 어린놈의 무공이 뭐가 그리 높겠냐 했었다. 하지만 어제 발길질을 당해보니 거용관에서의 승리가 절대 우연이 아니었다는 것을 깨달았다. 너무 늦게.

"어? 대답이 없어?"

질문을 한 녀석은 가만 있는데 그 뒤에 서 있던 한 놈이 한 걸음 앞으로 나서려는 동작을 보였다.

"옛, 잘 잤습니다!"

"푹 잤습니다!"

둘은 아무 생각 없이 힘들게 고개를 들어 쳐다보고 있다가 자신들 앞으로 나서려는 달운을 보자 퍼뜩 어제 상황을 기억해 냈다.

너무 맞아서 머리가 이상해지지 않았다면 저놈은 두 형제가 버벅거리며 대답을 늦게 한다고 아무런 말 없이 무조건 반쯤 패 죽여놓은 바로 그 매 타작 마귀였다. 저놈이 다가오기 전에 어서 대답을 해야 한다는 생각이 퍼뜩 머리를 스치며 둘은 정신없이 악을 썼다.

"음, 그랬겠지. 원래 힘든 일을 하면 장소에 관계없이 잠이 잘 오는 법이거든."

녀석은 살살 약을 올렸다. 하지만 지금 자신들에게 중요한 건 그게 아니라 어떻게든 살아남아야 한다는 것이었다. 자신들의 목숨이 달린 마지막 기회였다.

"달우 아저씨, 밤손님도 손님인데 저렇게 묶어두면 남들이 욕할지 모르잖아요? 얼른 풀어드려요. 누가 보면 우리 집에서는 손님 대접을 희한하게 한다고 하겠어요."

녀석이 계속 염장을 질렀다. 하지만 목숨 이외에 딴생각은 안중에도 없었다. 변대길은 자신들에게 오줌 벼락을 씌우고 창고에서 이곳까지 굴려온 오줌 마귀 놈의 이름이 달우인 것을 알았다.

"아이고, 제가 깜박했습니다."

이제는 오줌 마귀까지 장단을 맞추고 있었다. 녀석은 광에 가서 낫을 들고 오더니 대충 내려쳤다.

"으악! 살려주세요!"

낫에 찍혀 팔이 잘라지는 줄 알고 두 형제는 오줌을 지려가며 비명을 질렀다. 다행이 몸을 압박하던 줄만 끊어졌고 다른 곳은 멀쩡한 것 같았다. 곱상하게 생긴 것과는 달리 정말 무식한 놈이었다.

"얼른 무릎 꿇어."

오줌 마귀가 물러서며 귓속말을 했다.

그러지 않아도 무릎부터 꿇고 볼 작정이었는지라 둘은 망설임없이 후닥닥거리며 줄을 걷어내고는 정말 다소곳이 무릎을 꿇었다.

"아니야, 아니야. 밤손님도 손님이니 어서 저분들을 안으로 모셔요."

무영이란 놈이 계속 이죽거리며 말했는데 그래도 안으로 모시라는 말은 좀 이상했다.

"얘들한테 거름 냄새가 좀 심한데요."

"저런저런, 거름은 밭에나 주지 누가 사람 몸에다 줬지? 아무튼 그럼 목욕부터 시켜 드려요. 그럼 있다 봐요."

놈은 끝까지 약을 올리더니 눈까지 찡끗하며 일어서 가버렸다.

변대길은 고향에서 돼지를 잡기 전에 먼저 깨끗이 씻기던 광경이 떠올렸다.

물론 목욕의 과정도 순탄치는 않았다.

"앉아. 일어서. 앉아. 일어서. 앉아⋯⋯."

목욕 행사(?)의 주관은 오줌 귀신이 자청하고 나섰는데 놈은 둘이 입장하기에는 너무나 좁은 목욕통으로 들어가게 하더니 서로 어깨를 마주 잡게 하고는 앉아, 일어서만 끊임없이 시켰다.

"어푸푸, 어푸푸."

'앉아' 하는 순간 머리가 목욕통 속에 완전히 잠겼는지라 처음 몇 번은 견딜만 했으나 횟수가 열 번이 넘어서자 숨이 차왔다. 어제 맞은 곳이 부어오르고 멍들고 해서 몸이 절대 정상이, 아니, 두 형제에게 이런 과격한 목욕은 무리였다.

"어쭈, 너, 머리 큰 놈. 머리통이 커서 머리가 물속에 다 잠기지 않는 모양인데 좀 줄여주랴?"

변수길의 머리통은 시대적 평균에 비추어 좀 큰 경향이 있어 뒤에서는 대두랑(大頭郞)이라는 별명으로 통하고 있었다.

빽!

그 말이 채 끝나기도 전에 방망이가 날아와 변수길의 머리통에 둔중한 타격음을 냈다.

"이 정도면 좀 줄어들까? 아냐, 이쪽도 크기를 좀 줄여야겠군."

빽!

묵직한 타격음이 다시 이어졌다.

변대길이 곁눈질로 보니 그 방망이는 아무래도 이곳에서 속옷이라도 빨 때 쓰던 빨랫방망이가 아닌가 싶었는데 얼핏 보기에도 한 대 맞으면 회복이 쉽지 않아 보이는 것이 사람을 훈계하기 위한 목적으로 만든 것이 분명했다.

몇 대 맞은 변수길은 이미 비명을 지를 정신마저도 없는지 흐느적대기만 하고 있었다. 좁은 목욕통 속이 아니라면 벌써 쓰러졌을 것이다.

변대길은 그 외중에도 한숨을 내쉬며 호흡을 고를 수 있었다. 오줌마귀가 동생의 머리통을 깨는 동안에는 공포의 '앉아', '일어서'가 잠시 중단되었기 때문이다.

'동생의 고통이 곧 나의 기쁨'.

변대길은 이 서글픈 현실을 증오하면서도 다행스럽게 생각해야 한다는 것에 비애를 느꼈지만 그동안 부족했던 숨 쉬기에 혼신을 기울였다.

"오호라, 똑바로 서 있기가 싫다는 말이지? 이번에는 허리를 고정시켜 주랴?"

그 소리에 흐느적대던 변수길의 몸이 꼿꼿해지는 것으로 보아 정신을 잃지는 않은 모양이었다.

다시 '앉아, 일어서'가 시작됐고 겨우 정신을 차렸던 변수길이 다시 흐느적대자 오줌 마귀 놈이 다시 일갈했다.

"음, 교육이 부족하다 이거지?"

변수길이 보니 놈은 변수길이 죽지 않도록 최대한 조심하며(?) 때리고 있었다. 모든 타격의 강도는 경험에 의해 깨달은 적절한 강도로 조절한 것으로 보였고 인간 체력의 한계를 알고 있기에 수길이 놈이 아직 버틸만 하다는 것을 이미 알고 있는 눈치였다.

밑바닥 시절을 충분히 겪은 변대길은 한눈에 오줌 마귀 놈의 손속을 파악하고 있었다. 동생 변수길의 행동으로 보아 아직 그 감을 잡지 못한 것이 분명했다.

'놈은 진정한 구타(毆打) 고수, 그것도 직접 몸으로 체득한.'
변대길은 한눈에 알아보았다.

달우의 호통에 진실 반 엄살 반으로 흐느적대던 변수길이 몸이 마치 대나무같이 뻣뻣해지더니 물통 안으로 힘차게 머리를 쑤셔박았다.

다음 순간 방망이가 변대길의 머리통을 후려쳤다.

빡!

"어쭈, 이번에는 너냐?"

변수길은 고통도 잊은 채 머리통을 물에 담갔다.

'개자식, 호흡을 맞춰야지 그렇다고 그렇게 빨리 처박으면 나는 어쩌라구.'

변대길은 달우란 놈의 호통에 쏜살같이 먼저 머리를 처박은 수길이 놈이 그렇게 미울 수가 없었다. 수길이 놈 때문에 맞지 않아도 될 매를 한 대 맞았다. 한 대 맞았는데도 머리가 뱅뱅 도는 것이 몇 대 맞은 수길이의 상태를 충분히 짐작하게 했다.

어쨌든 구령은 일각 동안 계속되었고 겨우 목욕을 마친 두 형제는 후들거리는 다리를 억지로 고정시켜 가며 목욕통을 안고 넘다시피 하여 통 밖으로 나왔다.

목욕을 마치고는 얼핏 보아도 낡아서 버리기 직전인 옷을 얻어 입고는 방 안으로 이끌려 들어왔다. 무영이란 놈이 탁자 앞에 앉아 있었고 탁자 위에는 지필묵 등 필기 도구가 놓여 있었다. 시키는 대로 의자에 앉았다.

"그렇게 말끔히 씻으니 귀공자 같구려. 하하하! 그런데 이거 집이 누추해서 간밤에 고생이 많았지요?"

놈은 아예 속을 뒤집었다.

"아닙니다. 아주 편안했습니다."

옆에서 매 타작 마귀가 눈을 부릅뜨는 것을 곁눈질로 보고 황급히 대답했다.

"다행이군요. 그런데 하오문 북경 분타주시라면 그동안 활약상이 대단하셨을 터인데 제가 좀 알고 싶어서 그러니 여기에다 적어주셨으면 해서요."

여태껏 지은 죄에 대한 자술서를 쓰란 얘기였다.

"종이는 모자라지 않게 준비했으니 빠짐없이 쓰신다면 큰 걱정 없이 오래 사실 수도 있을 겁니다."

두 형제가 듣기에는 살려줄 수도 있다는 얘기 같았다.

"정말입니까?"

황제의 하사금을 훔치려 했으니 무조건 모가지가 잘릴 것이라고 생각하고 계속 좌불안석이던 두 형제는 마치 하늘에서 내려오는 구명줄이라도 잡은 것처럼 반색하며 되물었다.

"도련님 말을 믿지 못하겠다는 게냐?"

"아이쿠!"

순간 매 타작 마귀 놈이 손으로 어깨 부근을 슬쩍 치는데 이게 장난이 아니었다. 마치 어깨를 쇠몽둥이로 맞은 것처럼 뻐근하게 저려오며 절로 비명이 나왔다.

'내가 미쳤지.'

고통 속에서도 이런 고수들과 어제 칼을 빼 들고 한판 드잡이질을 하려 했던 자신이 한심스러운 생각이 들었다. 아니, 이곳에 발을 들여놓은 것 자체가 정말 한심한 짓이었다.

"믿습니다. 믿고말고요."

형제는 망설일 시간도 없이 무조건 대답했다.

'무서운 놈들.'

이제는 여기 있는 모든 놈들이 정말 두려웠다.

"달운 아저씨, 살살 주물러 드려요. 아프다고 하시잖아요."

놈은 그냥 넘어가는 법이 없었다.

"아프냐?"

매 타작을 해대던 놈의 이름은 달운이라는 것도 알았다. 아프냐고 물으니 한 가지 대답밖에 할 말이 없었다.

"아뇨, 아뇨. 시원합니다."

시원하게 대답해 주었다.

"그럴 거야."

“저… 그런데 저는 글을 모르는데요…….”

수길이 놈이 항상 문제였다. 자신이야 분타주까지 하고 있는 터에 그런대로 글줄이 좀 있지만 수길이 저놈은 어렸을 때부터 공부하고는 담을 쌓고 살아온 놈이었다. 자꾸 저놈이 엇나가면 자신에게까지 화가 미칠까 신경이 바짝 쓰였다. 눈치를 보니 수길이 놈도 난생처음으로 공부 안 한 것을 뼈저리게 후회하는 것 같았다.

“그럼 달우 아저씨가 다른 방에 가서 받아 적어요.”

“예.”

변대길이 옆에서 들어보니 달우란 놈의 대답에 불만이 가득 들어가 있었다. 하기는 글 모르는 도둑놈 대필하게 생겼으니 좋아할 놈이 누가 있겠는가? 아무래도 수길이 저 녀석은 가다가 몇 대 쥐어박힐 것이 틀림없었다.

딱!

“아이쿠!”

“가자.”

변대길의 예측은 너무도 일찍 적중했다. 녀석은 말을 시작하기도 전에 손을 날려 수길이의 뒤통수를 때렸다. 녀석은 평소 입보다 손이 빠른 놈이 틀림없을 것이라는 생각이 들었다.

‘기억해 두자, 달우. 손이 먼저 나가는 놈.’

앞으로 한 대라도 덜 맞기 위해서는 필요한 것은 빠짐없이 기억해 두는 편이 좋았다.

두 형제가 아침 일찍부터 시작한 자술서를 모두 마친 것은 밤이 이슥할 무렵이었다. 적어놓고 보니 자신들이 정말 나쁜 놈이었구나 하는 생각이 절로 들 정도로 한 업적들이 많았다.

두 형제는 일을 함께한 지가 십수 년이기 때문에 대부분 서로 중복되는 내용이 많았다. 간혹 서로 다른 내용이 나올라 치면 다시 적게 했고 그래도 일치가 되지 않으면 대질 심문까지 시키니 나중에는 말이 맞지 않는 부분이 없었고 빠뜨린 부분도 거의 없었다.

두 사람의 마지막 업적은 대학사 집 털기로 끝이 나 있었는데 서로 책임을 전가하기는 했으나 업무 진행 과정에 대한 묘사는 일치했다. 하지만 자술서를 정성을 다해 적은 진짜 이유는 두 사람의 자술서를 비교하여 빠진 부분이나 다른 부분이 나올 경우 두 사람 모두 매 타작을 거치고 나서 새로 시작해야 했기 때문이다.

무영이란 놈이 정색을 하고 자신들을 마주 보았다.

"너희들이 지은 죄는 참형감이다. 알고 있겠지?"

"예, 백 번 죽어 마땅합니다. 살려만 주신다면 앞으로는 절대 나쁜 짓 하지 않고 새사람이 되어 열심히 살겠습니다."

얼른 탁자 위에 머리를 처박으며 결심을 보였다.

"그럴 필요는 없고, 앞으로도 여태 일해 왔던 곳을 평생 직장으로 알고 계속해도 좋아."

"……?"

"대신 앞으로는 내 지시가 하오문 문주의 지시에 우선한다. 그리고 북경 분타의 보고서하고 하오문 총단과 다른 분타에서 오는 중요한 정보는 일단 내 손을 거치도록 해야 한다. 알겠나?"

"……."

변대길은 그제야 감이 왔다.

약점을 잡아 자신들을 이용하려는 수작이었다. 아니, 이 기회에 하오문 북경 분타를 날름해 먹으려는 수작이었다. 변대길은 선뜻 대답하지 못했는데 옆을 보니 달운이 다시 나서려고 했다.

"아, 잠깐! 너희들이 어느 쪽을 택하든 선택은 자유다. 벌을 받든지 나에게 충성을 맹세하든지 하나를 택해라."

고맙게도 주먹을 휘두르려는 달운을 제지해 준 무영이란 놈은 자신들에게 선택권이랍시고 주었다. 어차피 선택이라야 뻔한 얘기였다. 다만 다짐을 받기 위한 형식을 밟고 있을 뿐이었다.

"말씀을 따르겠습니다."

자신들이 택할 길은 오직 하나뿐인지라 마지못해 선택을 했다.

"달운 아저씨, 이 사람들한테 전서구 몇 쌍 훈련시켜 보내줘요. 그리구 이제 끝났으니 이 아저씨들 배웅해 드려요."

두 형제는 얘기가 너무 쉽게 끝나자 어안이 벙벙할 지경이었다. 물론 하오문을 배신해야 하는 일이었지만 그건 이미 대학사 댁을 털기 전에 결정이 난 사항이었다. 총단에 보고도 없이 털어서 둘이 꿀꺽하려고 했으니 이 일이 알려지면 쥐도 새도 모르게 끌려가 죽을 게 뻔했다.

밖에는 이미 어둠이 짙게 깔려 있어 오가는 사람도 없어 그나마 다행이었다. 그는 혹여라도 아는 사람이 지날까 봐 대문이 열리는 순간까지 긴장했다.

"우리 전표 언제까지 돌려줄 거야?"

대문 밖까지 배웅(?)해 주던 매 타작 마귀 달운이란 놈이 인상을 험악하게 지으며 퉁명스럽게 물었다. 이미 그 돈을 물어줄 각오는 하고 있었지만 놈은 이 자리에서 확실히 다짐을 받아두려는 것이 틀림없었다.

어쩌겠는가?

놈들이 제정신으로 사는 것들이 아니라는 것은 어제오늘 실컷 겪어
본 터였다.

"그렇지 않아도 조만간 이자까지 단단히 쳐서 채워 드리려고 생각
중이었습니다."

이미 생각해 둔 것이 있었다. 변대길은 달운의 말이 떨어지기 무섭
게 대꾸했다.

"그래? 난 또 말이 없길래……. 그럼 조심해서 가라구."

가져간 돈의 이자까지 쳐서 갚아준다는 말에 기분이 흡족해졌는지
말투가 갑자기 상냥해졌다.

'음, 돈에 약한 놈. 기억해 두자.'

하오문 경험상 필요없는 지식이나 정보는 없었다. 모아두면 언제고
쓸 데가 있는 게 그런 잡다한 것들이었다. 이래저래 놈과 엮였으니 앞
으로 어떤 식으로든 자주 대면할 게 뻔했다.

"그럼 다음에 뵐 때까지 몸 건강히 안녕히 계십시오."

자신을 죽어라고 팬 놈한테 이렇게 정중하게 인사까지 하기는 처음
이었다. 변대길은 자신의 변화에 스스로도 놀랐다.

"그래, 자네들도 몸 건강하고."

"고맙습니다."

둘은 서로를 부축해 가며 장원을 나섰다.

대문이 열리는 소리에 밖으로 나왔던 마 집사 영감은 절둑거리며 걸
어나가는 두 형제를 보고는 '웬 환자들이 밤늦게 집안을 들락거리나'
하고 이상한 눈으로 바라보았지만 달운을 보자 도련님의 일 같아서 감
히 나서지 않았다.

그날 변대길 형제는 비참하게나마 목숨을 건졌다. 변대길은 돌아오

자마자 변수길을 죽도록 팼다.

"이 개자식아, 니놈이 나를 꼬시지만 않았어도……."

아직 변대길의 몸이 회복되지 않아서 충분히 내공의 힘을 모으지 못한 상태로 때리는 것이 그나마 변수길의 행운이었다.

 밀행어사(密行御使)

"앉거라. 내가 널 부른 것은 다름 아니고 황제 폐하께서 하사하신 것을 빈민들에게 내놓았으면 해서다. 그동안 이리저리 생각해 보았는데 그게 가장 적당할 것 같구나."

장자맹은 아들에게 엄숙한 어조로 말했다. 엉뚱한 구석이 있는 녀석이니 엄격한 척할 필요가 있었다.

"네가 잘해서 하사받은 것이니 어떻게 쓰든 할 말은 없다만 그래도 내 아들이니 아비 부탁으로 알고 그리해 주기 바란다."

아들이 대답이 없자 이제 은근히 부자 간의 정을 들먹거렸다.

사실 무영은 어버지께서 오늘 아침에 부를 때 이미 어느 정도 예견하고 있었다. 그렇지만 몽땅 내놓으라는 말에 시무룩해질 수밖에 없었다.

"그래두 그동안 여비는 빼주셔야지요."

몇 푼이라도 건져 보자는 투로 말했다.

"우리 집에 끼니가 떨어진 것도 아닌데 사람이 너무 재물을 밝히면 못쓴다."

"……."

"허어, 아직 배움이 모자라는 게로구나. 내 우선을 다시 불러 몇 년 더 가르쳐 달라고 부탁을 해보든지 해야지. 쯧쯧쯧!"

"아, 아닙니다. 다만 소자는 탐관오리들이 많으니 관에 기탁하셔도 실제 빈민들에게는 잘 돌아가지 않는다고 들었기에……."

남우선이라는 얘기에 화들짝 놀라며 쌍수를 내저었다. 병영 훈련 들어가는 바람에 겨우 떨어진 남우선이었다. 그를 다시 부른다고 하자 돈이고 뭐고 두 손 들었다. 돈을 다시 버는 것이 훨씬 더 쉽지.

'흐흐흐, 내가 약발받을 줄 알았지.'

장자맹이 준비한 한 수였다. 조정에서 온갖 권모술수를 몸으로 겪으면서 수십 년을 버텨온 그였다.

'당했다'

그제야 눈치를 챈 무영은 은근히 치미는 부아를 삭여야 했다.

장자맹의 야릇한 얼굴 표정이 자신이 당했다는 것을 말해 주고 있었다. 하지만 한 번 꺼낸 말을 다시 주워 담을 수도 없었고 다른 대안도 없었다. 남우선이라는 외통수에 걸렸다.

"그래, 일단 빈민들에게 나누어 주는 데는 불만이 없는데 분배 과정이 문제란 말이지?"

쾅! 쾅!

장자맹은 확실하게 못질을 했다. 아들놈한테는 여태 당하기만 했었다. 녀석에게서는 어디서 그런 잔머리가 나오는지 알면서도 속아줄 수밖에 없었다. 하지만 당해오면서도 싫지는 않았던 것이 그저 하나밖에 없는 아들놈 재롱이려니 하며 웃어넘겼던 그였다. 그래도 그런 거금을 아비 말 한마디에 선뜻 내놓는 걸 보면 자식 농사를 잘못 짓지는 않았다는 생각에 흐뭇했다.

"아, 예, 그렇지요. 빈민들에게 직접 전해주는 방법을 찾아 나누어 주어야 합니다. 탐관오리들이 한둘이라지요."

무영은 순간적으로 머리를 굴렸다.

지금 아버님 앞에서 요리조리 말을 돌리다가 자기가 직접 나누어 준다고 나서면 은자 십만 냥 중 구만 냥은 쓱싹할 수 있을 것 같았다.

"흠, 평생을 관직에 몸담았던 사람으로서 부끄러운 일이지만 네 말도 일리가 있다."

이제 아들도 다 컸다는 생각이 들었다.

하기는 생명을 걸고 오랑캐와 싸우다 모진 포로 생활까지 해봤으니 어쩌면 평생 북경을 벗어나 보지 못한 자신보다 세상을 더 많이 알고 있을지도 몰랐다.

"일단 그 문제는 다른 방법을 강구해 보자꾸나."

이만하면 되었다 싶었다.

"제가 직접 다니며 빈민들을 돌보고 싶습니다."

"또 집을 떠나겠다는 말이냐?"

정신이 아득해져 왔다. 아들이 또 집 떠날 궁리를 하고 있었다. 자신도 그렇지만 마누라 주설하가 또 쓰러질까 먼저 걱정이 됐다.

"빈민들을 살리자는 것입니다."

무영은 두 눈을 똑바로 뜨고 말했다.

여기서 밀리면 영영 나갈 기회가 없을지도 몰랐다. 더구나 아라 공주와의 일도 있고 곤륜 문도들과의 약속 일도 몇 달 남지 않았다.

"안 된다. 그리고 집 떠나겠다는 얘기는 더 이상 꺼내지 말도록 해라. 네 어미가 불쌍하지도 않느냐?"

장자맹이 다시 패를 빼 들었다.

무영의 고개가 숙여졌다.

어머니 얘기를 하자 마땅히 반박할 말을 찾지 못했다. 자신이 얼마나 주설하의 가슴을 졸이게 하며 커왔나를 알고 있었다. 그리고 그 사랑에 보답하지 못하고 있는 자신이 항상 죄스러웠다. 장자맹은 적어도 아들놈이 어미의 정에 무척 약하다는 것을 알고 있었다.

"그만 물러가도록 해라."

하지만 장자맹도 아들의 표정을 보자 괜히 심한 말을 꺼낸 것 같아 기분이 착잡해졌다.

"어머님, 나 어머님을 무지무지 사랑해요. 하지만 내가 어머니 때문에 평생 방 안에서 있어야 하는 건 아니잖아요."

무영은 주설하에게 가서 설득했다. 어차피 주설하를 안심시키지 못한다면 자신도 마음 편히 집을 떠나지 못할 것 같았다.

"남아로 태어나 집 안에서만 살다가 죽는다면 그보다 더한 비극이 어디 있겠어요?"

"휴, 나도 안다. 하지만 넌 워낙 어릴 적부터 몸이 약했고 큰 사고도 한두 번이 아니었잖느냐? 이제는 네가 눈에 띄지 않으면 왜 그리 불안한지……."

무영은 주설하에게 다가가 그녀의 어깨를 살며시 안아주었다. 검은 머리보다 흰머리가 더 많았고 이미 나이가 들어 한 줌 뼈만 남은 가녀린 어깨였다. 흰머리의 개수만큼 자신 걱정을 하며 살아왔을 그녀였다. 눈시울이 시큰한 게 눈물이 흐를 것 같았다.

"걱정 마세요. 오랑캐 놈들한테 잡혀가서도 살아왔어요. 이제 액땜은 다한 거니 오래 살 거예요."

"그래그래, 내 새끼. 건강하게 오래 살아야지."

주설하도 무영을 안아주었다.

비록 가녀린 어깨지만 세상 어느 곳보다 편안했다. 한동안 그러고 있던 무영이 주설하를 잡아끌었다.

"잠깐 나와보세요. 제가 보여 드릴 게 있어요."

무영은 그녀를 마당으로 데리고 나왔다.

"저기 바윗덩이 보이죠?"

주설하는 조상 대대로 집 지을 때부터 있던 바윗덩이를 가리키며 말하는 아들을 보며 어리둥절했다.

"잘 보세요."

말이 끝남과 동시에 묵환에 진기를 불어넣어 바위를 향해 방향을 잡아갔다.

퍽!

붉은 기운이 바윗덩이를 향해 뻗어가더니 그대로 바위를 쪼개 버렸다.

"에그머니나!"

주설하는 이 신기한 광경에 눈이 휘둥그레졌다.

"보셨죠? 저도 제 한 몸 지킬 수 있다고요. 이제 어린아이도 아니고 강호 유람을 하더라도 걱정없어요."

"그렇게 어미 곁을 떠나고 싶니?"

신기하다는 생각도 잠깐뿐, 아들이 떠나고 싶어한다는 생각에 다시 걱정이 앞섰다.

"어머니 곁을 떠나는 건 싫지만 강호에는 꼭 나가보고 싶어요."

그 말을 하면서도 무영은 고개를 숙였다. 그토록 생각하는 그녀에게 죄송스러운 마음이 들었다.

"휴, 할 수 없지. 그럼 네 뜻대로 하거라. 대신 조건이 있다. 일 년 안에 돌아와야 하고 스무 살 이전에는 성혼을 해야 한다."

"예?"

"너도 알다시피 우리 집안이 대대로 손이 귀하지 않느냐? 빨리 손주라도 봐야 네 아버님도 안심하실 게고, 또 늘그막에 손주 보는 재미라도 있어야 하지 않겠느냐?"

"일이 년만 늦추면 안 될까요?"

"안 된다. 그걸 약속하지 않으면 보낼 수 없다."

주설하는 더 이상 양보할 수 없다는 기세였다.

'아라 공주도 있으니 어떻게 되겠지…….'

"까짓것, 알았어요. 당장 내년이라도 떡두꺼비 같은 손자 녀석 하나 낳아드리죠."

'음, 빨리 아라 공주를 데려와야겠군.'

"호호호, 그렇게나 일찍? 걱정 마라. 손자는 몇 년 정도 더 기다려 줄 수 있단다."

주설하는 아들 입에서 벌써 손자 얘기가 나오니 대견스럽기도 하고 코흘리개가 벌써 이렇게 컸나 싶은 것이 절로 웃음이 나왔다.

어머니의 허락을 받고 나오니 기분이 터질 듯 기뻤다.

‘야호’ 소리가 절로 나올 것 같은 심정으로 중문을 나서는데 달뢰가 쭈뼛거리며 다가왔다.

“저… 연화하고 혼인해야 하는데…….”

그러고 보니 달뢰를 잊었다.

부끄러움을 잘 타는 달뢰가 얼마나 애가 탔으면 직접 왔겠나 싶어 미안했다. 이런 일은 주변 사람이 나서서 적극적으로 주선해 줘야 하는 일인데……. 더구나 이번에 나가면 언제 돌아오게 될지 모르니 미리 혼인을 해두는 편이 좋았다.

달뢰의 혼인 준비를 위해 갑자기 여행 준비가 취소되었고 대부인이 면천을 시켜준 덕분에 연화는 종살이에서 벗어나 평민이 되었다. 이미 서로 사랑을 확인한 터라 둘은 대학사가 점지해 준 좋다는 날을 받아 번갯불에 콩 구워 먹듯이 식을 올렸다.

무영은 생활비에 보태 쓰라고 은자 오천 냥이나 되는 거금을 축의금 으로 내놓았다.

“저… 연화 낭자, 우, 우리… 저… 이만 자야…….”

“네…….”

달뢰의 버벅거림과 모기처럼 기어들어 가는 연화의 목소리를 끝으 로 하늘거리며 방 안을 밝히던 촛불마저 꺼졌고 그날 밤 또 한 쌍의 부 부가 탄생했다.

‘으음, 괘씸한 놈이로고…….’

이미 가을이 깊었지만 황제는 잔뜩 열이 받아 있었다.

대학사의 아들 녀석도 아비를 닮았는지 똑똑해 보이기에 좀 써먹으

려고 황금 일만 냥이라는 거금을 희사했는데도 떡하니 사직서를 제출
했단다.

원래 장자맹도 불러 계속 일을 시키려고 했는데 그 노인네가 끝까지
버티고 안 나오자 화가 나서 장자맹의 조정 근무 기록 자체를 모조리
삭제해 버리라고 명했던 황제였다. 그런데 이번에는 아들놈도 그러고
있었다.

태감에게 '당장 대장군 장무영을 들게 하라' 고 명해서 방금 끌려와
자신 앞에 머리를 처박고 있는 놈을 보니 뭐라고 한마디 해주어야겠는
데 그간 세운 공이 적지 않았고 자신도 크게 처신을 잘한 것 같지 않아
마땅히 할 말이 떠오르지 않았다.

'음, 그래. 암, 그걸 거야.'

아무래도 지난번 아비를 성 밖으로 내쫓은 것 때문에 아직도 삐쳐
있는 것 같았다.

"사직서는 어인 일인가?"

"신이 더 이상 관직을 맡지 않으려 하는 것은 신의 경력이 아직 일천
하여……. 중얼중얼……. 천하 유람을 하여 백성들의 진솔한 삶이 어
쩌고… 하옵니다."

무영은 미리 준비해 간 대사를 읊었다.

황제가 듣자니 말발 하나는 게거품이라는 별명이 있다는 아비를 쏙
빼닮았다.

"그래, 얘기의 요점은 아직 젊어 천하를 유람하며 세상 경험을 더 해
보고 싶다는 얘기가 아닌가?"

"그러하옵니다, 폐하."

"음……."

황제가 얕은 신음성을 발했다.

'괜히 큰 돈 투자했네. 그놈… 진작 말하지 않고.'

벼슬이 싫다는 데 어쩌겠는가?

지난번 투자한 돈도 아깝고 해서 본전 뽑을 궁리를 하던 중에 좋은 생각이 떠올랐다.

땅덩어리가 넓어 어느 놈이 병력을 몰래 키워 모반할지도 몰랐고 지방의 방백 놈들이 부정 부패를 떡 먹듯이 저지른다는 소문도 간간이 들렸다.

"내가 그대를 부른 이유는 다름이 아니고… 밀행어사란 직책을 제수하여… 민초들의 삶을 살피고 지방 방백들의 전횡을 감독… 어쩌고……. 알겠는가?"

황제는 돈 받아먹고 튀려는 놈이 괘씸해서 불렀지만 마치 새로운 임무를 맡기기 위해 부른 것처럼 말을 바꿨다. 자신이 생각해도 썩 괜찮은 생각 같았다.

"소신이 아직 관직 생활에 익숙지 않아 밀행어사(密行御使)라는 관직이 있다는……."

무영이 당황해서 버벅거리자 황제가 말을 잘랐다.

"장군도 알다시피 나라에는 도적이 많다네. 백성들의 재산을 훔치는 작은 도적은 물론이고 관직을 빙자하여 나랏돈을 빼돌리는 큰 도적 하며 심지어는 사병을 몰래 키워 옥좌를 넘보는 반역도들도 있게 마련이지. 장군이 나서서 바로잡아 준다면 그 또한 짐의 큰 홍복이 아닌가?"

황제는 사실 평소 그런 생각이 있었다. 하지만 나이를 먹어 치매기가 조금 있다 보니 까맣게 잊고 있다가 문득 무영을 써먹을 궁리를 하던 중에 떠올랐다.

젊은 놈이니 아직 때가 덜 타서 너구리 같은 다른 늙은 대신들보다 공정할 것이고 젊어서 다리도 튼튼할 테니 잘 돌아다닐 게 틀림없었다. 게다가 주는 관직을 마다하고 천하를 돌아다녀 보고 싶다니 '딱 걸렸다' 싶은 그 자리의 임자였다.

더구나 한평생 자신을 위해 충언을 아끼지 않던 청렴 강직한 장자맹의 자식이라니 뒷구멍으로 사기 칠 것 같지도 않은, 그야말로 더 이상 찾아보기 힘든 완벽한 적임자였다.

"폐하, 아직 소신은 젊고 경험이……."

무영은 괜히 혹 하나 붙인다 싶어 완곡히 거절을 하려는데 황제가 말을 자르며 나섰다.

"됐네. 너무 자신을 낮추는 것도 좋지 않아. 이런 일에는 오히려 젊고 그대처럼 경험이 많지 않은 사람이 제격일세. 내 몇 년 전에 장군에게 만년설삼을 내린 것도 충신의 아들이라 뭔가 나라를 위해 큰 그릇이 되리라 생각했기 때문이었고 그대가 오랑캐의 포로가 되었다는 말이 나돌 때도 대신들 중에 구족을 멸하라 간하는 자가 있음에도 불구하고……."

'치사하게.'

쫀쫀한 황제였다.

가만히 들어보니 만년설삼 건과 자신이 포로가 되었는데도 일족을 살려준 것 등을 들먹이며 은근히 옭아매려 하고 있었다.

사실로 말하자면 무영이 살아난 것은 만년설삼 덕분이 아니라 노법사의 희생 때문이었지만 충신 장자맹이 관례대로 보고하기를 황제 폐하의 만년설삼 때문에 자식놈이 살았다고 바닥에 머리를 찍어가며 다시 감사 인사를 드렸었다. 그래서 황제는 자신이 그를 살린 줄 알고 있었다.

들고 보니 무영도 뒤가 구린 구석이 있었다.

황금 일만 냥을 하사받고도 그만둔다는 사직서를 내자니 께름칙한 마음이 없었던 것도 아니었다. 또 만년설삼 덕분에 내공도 쑥쑥 늘어나고 있었으니 은혜가 적다고 할 수는 없었다.

곁눈질로 보니 황제는 벌써 이마 주름살의 수를 늘려가며 눈을 가늘게 뜨고 그를 째리고 있었다.

찌르르.

감이 왔다. 자꾸 거절했다가는 좋은 결말을 보기가 어려울 게 틀림없었다.

"폐하, 불민한 소신에게 그토록 막중한……. 어쩌고……. 충성을 다하겠습니다."

그제야 황제의 눈이 성군답게 온화하게 펴지며 이마의 주름살도 펴졌다.

"헛헛헛, 그래그래. 내 장군이 반드시 수락할 줄 믿고 있었네. 다만 한 가지 유념할 것은 이건 장군과 나만의 비밀로 해야 한다는 것이야. 알려지면 몸을 사리는 놈들이 많을 게야."

황제는 말을 마치자마자 죽은 듯 옆에 시립하고 있던 내관을 째려보았다.

'너도 입 나불거리면 죽어!'

고개를 들지 않고도 경험으로 자신에게 째려지는 황제의 눈길을 의식한 내관의 몸이 구십 도가 넘게 바닥으로 처박혔다.

'믿어주세요.'

말없는 대화였지만 의사 소통에 지장은 없었다.

“어허엄!”

황제가 가볍게 고개를 끄덕였다.

“그대를 믿네.”

“성은이 하해와 같사옵니다.”

잠시 후 무영은 내관을 통해 황제의 명으로 급조된 밀행어사라는 직함과 관인을 받았다. 번쩍거리는 금패도 함께 받았는데 전면에는 황(皇), 그리고 뒷면에는 친림(親臨)이라고 쓰여 있었다.

“이 금패는 혹시 흠차(欽差)가 황명을 받고 나갈 때 쓰는 것이 아닙니까?”

지난번 거용관에서 위지명이 배를 내밀며 흔들어대던 패와 비슷한 것 같아 무영이 물었다.

‘되게 따지네.’

주는 대로 받아가지 하사품 갖고 따지는 놈은 처음 보았다,

“글쎄, 금패도 당장 만들어주라는 어명이니 어쩌겠소. 하명만 하시면 만사가 금방 되는 것으로 아시는지라…….”

내관은 하소연하는 표정을 지어가며 말을 이었다. 내관 노릇도 쉬운 일은 아니었다.

“미처 준비된 것이 없으니 그것이라도 가지고 가시오. 어차피 지방 방백들의 실정을 바로잡는 밀령어사라면 그 정도는 돼야 제대로 직책을 수행할 수 있을 게 아니오?”

‘헷갈리네.’

어사(御使)와 흠차(欽差)는 격이 달랐다.

어사는 관리의 실정(失政)에 대하여 보고만 하는 것을 주임무로 한다고 할 수 있고 흠차는 황제의 대리인 자격으로 임하니 즉결 집행권

을 가진다고 볼 수 있었다.

문제는 황제가 말한 '장군이 바로잡아 준다면' 의 해석을 어떻게 하느냐였다.

'음, 나야 좋지.'

"험, 그럼 하는 수 없지요."

무영은 몸을 바로 하고 무릎을 꿇은 자세로 '황제 폐하의 성은' 을 외치며 금패와 관인을 받아 들었다.

'엇!'

중화전(中和殿)을 나서던 무영의 옆을 지나는 사람이 있었다. 태감 복장을 한 그를 자세히 보니 황궁 비고를 관리하는 태감 나중인(羅重춈)이었다.

"나 태감님 아니십니까? 지난번 크게 신세를 졌던 장무영입니다."

"아이구, 장 대장군 아니시오? 듣자 하니 사직서를 냈다고 하던데 어찌 된 일입니까?"

정말 소문이 바람같이 빠른 곳이 황궁이었다.

"하하하, 그리되었습니다. 그나저나 지난번에는 단단히 은혜를 입었는데 인사도 변변히 드리지 못했습니다. 언제 한번 인사를 드리고 싶은데 짬이 나실는지 모르겠습니다."

그는 나 태감을 만나는 순간 갑자기 지난번 받은 태청강기요해라는 책이 떠올랐다.

나중인은 속뜻을 읽었다.

눈치없이는 하루도 살아남기 힘든 곳이 황궁이었다. 그는 무영이 자신에게 무언가 할 말이 있다는 것을 눈치 챘다.

"하하하, 은혜라니요? 폐하의 분부대로 따른 것뿐이었는데요. 하지만 저도 장군님의 인품에 반해 언젠가 한번 술잔을 기울이고 싶었습니다."

그러더니 그는 목소리를 낮추었다.

"이틀 후에 제가 밖으로 나갈 일이 있으니 그때 뵙기로 하지요. 영춘루(永春樓)를 알고 계시는지요? 그곳에서 신시(申時) 경에 뵙기로 하지요. 별실에 있을 테니 큰집에서 온 손님을 찾아주십시오."

나 태감은 익숙한지 주위를 살피며 재빨리 만날 장소와 시간까지 술술 얘기했다.

"시간을 내주신다니 정말 고맙습니다. 그럼 그곳에서 뵙는 것으로 하겠습니다."

보는 눈이 적지 않아 둘은 얼른 약속을 하고 헤어졌다.

무영이 나 태감에게 부탁하려고 하는 것은 황궁 비고 안에서 먼지가 쌓여 썩어가고 있는 귀중한 책들이었다.

영춘루의 별실에서 마주한 두 사람은 벌써 일다경이 다 되도록 얘기를 나누고 있었지만 사안이 만만찮은 관계로 말만 빙빙 돌리고 있었는지라 서로 진전을 보지 못했다.

벌써 두 번째로 내온 차가 다시 식어가고 있었다.

"그러니까 장군의 말은 내가 지엄한 황법을 어기고 몰래 그 책들을 비고에서 빼내 건네달라는 말이 아니오?"

한참 동안 변죽만 울리고 있는 무영의 말을 자른 나 태감이 듣기에도 뜨끔하게 '지엄한 황법을 어기고'에 힘을 줘가며 직설적으로 물어왔다.

"태감어른, 저는 책을 아끼는 마음에 부탁드리는 것일 뿐 다른 사심이 있어서 드리는 말씀은 아닙니다. 태감어른도 아시다시피 황궁에는 그런 책에 관심있는 사람이 별로 없습니다. 그런 책들이 임자를 만나지 못했다니 그저 마음이 아플 뿐입니다. 그 책이 곰팡이 냄새가 나는 창고에서 더 이상 썩지 않고 진정한 임자를 찾을 수 있도록 도와주십사 하는 것입니다."

"흠……."

나중인은 무영의 제안에 동의도 부정도 않고 묘한 코웃음을 냈다. 아직 확답을 줄 때는 아니었다. 녀석이 그 책자들을 얼마만큼 간절히 필요로 하고 있는지를 알아볼 필요가 있었다.

'음, 최대한 값을 올려보겠다 이거지?'

무영은 이미 대답을 않고 시간을 끄는 태감 나중인의 마음을 읽었다. 만약 그가 직무에 충실한 청렴한 태감이라면 벌써 자리를 박차고 벌떡 일어나 떠났어야 옳았다.

하지만 명쾌하게 대답도 않고 지엄한 황법이 어쩌니 하면서 일이 어렵다는 듯이 변죽만 울리고 있는 것은 물건 값을 충분히 받겠다는 그 이상은 아니었다.

이미 웬만큼 쓸 각오는 했다.

"일이 쉽지 않은 만큼 사례는 섭섭지 않게 충분히 드릴 생각입니다만 태감어른께 누가 된다면 안 들은 것으로 하시고 술이나 한잔 받고 가셔도 원망하지는 않겠습니다."

너무 사정조가 되어도 태감의 농간에 놀아나 일이 더 어렵게 꼬일 수도 있었는지라 무영은 '충분한 사례'를 강조하면서 적당히 선을 그었다.

어차피 그 책자들은 장부에 등재된 것도 아니라고 했으니 나 태감이 마음먹기에 달린 일이었다.

"하하하, 좋소이다, 좋소이다. 장군이 보기 드문 지략이 뛰어난 장수라는 말은 들었지만……. 하하하, 정말 못 당하겠군요. 더 이상 고집을 피웠다가는 도리어 큰 손해를 볼 것 같습니다."

듣기로 중원천하에서 태감들 만큼 눈치가 빠른 사람은 없다고 했는데 과연 그 말은 사실이었다.

'더 버티면 국물도 없다.'

눈치로 생사가 결정되는 황궁 안에서 잔뼈가 굵은 나 태감 또한 그의 의중을 읽었다.

"태청(太淸)이니 무극(無極)이니 하는 도가(道家)의 서책들만 필요하다는 것이 아닙니까? 한번 해보지요. 그런데… 한 권당 얼마나 쓰실 생각이신지……. 사실 행동이 어려운 것이 아니라 잘못되었을 경우 그것이 몰고 올 파장이 결코 작지 않다는 데 문제가 있는 사안이라는 것쯤은 알고 계시겠지요?"

제안에 응낙을 한 나중인은 솔직하게 책자의 가치를 물어왔다. 더 이상 시간을 끌 이유가 없다고 생각한 것이다.

"책자 한 권당 은자 오백 냥을 생각하고 있습니다. 황궁에 있는 책자이니 당연히 그 정도의 가치는 있으리라 생각합니다. 거기에 나 태감님의 수고비를 얹었다고나 할까요. 더 이상은 무리라고 생각합니다."

나 태감의 솔직한 말에 무영도 협상을 마무리 지을 수 있는 적절한 금액이라고 생각했던 액수를 불렀고 더 이상의 흥정은 용인하지 않겠다는 뜻을 비추었다.

'음, 오백 냥!'

나 태감은 속으로 침음성이 절로 나왔다.

오백 냥은 결코 적게 부른 액수가 아니었다. 열 권이면 오천 냥, 스무 권이면 만 냥이었다. 그는 비고(祕庫) 안에 있는 그런 책들의 수를 얼른 기억해 보려고 애썼다. 하지만 평소 관심이 없었는지라 알 수 없었다.

'스무 권은 넘겠지.'

시중 책방에 있는 웬만한 책자도 은자 다섯 냥이나 열 냥을 넘는 경우는 거의 없었다. 그걸 모를 상대가 아닌데 오백 냥을 불렀다는 것은 이제 결정을 짓자는 얘기인 동시에 자신에 대한 넉넉한 배려라고 생각했다.

그렇다면 자신도 언젠가 무언가를 보여주어야 했다.

사실 나 태감의 생각은 정확했다. 금액을 많이 부른 것은 황궁으로 이어지는 정보선도 필요했기 때문이었다.

아버님은 너무 강직해 조정 내에서 따르는 사람이 적었고 자신이 양성했다고 할 수 있는 백문호로 이어지는 선문학관의 인재들은 아직 핵심 정보에 접근하기 어려운 말단의 관료들이었다. 조정의 핵심부나 황궁의 움직임은 집안의 안위를 위해서도 꼭 필요했다.

자신은 이제 상인이 되기로 마음을 굳힌 터였다.

상인에게 가장 필요한 것은 예나 지금이나 정보였다. 일이백 냥을 주어도 과분하게 여길 수 있겠지만 먼 앞날을 보고 투자한다는 생각으로 액수를 많이 불러주었다.

무영이 무리를 해가며 도가의 책들을 모으고 있는 것은 따로 작정한 일이 있었다.

강호에 나가면 어차피 스승인 남우선을 만나뵈야 하니 마땅한 선물이 필요했다. 스승이 껌뻑 죽는 선물, 바로 귀한 책자였다. 굳이 도가 계열의 책자로 한정한 것은 그곳에 있는 책자를 몽땅 구입할 처지도 되지 않았고 혹시 곤룬파 창건에 도움이 될지도 모른다는 생각 때문이었다.

남우선은 아직 써먹을 곳이 많았다.

"핫핫핫, 역시 적절한 가격을 아시는군요. 장군을 볼 때마다 이 나중인은 감탄을 금하지 못하겠소이다. 그럼 이것으로 거래가 성사된 것으로 하지요."

"하하하, 고맙습니다. 나 태감님이 통이 크시다는 소문이 헛소문은 아니었군요."

두 사람은 서로를 추켜주는 것으로 거래를 마무리했다.

간단히 책자를 건네줄 일시와 장소, 그리고 대금 지급 방법 등에 관해 합의한 그들은 아무런 일도 없었다는 듯이 조용히 헤어졌다. 이런 일이 소문나면 아주 가는 수가 있었다.

제12장 섬서회관(陝西會館)의 황영기

　섬서 회관은 북경성 중심가라고 할 수 있는 경화도(瓊華島)에서 그리 떨어지지 않은 남쪽 상가들이 밀집한 곳에 있었다.

　경도(瓊島)라고도 불리는 인공 호수 안에 만들어진 이 섬은 멀리 개봉에서까지 가져온 괴석으로 한껏 멋을 낸 조경과 호수의 풍치가 서로 어울려 성안에서 가장 뛰어난 풍광을 자랑해 항상 이를 구경하려는 사람들로 붐볐다.

　언제나 사람을 쫓아 점포를 여는 상인들도 이를 놓치지 않고 경화도 근처에 앞 다투어 상점을 내는 바람에 지금 일대는 커다란 상권을 이루고 있었다.

　무영이 학예춘과 함께 섬서 회관을 찾은 것은 어느 정도 자신의 일이 마무리되어 시간을 낼 수 있었기 때문이다. 곡완주는 항상 그의 뒤를 따라나섰다.

회관(會館)은 외지의 상인들이 먼 타지인 북경에서 장사를 하며 서로 간의 친목을 다지고 권익을 보호하며 상인 간의 연락이나 협의 등 여러 가지 목적을 수행하기 위해 설립된 단체였다.

그리 크지 않은 허름한 주택 같은 회관 건물에서 황영기를 찾는 것은 그리 어려운 일이 아니었다. 회관 안에는 생각과 달리 사람들의 수가 적었고 표정도 그리 밝아 보이지 않았다.

막청의 소개로 왔다고 하자 즉시 달려나온 황영기는 그들을 귀빈실로 모셨다.

"정말 아까운 친구가 갔소. 고향을 떠나올 때 반드시 크게 돈을 벌어 성공하자고 서로 약속해 놓고는 그렇게 먼저 가버리다니……. 에이, 몹쓸 사람."

막청의 죽음은 이미 알려져 있었지만 황영기는 아직도 그 사실을 받아들이는 것을 힘들어했다.

무영은 막 행두가 죽을 당시의 상황을 그대로 얘기했다. 무영이 친구가 가는 마지막을 지킨 사람이라는 것을 알지 못했던 그는 무척 놀라는 눈치였다.

황영기는 막청이 소개했다는 이 붙임성있고 예의 바른 젊은 청년이 마음에 들었는지 자신이 총방을 통해 연락받은 사실을 자세히 말해 주었다.

그가 막청이 죽은 소식을 들은 것은 마방을 통해서였다.

평소 교류가 잦았던 낙양 마방(洛陽馬幫)에서는 상단 사람들이 일부라도 살아서 돌아갔겠거니 하고 그저 연락문 형식으로 막청 행두를 비롯해 이번 상행에서 죽은 상인들에 대해 심심한 조의를 표한다는 내용만 있었다.

섬서 상방의 역사상 상행을 오가며 숱한 재난을 당했으나 그래도 길을 떠난 상단의 상인 모두가 돌아오지 못한 경우는 한 번도 없었다. 부상을 당했다가 나중에 돌아오는 경우도 허다했기에 이번에도 총방에서는 한두 달이 지나 살아남은 사람들이 돌아오면 확실한 상황을 파악하려고 하고 있었다. 그러나 당황스럽게도 아직 한 사람도 살아 돌아온 사람이 없었다.

상방 내부적으로는 이미 총방에서 총행두(總行頭)가 직접 나서서 당시 그 상단에 보표(保鏢)를 파견했던 사해표국(四海鏢局)과 함께 자세한 진상을 조사하고 있다고 했다. 표국에서도 같이 길을 떠난 십여 명의 보표들이 돌아오지 않아 같이 나선 것이었다.

물론 지금쯤이면 총방에서 진상을 파악했을지도 모르지만 멀리 떨어진 이곳 북경의 섬서 회관에는 아직 자세한 소식이 들어온 것이 없었기에 황영기가 무영의 말에 놀라는 것은 당연했다.

그는 평소 총방과 회관 사이를 오가는 연락문을 통해 막청이 그저 상행 도중에 사고를 당해 죽었거니 하고 있었는데 혈랑단의 습격에 연이은 흑선풍의 조우로 인한 사고라는 것을 무영의 입을 통해 들었다.

황영기가 힐끔 학예춘을 보았다.

"거용관 전투에서부터 생사를 함께했던 믿을 만한 친구입니다."

학예춘이 가볍게 고개를 숙였다.

그가 뭔가 말하기 어려운 것을 밝히려는 눈치를 채고 무영이 학예춘의 어깨를 툭 치며 말했다.

"그리고 저쪽은 제 호위무삽니다."

곡완주가 정중하게 인사를 했다.

"사실을 말하자면 최근 우리 섬서 상단이 도적이나 비적 떼에게 당한 것은 횟수를 헤아릴 수조차 없네. 그 때문에 많은 사람들이 우리 상방을 떠나 몇 년 전에는 수천에 이르던 상인들의 수가 지금은 천여 명 남짓한 형편이라네."

그는 고개를 좌우로 저으며 말했다.

"흑선풍을 만난 것은 어쩔 수 없다고 하지만 혈랑단이 습격해 온 것은 쉽게 생각할 수 없는 대목이 많이 있네."

"당시 막 행두님도 혈랑단의 습격을 이해할 수 없다고 하시더군요. 그 지역은 하미왕국에서 멀지 않은 곳이라 혈랑단이 출몰한 적이 없다고 하시면서……."

"휴, 사실 지난번 그 상행은 우리 상방에서 상당히 중요한 원행이었네. 그래서 어려운 살림에도 보표를 열 명이나 구했고 마방의 협조도 구했다고 들었는데 전멸이라니……. 아무래도 뭔가 냄새가 나는군."

무영은 황영기의 다음 말에 온 신경을 집중했다. 누군가 그런 상황을 만들고 있다는 말 같았다.

"다섯 달 전에는 항주에서 비단을 구입해 오던 상단이 습격을 받았었네. 그때도 이미 운송에 위협을 느껴 청방(靑幇)의 협조를 구해 수로를 통해 운반하고 있었는데 출발한 지 채 하루도 되지 않아 갑자기 장강수로채의 습격을 받아 대부분의 화물이 불타고 사람도 많이 상했네."

황영기는 그때의 일이 생각나는지 비통한 표정을 지으며 고개를 숙였다.

잠시 후 고개를 든 그의 눈은 붉게 물들어 있었다.

"그때 상행을 지휘했던 행두는 내 동생이었네."

무영은 그의 마음을 이해할 수 있을 것 같았다.

"일을 배운다고 평생 내 뒤를 졸졸 따라다니다가 처음으로 행두가 되어 맡은 일이었네."

말투가 어지러워지더니 그는 끝내 눈물을 참을 수 없었는지 소매로 눈가를 훔쳤다.

"첫 출행이라며 그렇게 기뻐하더니……. 허허, 이거 초면에… 미안하네."

너무 가슴 아픈 이야긴지라 둘은 마땅한 위로의 말조차 건네지 못했다.

잠시 마음을 수습한 황영기는 말을 계속했다.

그의 말에 의하면 장강수로채(長江水路寨)는 은밀히 서로 협력하는 사이이기 때문에 수로채의 수적들이 청방이 기(旗)가 내걸린 배를 습격한 일은 없었다고 했다.

그런데 더 기가 막힌 것은 상방에서 사건을 조사하려고 하니 웬일인지 청방에서도 쉬쉬하며 자세한 내막을 밝히려고 들지 않았다는 것이다.

그런 경우 수로채에서 청방에 그 대가를 지불하고 양해를 구했거나 청방도 어쩌지 못하는 큰 세력이 개입되어 있다는 가정이 성립될 수 있는 얘기였다.

황영기는 분을 참지 못하는 표정을 지으며 말을 이었다.

"청방도 어쩌지 못하는 상대를 우리 같은 상인들이 어쩌겠는가. 그저 재수가 없으려니 했네."

수운(水運) 일을 하는 노무자들이 만든 단체로 출발한 청방은 결집력이 강해 아무도 건드리려고 하지 않았다.

일반적으로 청방과 수적들인 장강수로채 사이에는 암묵적인 거래가 있는데 청방이 호송을 주관한 운송선이 수적들에게 털렸다면 쉽게 이해할 수 없는 일이었다.

말을 하고 있는 황영기의 어깨가 갈수록 처지고 있었다.

"그동안 당한 고초는 말로 하자면 한이 없네. 그저 먼저 간 친우에게 하는 넋두리 정도로 들어주게. 지금 보이지 않는 검은 손이 우리 상방의 뿌리를 흔들고 있는 마당에 내가 자네에게 무얼 가르쳐 줄 수 있겠나?"

"그런 일이 계속된다면 섬서 상방에서도 염두에 두는 상대가 있을 것이 아닙니까?"

"왜 아니겠나? 우리 상방 사람들은 모두 산서 상방(山西商幇)을 지목하고 있지만 심증만 있을 뿐 물증이 없다네. 게다가 설령 물증이 있다 하더라도 지금 산서 상방은 소속된 상인들의 수만 해도 몇만을 헤아리는 중원 최고의 상방이네. 도저히 우리가 어찌해 볼 수 있는 상대가 아닐세."

"관부도 끼고 있다는 말씀입니까?"

"흥, 그들은 관부(官府)의 힘은 물론이고 무림맹(武林盟)에다가 하북(河北) 팽가(彭家)의 암묵적인 도움까지 받고 있는 처지니 누가 우리를 도와주겠나? 중원 서열 세 번째 상방이라는 것도 이젠 옛말이고 실상은 십 위 안에도 들기가 어렵네."

"아니, 무림도 상인들 일에 개입합니까?"

무영은 의아한 듯이 물었다. 무림이 상방의 일에 관여하고 있다는 말은 처음 들었다.

"허허허, 정말 자네는 배울 것이 많구만. 세상은 무엇으로 움직이는가를 생각하게. 황금 아닌가? 황금이면 귀신도 부릴 수 있는 것이 현실일세. 물론 관부나 무림에서 내놓고 상인들을 돕는다고 말은 않지만 상인들이라면 다 알고 있는 얘길세."

황영기의 웃음소리에는 어쩌지 못하는 현실에 대한 자괴감과 허허로움이 담겨 있었다.

그의 말에 의하면 무림의 방파들은 세력 확장을 위해 돈이 필요하고 반대로 상인들은 도적이나 비적들로부터 보호를 받아야 하는 관계로 서로의 필요해 의해 유대 관계가 형성된다는 것이었다.

"섬서 상방도 서로 도움을 줄 수 있는 무림 방파를 구해보지 않았습니까?"

"우리라고 왜 시도해 보지 않았겠나? 하지만 세상일이 어디 그리 쉬운 것이 있던가? 하지만 그런 관계를 맺으려면 여러 가지 조건이 서로 맞아야 하는데 막상 찾으려고 하니 힘이 좀 있다 싶은 문파는 이미 다 짝이 있거나 우리 상방과의 거래를 거북해하는 눈치더군."

얻는 자가 있으면 잃는 자도 있게 마련이었다.

"예전에는 무림에서 상인들의 일에 개입하는 일이 드물었는데 세태가 바뀌더니 끈이 없는 우리 상방은 계속해서 이렇게 내리막길만 걷고 있다네. 허허허."

아직 춘삼월이라고 하기에는 날씨가 쌀쌀한지라 거리에는 겨울의 냉기를 머금은 싸늘한 봄바람에 사람들은 몸을 웅크리며 오갔다.

회관을 나와 학예춘과 헤어져 길을 걷던 무영은 마음 한구석 깊은 곳에서 뜨겁게 끓어오르는 열기를 느꼈다.

"자네는 할 수 있네."

외롭고 황량한 사막 언저리에서 막청이 죽어가며 남긴 말이 새삼 머리 속에 화두(話頭)로 남았다.

'무엇을?'

그분은 내게 무엇을 바랐을까?

누구나 죽기 직전에는 꼭 하고 싶은, 그리고 해야 할 말만 할 텐데……. 막청은 그 말을 남겼었다. 황영기를 만나보라는…….

"더 용을 써보려고 해도 이제 사람이 없네."

회관을 떠나오기 전에 황영기가 마지막으로 한 말이었다.

'그래, 어쩌면 이게 기회인지도 모르지.'

매섭게 얼굴을 때리는 찬바람이 몸의 열기를 식혀주었다.

곡완주는 무영이 심각해 보이자 조용히 따르기만 했다.

다음날부터 무영은 회관에 나와 황영기로부터 상인의 도리, 그리고 상술과 회계, 시장의 흐름을 읽는 방법 등을 배우는 것이 중요한 일과가 되었다.

곡완주는 무영이 황영기의 가르침을 받는 동안에는 방 안으로 같이 들어와 구석에 자리를 잡고 같이 들었고 같이 상인이 되자던 학예춘도 상술을 배우겠다며 날마다 무영을 따라나섰다.

"황제에게는 황제의 도(道)가 있고 학자에게는 학문의 도(道)가 있듯이 상인에는 상인의 도(道)가 있네."

"명심하겠습니다."

"상인에는 간상(奸商)과 의상(義商)이 있네. 간상은 남을 속이거나 궁핍한 자의 어려움을 이용하여 재산을 모은 뒤에 사치를 일삼는 자를 말하고, 의상은 의(義)로써 이익을 얻고 그 재산을 가난한 사람들을 돕거나[扶貧濟困] 나라가 어려움에 처하면 손수 나서는 상인을 말하네."

잠시 말을 멈춘 그는 무영을 똑바로 바라보며 물었다.

“자네는 의상이 되겠나, 간상이 되려나?”

“의로운 상인이 되겠습니다.”

처음부터 그러기 위해 돈을 벌려는 것이었다. 가난에 찌들어 하고 싶은 조그만 소망조차도 이루지 못하는 사람들의 어깨를 활짝 펴주고 싶었다.

“자네 눈을 보니 정기가 충만하네. 막청이 사람을 잘못 보지는 않았구만.”

조금도 망설임없는 대답에 황영기는 얼굴을 활짝 펴며 미소를 띠었다.

“아니, 왜 제게는 묻지 않습니까?”

학예춘이 섭섭한 듯이 따지고 나왔다.

“그동안 자네를 쭉 지켜보았지만 상인이 되기보다는 무인이 될 성격일세. 호방한 성격과 의리를 지키는 마음도 훌륭하지만 무엇보다 꼼꼼함이 부족하지 않은가?”

“저도 잘할 수 있을 것 같은데요.”

“자네보다는 저기 앉아 있는 곡 공자가 상인이 되기에 더 어울리네.”

“예?”

고개를 수그리고 뭔가를 생각하는 모습이던 곡완주는 자기를 거론하는 황영기의 말에 깜짝 놀라며 반문했다.

“그동안 자네가 내 말을 주의 깊게 듣고 있었다는 것을 알고 있네. 날 속이려 들지 말게.”

곡완주의 얼굴이 붉게 물들었다. 미소년 같은 앳된 모습에 황영기는 한마디 덧붙였다.

“헛헛헛, 곡 공자가 얼굴을 붉히니 마치 여자같이 예쁘구려. 핫핫핫! 농담이 과했으면 용서하시구랴.”

황영기의 농담에 더 당황한 곡완주의 얼굴이 잘 익은 사과같이 붉어
졌다.

'예쁘네.'

그 모습을 보던 무영은 침이 꿀깍 넘어가려는 것을 겨우 참았다.

'이크, 무슨 생각을……. 내가 남색을 밝히나?'

곡완주가 남자라는 것을 순간적으로 깜빡했다.

"그러고 보니 그러네요. 목소리도 그렇고."

평소 곡완주의 목소리가 사내답지 않다며 말하곤 했던 학예춘이 거
들었다.

곡완주의 눈빛이 매섭게 바뀌었다.

무영의 사부 격인 황영기의 농담은 차마 어쩔 수 없어 겨우 참고 있
었는데 학예춘까지 나서자 발끈했다.

"험, 험."

그렇지 않아도 입 안에 고인 침을 처리하는 문제로 머리를 굴리던 무
영이 헛기침을 하며 재빨리 침을 삼켰다. 완벽한 타이밍이었다. 누가 보
기에도 마치 어색해진 상황을 진정시키려는 점잖은 노력으로 보였다.

"곡 형제, 농담일세. 내 사과하지. 하지만 누가 보더라도 내 말이 틀
렸다고 하지는 않을 걸세."

학예춘은 그렇지 않아도 매섭게 변한 곡완주의 눈매에 내심 찔끔한
터라 무영의 헛기침을 신호로 재빨리 사과했다. 하지만 입이 방정이라
사과를 하는 게 아니라 기름을 붓고 있었다.

"뭐요?"

가뜩이나 열을 삭이던 곡완주의 눈매가 가늘어졌다.

'음, 자초하는군.'

그녀는 내심 학예춘에게 버릇을 가르쳐 주려고 벼르고 있었는데 학예춘의 싸가지를 보니 오늘은 미루지 말고 틀림없이 날을 잡아야겠다는 생각을 굳혔다.

학예춘은 그동안 자신을 두고 '목소리가 여자 같네', '얼굴이 예쁘 장하네' 하며 놀려댄 것이 한두 번이 아니었다. 처음에는 무영의 친구라고 봐주었지만 더 이상은 아니었다.

물론 농담으로 들을 수 있었지만 적당히 손을 봐주지 않으면 두고두고 자신을 귀찮게 굴 녀석이 틀림없었다.

셋이서 나란히 회관 문을 나서는데 곡완주가 드디어 벼르던 칼을 빼 들었다.

"학 공자, 좀 봅시다."

이쯤이 기회라고 생각했는지 학관 문을 나서자마자 그녀는 학예춘을 불러 세웠다.

"에이, 사내가 그깟 농담 가지고 뭘 그러시오. 내가 한잔 살 테니 이만 풉시다. 됐소?"

무영이 보기에는 아무래도 학예춘이 아직 분위기를 제대로 파악하지 못하고 있는 것 같았다.

"그깟 농담이라고 했소?"

"낄낄낄, 거 보시오. 목소리가 아무래도 받쳐 주지 않고 있잖소. 내가 없는 소리를 한 것도 아닌데……."

'음, 학 형이 아직도 똥오줌을 못 가리고 있군. 튀자.'

뭔가 일이 터질 조짐이 보였다. 공연히 중간에서 입장이 난처할 것 같자 무영은 자리를 피하기로 했다.

"하하하, 틀린 말은 아니잖소? 그리고 그렇게 나쁜 욕도 아닌데……. 자자, 어디 가서 술이나 한잔합시다.”

학예춘은 끝내 현실감을 찾지 못했다.

‘음, 끝내 자신의 무덤 자리에 삽질을 하는군.’

무영은 갑자기 학예춘이 불쌍해졌다.

어려서부터 성숙파파 밑에서 혼자 생활해서 그런지 곡완주는 의외로 고집과 강단이 있었다. 더구나 요새 자신에게 검술을 가르치고 있으니 그러지 않아도 괴로운 판국에 말린다고 나섰다가 괜히 미운털이 박혀 검술 시간에 당하고 싶지 않았다.

두 사람 사이에 다툼이 생기면 어느 편을 들어야 할지 난감하던 그는 재빨리 나서며 말했다.

“험험, 이거 나는 급한 일로 잠시 다녀올 곳이 있으니 두 사람은 오해를 풀도록 하시오.”

무영이 얼른 자리를 피했다.

자리를 벗어나며 생각하니 은근히 학예춘이 걱정되기는 했다.

학예춘은 아직 자신이 매일 목검으로 찜질을 당하는 것을 모르고 있었다. 그래도 요즘은 곡완주가 신경을 써주는 건지 자신의 검술 실력이 늘었는지는 몰라도 좀 덜 맞았다.

화급히 자리를 떠나면서도 그는 곡완주의 얼굴에 알 듯 모를 듯한 미소가 스치는 것을 놓치지 않았다.

‘친구, 미안허이. 하지만 내가 도울 일은 없다네.’

곡완주의 얼굴에 떠오른 미소의 강도로 보아 학예춘이 당할 고초의 정도가 짐작되기는 했다.

다음날 만난 학예춘의 기묘한 걸음걸이를 본 무영은 자신의 예상이 틀리지 않았음을 알고는 묘한 쾌감을 느꼈다.

"학 형, 어째 걸음이 이상하오?"

한 발 내디딜 때마다 뭔가 부족한 감이 드는 묘한 불균형, 마치 화장실에서 뭔가를 놓친 듯한 어정쩡한 그 자세, 얼굴에 나타난 썩은 미소하며 자신의 불행을 감추려고 애쓰는 학예춘의 속마음을 짐작하고도 남았다.

"핫핫핫, 요새 새로운 무공을 수련하다 보니……."

어색한 웃음에 당황한 얼굴.

곡완주는 딴청을 피우고 있고 학예춘은 가급적 그와 눈을 마주치지 않으려는 것이 보였다.

"좀 쉬지 않고."

"하하하, 젊은데 이 정도쯤이야."

무영이 위로의 말을 건네자 학예춘이 곡완주의 눈치를 슬쩍 살피며 말했다. 그는 무영 앞에서 건강을 과시하듯 팔을 흔들다 어디가 결리는지 '윽' 하며 얼굴을 찌푸렸다.

'음, 강제로 동원되었군.'

"좀 특이한 무공인가 보구려. 아무튼 그 새로운 무공이라는 걸 빨리 완성하기를 빌겠소."

무영은 조속히 완쾌되기를 빈다는 뜻으로 그렇게 말했다.

그래도 얼굴은 말짱한 것을 보니 곡완주가 신경을 써준 것은 틀림없었다.

제13장 **강호로 가자**

달뢰가 신혼을 즐기고 있는 지도 거의 한 달이 다 되었다.

연화와 깨가 쏟아지는 그를 보니 자신을 기다리고 있을 아라 공주 생각에 잠을 이루지 못하는 밤이 부쩍 늘어났다.

무영은 아침에는 곡완주에게 검술을 배우고 낮에는 묵환을 이용한 공격과 방어술을 연습했다. 가끔 저녁이 되면 영춘루에 가서 나 태감이 맡긴 책을 찾아오면서 그곳에 대금을 맡겼다. 이제 그와의 거래는 꾸준히 이루어져 그간 모은 책자만 해도 수십 권에 이를 정도였다. 책값은 선문학관을 운영하면서 나오는 수입으로 모인 은자로 지불했다.

그동안 묵환을 가지고 꾸준히 연습한 터라 전에는 고정 표적을 향해 기를 방출시키는 데도 약간의 시간이 필요했으나 이제는 움직이는 표적도 전에 비해 훨씬 쉽고 빠르게 맞출 수 있었다.

한동안 청해삼호의 술안주 거리로 잘 구워진 참새가 올랐는데 주로 별채를 지나가는 참새를 표적으로 해서 집중적으로 묵환공 운용을 연습한 덕분이었다.

"핫!"

픽!

기합과 동시에 홍광(紅光)이 뻗어 나가 참새를 적중시켰다.

처음에는 내력을 조절하지 못해 시커멓게 태워 버리는 통에 술안주로 먹을 수도 없었지만 이제는 마치 요리를 하듯 기술적으로 털만 태워 버려 땅에 떨어지기 전에 얼른 받아 소금만 뿌리면 훌륭한 술안주가 되었다.

북경의 참새들에게 대학사 댁 별채는 거의 마(魔)의 삼각 지대 같은 곳이었다. 자기들끼리도 무슨 연락이 있었는지 어느 날부터 참새도 더 이상 보이지 않았다. 대학사 댁 상공만 지나가면 사정없이 묵환표 미사일에 격추되니 아무리 지능이 낮은 참새라도 제 죽을 곳은 피해 가는 모양이다.

"성안에 참새가 씨가 말랐나? 젠장, 한 마리도 지나다니지 않으니 이제 뭘로 연습하나?"

앞마당에 나와 아무리 참새가 지나가기를 기다려도 소용이 없자 무영이 무심코 한마디 던지며 사방을 둘러보았다.

으르르르…….

그 말이 끝나기 무섭게 멍멍이라고 이름을 붙인 강아지가 꼬리를 말고 마루 밑으로 튀었다. 멍멍이는 남우선이 데려간 멍구를 대신해 미랑이 어디선가 얻어온 강아지였다.

젖을 갓 뗀 녀석을 귀여워해 가며 몇 달 키웠더니 이제는 주인의 눈빛만 봐도 생각을 알았다.

안채는 정신없이 움직였다.

미랑은 아들이 떠나기 전에 얼른 혼처라도 정해두려는 주설하의 부탁으로 성 내 이 집 저 집을 둘러보며 마땅한 규숫감을 찾고 있었다. 미랑은 마치 자기 아들을 장가보내는 심정으로 일하고 있었다.

대학사 댁 자제 분이라는 이름 하나만으로도 사방에서 연락이 들어왔다. 이런 일에 빠질 수 없는 뒷조사를 하는 일로 미랑은 발이 열 개라도 모자랄 지경이었다.

다행히 그동안은 몇 년 만에 눈을 펑펑 쏟아내는 혹한의 겨울이라 도련님의 외유(外遊)가 연기되기는 했지만 벌써 초봄으로 접어들고 있었다. 곧 길을 떠나실 테니 서둘러야 했다.

마음이 급해진 미랑은 정말 바쁘게 움직였다.

이름만 대면 알 만한 아무개 대감 댁 맏딸, 모모 대감 댁 셋째 딸 등, 북경에 혼기가 찬 딸 가진 부모가 이리도 많은 줄은 예전에 미처 몰랐었다.

이리저리 매파들이 분주히 오가며 다리를 놓기는 했지만 막상 뒷조사를 해보면 얼굴이 좀 빠진다든가, 성격이 포악하다든가, 조상 중에 문제가 있는 사람이 있든가 하는 미진한 점이 꼭 있었고 대충 삼박자가 맞는다 싶으면 좋지 않은 뒷소문이 있는 경우가 많았다.

하나 있는 아들 장가보내는 마당이니 주설하가 따지는 것은 한두 가지가 아니었다.

아들이 하미왕국의 공주와 염문이 어떻고 혼사가 어떻고 한 말을 그저 젊은 애들의 불장난이거나, 아니면 아들이 좀 과장했거나 하는 정도로 듣고 있었기에 한 귀로 듣고 한 귀로 흘려 버렸다. 게다가 사실이라

해도 아무리 공주라고는 하나 오랑캐 여자라 그런지 그리 탐탁지 않았기에 모른 채 덮어두고 혼사를 추진하고 있었다.

이리저리 고르며 시간을 끌다 보니 벌써 아들 녀석이 집을 떠나겠다고 찾아왔다.

"애야, 조금만 있다가 떠나려므나. 어미가 사방에 알아보고 있으니 어디서 마땅한 규숫감이라도 찾아 혼처라도 정한 후에 떠나는 것이 낫지 않겠니?"

"예? 저는 아라 공주와 결혼을 한다니까요?"

난데없는 무영은 혼처 얘기에 혼비백산했다. 자신만 믿고 찌찌를 내주고 기다리는 아라 공주는 어쩌란 말인가?

"뭐라고? 아니, 그럼 그게 지나가는 말로 한 소리가 아니란 말이냐?"

주설하는 저번에 무영이 얘기할 때는 그저 아들이 별 탈 없이 다시 돌아와 준 것만으로도 고마워서 다른 얘기는 깊이 새겨듣지 않았었다.

"그럼요. 일단 이번에 나가서 데려올 테니까 한번 보시고 말씀하세요."

무영은 어머니가 보기만 하면 단번에 승낙하리라고 자신하고 있었다. 그렇게 아름답고 사려 깊은 여자는 자기가 생각해도 찾기가 어려울 터였다.

'보시면 무조건 오케이라니까요.'

게다가 아무리 오랑캐라고 해도 공주가 아닌가? 하미에 가면 자신은 부마에 대장군이었다.

"그럼 일단 데려오기나 해보거라."

설마 일국의 공주를 데려오랴 싶었고 만에하나 사실이라면 며느릿감이니 반드시 살펴볼 필요가 있었다.

다음날 황영기에게 작별 인사를 하려고 섬서 회관을 방문한 그는 침울한 표정으로 바삐 오가는 회관 상인들의 모습을 보고는 뭔가 일이 생겼음을 직감했다. 모두들 짐을 꾸리는 것이 마치 이사 가는 사무실처럼 보였다.

큰일이 터진 것이 틀림없었다.

"무슨 일이 생겼습니까?"

내실에서 혼자 뒷짐 지고 서성이는 황영기를 찾은 무영이 물었다. 황영기는 물끄러미 무영을 보며 말이 없었다.

무영은 말없이 탁자 한구석으로 가 앉았다. 그동안 이삼 일에 한 번씩은 와서 중원 상방의 얘기며 상술에 관해 듣고 배웠기에 이제는 상당히 친해진 사이였다.

"우리 상방도 당분간 문을 닫아야 할 것 같네."

"예?"

깜짝 놀란 무영이 물었다. 그동안 힘들다 힘들다 하면서 다 떠나도 자신만은 총행두님 밑에 남아서 섬서 상방이 다시 옛 영광을 찾는 데 일조하겠다던 그였다.

"오늘 아침 개봉에서 연락이 왔네. 며칠 전 총행두님을 비롯한 상방의 수뇌 급 십여 명이 강도를 만나 모두 목숨을 잃었다고 하네."

"어떻게 그런 일이……."

"관아에서는 단순 강도 사건으로 보고 있다고 하더군. 그게 말이 되는가?"

황영기의 이마에 핏줄이 돋았다.

"상방의 간부 열 명이 다른 곳도 아니고 개봉성 안에서 칼에 맞았는데 그게 강도들의 짓이라니? 허허허."

몇 해 전부터 섬서 상방을 덮고 있던 먹구름이 장대비가 되어 상방을 후려쳐 대들보마저 쓰러뜨리고 있었다.

주먹을 쥔 황영기의 두 손이 부르르 떨리고 있었다. 작달막한 키에 풍채 좋고 넉넉한 인심이 가득해 마치 복두꺼비 같던 그의 얼굴도 생판 딴사람으로 변해 있었다.

"당분간 이곳은 폐쇄될 걸세. 내가 직접 개봉 총방(總幇)으로 가보려고 하네."

"폐쇄요?"

"총방의 수뇌부가 모두 죽은 마당에 회관이 무슨 일을 할 수 있겠나? 더구나 중원의 각 지부들이 속속 문을 닫는 형편이니 더 이상 열고 있을 필요도 없네. 그동안 자네들을 가르칠 수 있었던 것도 사실은 할 일이 많지 않았기 때문일세."

"언제 떠나실 계획입니까?"

"내일 바로 떠나려고 하네. 자네들도 곧 서안으로 간다고 하지 않았나? 같이 갈 수 있으면 좋겠군."

기왕 떠나야 한다면 같이 가고 싶었다.

"그럼 저도 얼른 가서 준비하겠습니다. 사실은 작별 인사를 드리려고 들렀습니다."

"자네가 같이 떠나준다면 그보다 좋은 일이 없겠지. 사실 손이 좀 모자란다 싶었네."

황영기는 상자 속에서 기름종이에 싼 두툼한 것을 꺼내 무영에게 보여주었다.

"염인일세."

황영기의 짤막한 대답에 무영이 궁금한 표정을 지었다.

그는 염인에 대해 설명해 주었다.

염인(鹽引)이란 각 변방의 상인들이 변경에 주둔하는 군대의 식량 창고인 변창(邊倉)에 양식을 운반해 주고 대신 군대에서 창초(倉鈔)라는 물품 인수증을 받아 소금 생산지에서 소금의 생산 및 관리를 담당하는 관청인 도전염운사사(都轉鹽運似司), 또는 염과제거사(鹽課提擧司)로 가져가서 받는 소금 판매 허가증이었다.

양곡을 운송한 변경 상인들은 염인에 기재된 수량만큼 염전에서 소금을 인수받아 판매할 수 있었다. 소금은 철 등과 함께 나라에서 철저히 관리하는 물품으로 염인은 곧 은자와 같이 취급됐다.

"그런데 웬 염인이 이렇게 많이 여기 있습니까?"

"휴, 그러니 문제지. 관청에서 일부 상인들과 짜고 염인을 남발해 염전에서 염인을 선별적으로 받고 있다네. 다시 말해 배경이 있는 상인들의 염인만 인수해 소금과 바꾸어준다는 말이지."

어디에나 있는 것이 부정 부패와 썩은 관리였다.

황영기는 무영을 보며 말을 이었다.

"지금은 쓸모없는 휴지가 되었네만 힘들게 투자해서 받은 염인이니 버리기는 아깝고 해서 그렇게 모아만 두고 있다네. 혹시 조정에 줄이라도 댈 수 있다면 그게 다 은자 아닌가?"

그 심정이 이해가 갔다.

"자그마치 백오십만 냥이 조금 넘는다네. 우리 상방을 허덕거리게 만든 애물단지지만 노리는 놈들이 있을지 몰라 불안하던 차였네. 자네가 맡아 총방으로 가져가 주었으면 하네."

상인인 자기보다는 대장군 출신인 무영이 든든해 보이기도 했고 전임 대학사의 아들인 그가 가지고 있으면 웬만한 도적들도 함부로 노리지는 않을 것이라는 생각이었다.

"알겠습니다."

무영이 불안해하는 그의 마음을 읽었다.

무영은 변대길을 불렀다. 남의 눈도 있고 해서 변대길은 저녁 늦게 미리 잡아놓은 객방으로 왔다.

"그동안 받은 정보를 보니 어째 다 시원찮은 것뿐인데 진짜 중요한 정보는 숨기고 있는 것 아니오?"

무영이 웃는 얼굴로 말했다. 몇 달 사이에 꽤 친해진 처지라 그런대로 반말은 삼가고 있었다.

"아이구, 공자님, 그럴 리가 있겠습니까? 제가 받는 정보는 죄다 알려 드리고 있습니다."

변대길은 펄쩍 뛰었다.

"이번에 내가 강호에 나가보려고 하는데 아무래도 초출이니 가는 곳마다 각종 정보가 필요할 것 같아서 그러는데 좋은 방법이 있겠소이까?"

"제가 누굽니까? 걱정하지 마십시오. 정보가 필요하시면 하오문 분타를 찾으십시오."

변대길은 품속에서 영패를 꺼냈다.

"북경 분타 정보 분석실 소속으로 해두었으니 신분이 탄로날 우려는 없을 것입니다."

검은색을 칠한 목패였는데 앞면에는 하오문, 뒷면에는 밀삼호(密三號)라고 쓰여 있었다.

"검은색은 정보 분석실 소속을 나타내고 밀(密)은 신분이 기밀에 속한다는 것이지요. 숫자가 낮을수록 직위가 높습니다."

"이런 걸 다 준비해 주시다니 정말 고맙소."

"제게 전하실 말씀이 있으면 각 분타마다 전서구가 있으니 그걸 이용하시면 됩니다."

그런 그가 진심으로 고맙게 느껴졌다.

"우리 아저씨들, 돈은 갚았나요?"

회심루에서 훔친 전표에 대해 물은 것이었다.

"대충 천 냥 정도는 마련했는데 요새 큰 건수가 없어 시간이 더 필요합니다."

변대길이 머리를 긁적이며 말했다.

아무리 분타주라고는 하지만 총단 몰래 빚 갚을 돈을 모으려니 쉽지 않았다.

"하하하, 나머지 천 냥은 제가 이 영패 값으로 쳐 드리죠."

그 정도 값어치는 충분히 있다고 생각했다.

"어이구, 고맙습니다, 공자."

변대길의 허리가 정말 정중하게 숙여졌다.

"강호에 나가면 스승님을 잊지 말고 찾아뵈어라."

아버지의 당부였다.

부모님께 하직 인사를 마친 무영은 청해삼호와 함께 말 세 필에 나누어 타고 또 한 필의 말에는 짐을 싣고 하여 황영기와 약속한 장소로 갔다. 곡완주는 작은 보퉁이를 허리에 매고 검만 한 자루 달랑 든 채 그들의 뒤를 따랐다.

　조씨 형제에게는 미리 기별을 해두어 아예 서안에서 만나자고 약속해 두었다. 양문에 있는 녀석들을 북경으로 불러서 함께 모여 가면 녀석들에게는 두 번 걸음이 되니 공연히 피곤하게 만들 필요가 없었다.

　같이 길을 따라나서려는 학예춘에게는 나 태감에게 받은 책자를 항주에 계시다는 남우선 스승 댁까지 운송해 달라고 부탁하고 반 년 후에 그곳에서 만나기로 약속했다. 이번에 중요한 일은 곤륜파의 일이었기 때문에 동행하는 것이 그리 내키지 않았다.

　회관의 상인들까지 합류해 그럭저럭 열댓 명 정도가 되는 그들 일행이 개봉 근처에 도착한 것은 북경을 출발한 지 보름이 다 되어갈 무렵이었다.

　홍수를 막기 위해 황하를 따라 만든 제방을 거슬러 올라가는 길에 본 황하는 굽이굽이 곳곳에서 포효하며 넘실대는 것이 정말 장관이었다. 한 치의 물속도 보여주려 하지 않는 듯, 누런 토사를 머금은 황톳물이 위태하게만 보이며 오가는 배들을 감싸며 빠르게 지나갔고 거친 물결을 만난 배는 그때마다 심하게 출렁댔다.

　"겁나겠네요."

　무료했던 무영이 황영기를 보며 지나가는 투로 말했다.

　"웬만큼 익숙하지 않은 뱃군들은 감히 황하에서 배를 몰 엄두도 내지 못한다네. 언뜻 보기에는 한줄기 강물로 보이지만 사실은 저 물속에도 길이 있어 자칫 그 방향을 잃으면 어김없이 강바닥으로 빨려 들어가지."

　그 말에 무영이 입을 딱 벌렸다.

　"겁이 많으십니다, 공자."

　곡완주였다.

길을 떠나 한동안 검술을 가르치지 않으니 좀이 쑤시는지 한마디 했
다. 무영은 못 들은 척했다. 그래도 자기를 지켜주려고 먼 길을 따라나
서지 않았던가.

황영기가 묘한 눈으로 그들을 보았다.

소개받기는 호위무사라 했는데 어째 무영이 쩔쩔매자 이해를 못했
지만 오면서 한누 번 본 일도 아닌지라 못 본 체했다.

"다 왔다고 긴장 풀지 말고 항상 조심하게. 아무래도 이번 길은 순
탄치만은 않을 것 같았는데 너무 쉽게 온 것 같네."

상방에 각종 악재가 겹쳤는지라 황영기는 가면서도 계속 신경이 곤
두서 있었다.

"저기 마을이 있습니다."

달우가 멀리 보이는 인가를 가리키며 말했다. 가뜩이나 내성적인 그
는 연화와 헤어져 길을 나선 것이 못내 마음에 걸리는 듯 혼자 생각하
는 시간이 많았다.

"구탄(歐坦)이라는 마을일세. 저 마을이 보이면 개봉이 사십여 리 정
도 남았다는 얘기지."

이런 시골 마을까지 꿰고 있는 그가 달리 보였는지라 무영은 새삼
그의 얼굴을 쳐다보았다.

"상인이 길을 몰라서야 안 되지. 이 길은 젊어서 수십 번도 넘게 지
나던 길일세."

황영기는 그의 생각을 읽었는지 그렇게 말했다.

"엇, 저게 뭐야?"

이런저런 얘기를 나누며 마을을 향해 가고 있는데 곡완주가 마을에
서 조금 떨어진 숲을 보며 말했다. 마을로 들어가기 위해서는 지나쳐

야 하는 곳이었다.

모두들 자세히 보니 멀리서 싸움이 벌어지고 있었다.

"일단 이곳에 있다가 싸움이 끝나면 지나가세. 공연히 무림인들의 싸움에 휘말리다가는 목이 열 개라도 모자라지."

그런 경험이 많은 황영기는 태연하게 말했다.

"싸움이 아니라 도살이군요."

곡완주였다.

그녀는 고수답게 상당히 떨어진 이곳에서도 싸움의 진행을 읽고 있었다. 무영과 청해삼호도 그것을 보았다.

삼십여 명은 되는 사람들이 달아나고 있었는데 그 뒤를 십여 명의 검은 복면을 한 무사들이 쫓으며 주살하고 있었다. 도망가는 사람들도 무공은 익혔는지 몇 명이 막아서며 동료들이 달아날 동안 시간을 벌어 주려 하는 것 같았는데 무공의 차이가 있어 하나둘씩 차례로 피를 뿌리며 죽어갔다.

"오래 버티지 못하겠는데요?"

달운이 안됐다는 듯이 말했다.

"달아나는 사람들은 상인 같네요."

곡완주는 세심히 관찰했는지 그렇게 말했다.

"뭐라고 했소?"

잠시 앉아서 쉬던 황영기가 용수철처럼 자리에서 튀어오르듯 일어나며 말했다.

'아차.'

황영기의 행동에 모두 안색이 변했다.

무영과 청해삼호가 말을 몰아 내달았고 뒤늦게 싸움판을 구경하던 곡완주가 뒤를 따랐다.

복면인들은 말발굽 소리와 함께 무영 일행이 나타나자 우두머리로 보이는 사내가 나섰다.

"한 패가 아니라면 꺼져라."

그는 날카로운 눈매로 말했다.

"백주에 살인을 하다니, 황법이 무섭지도 않느냐?"

맏이 격인 달운이 나섰다.

"흐흐흐, 황법보다는 칼이 가깝다는 것을 모르는구나. 꺼질 테냐, 아니면 같이 죽을 테냐?"

무영은 그 말에는 대꾸도 않고 쫓기던 사람들을 둘러보았다. 이미 포위되어 달아나기를 포기하고 원진을 만들어 버티고 있었다.

"강도들이오. 도와주시오."

그중 한 명이 그렇게 말했다.

"아니오. 모른 체 가시오. 괜히 당신들까지 죽음으로 몰 수는 없소. 이자들의 무공이 보통이 아니니 도와줄 생각일랑 마시고 그저 목숨이나 부지해 가시오."

일행 중 나이가 많아 보이는 사람이 손을 내저으며 어서 가란 듯이 말했다.

바로 그때 황영기가 상인들과 함께 말을 달려 도착했다.

"아니, 자네는 장번하 아닌가?"

그는 놀라는 표정으로 말했다.

"행두어른, 어서 피하십시오. 보통 놈들이 아닙니다."

놀라기는 쫓기던 사람들도 마찬가지였다.

무영 일행에게 피하라고 소리 지르던 그는 황영기 등의 도착에 오히려 절망적인 표정을 지었다.

"아, 하늘이 우리 상방을 여기서 끝장내려나? 그래도 마지막으로 황 행두어르신을 믿고 죽을 수 있었는데."

하지만 이들이 말을 나누는 순간 벌써 한 패임을 눈치 챈 복면인들이 모두를 포위한 형태로 진세를 갖추었다.

"이미 늦었다. 한 놈도 빠져나가지 못한다. 행두가 있다고? 하하하, 뜻밖에도 대어를 건졌구나."

상관 말고 떠나라고 협박하던 자였다.

창!

성미 급한 곡완주가 검을 뽑았다.

그 소리를 신호로 무영과 청해삼호도 무기를 빼 들었다.

"하북팽가가 어째서 우리 섬서 상방 사람을 상하게 한다는 말이오?"

오호단문도(五虎斷門刀)!

복면인들이 하나같이 들고 있는 오호단문도는 하북팽가의 문인임을 나타내는 병기였다. 황영기가 한눈에 복면인들이 하북팽가의 문인들임을 알아본 것은 그것 때문이었다. 아마도 병기까지 감출 생각은 하지 않은 것 같았다. 정체를 숨기려면 얼마든지 다른 병기를 들고 나올 수도 있겠지만 상대를 대수롭지 않게 여기고 있다는 것이 분명했다.

"흐흐, 한 놈도 살아 돌아가지 못한다."

무영이 곡완주의 얼굴을 힐끔 보았다.

무심결에, 그러나 그 눈길은 마치 호위무사가 하는 일이 무어냐고 하는 질책같이 보였다.

곡완주의 얼굴이 붉어졌다.

그는 다짜고짜 검을 휘두르며 앞으로 달려나갔다.

“으악!”

갑작스런 공격에 대충 칼을 마주하며 막으려던 복면인 하나가 속절없이 목에 피를 뿌렸다. 그러나 그건 시작일 뿐이었다. 몸을 날린 곡완주는 단숨에 세 명을 죽였다.

멀찌감치 포위망을 구축하고 있던 복면인들이 그걸 보고는 포위망을 풀고 일제히 그를 향해 몸을 날렸다.

“억!”

“끄악!”

“컥!”

순식간에 또 세 명의 복면인들이 칼을 허공으로 내던지며 죽어갔다. 무영이 보기에도 곡완주의 검술은 신기에 가까웠다.

그는 칼을 휘두르며 달려드는 적의 허점을 한눈에 파악하고 정확히 허점을 보고 검을 날리고 있었다. 순식간에 여섯을 죽였으니 끔찍하게 여길 법도 하지만 사람들은 그녀의 환상적인 검술에 거의 넋을 잃고 있었다.

“퇴각하라!”

너무나 충격적이었는지 우두머리는 남은 복면인들을 향해 소리 지르며 달아났다.

“흥!”

그러나 곡완주의 코웃음 소리가 들렸나 싶더니 지면을 박차고 날아오르며 그대로 그자의 등에 일검을 그었다.

“으악!”

그는 미처 뒤돌아볼 겨를도 없이 그대로 지면에 몸을 처박으며 죽음을 맞이했다.

나머지 복면인들도 곡완주의 검을 피하지는 못했다. 그녀는 경공을 전개하며 달아나는 복면인들을 차례차례 주살했다.

순식간이었다.

"이렇게 모두 죽일 필요까진 없었는데……."

황영기도 너무했다 싶었는지 지나가는 말로 한마디 했다. 눈앞에서 십여 명을 주살하는 광경은 처음 보았던 것이다.

"그럼 저 사람들이 복면인들에게 죽도록 내버려 뒀어야 한다는 말입니까?"

곡완주는 싸늘한 눈매로 그를 보며 말했다.

"내 말은 그게 아니라 그냥 제압만 해도 되지 않았나 하는 말이오."

"언젠가는 다시 칼을 들고 죽이려고 덤빌 텐데 무엇 때문에 살려둬야 한다는 말입니까?"

곡완주도 지지 않았다.

"완주, 그만 하시오."

보다 못한 무영까지 나서자 곡완주는 무표정한 얼굴로 돌아섰다.

황영기는 고개를 절레절레 흔들었다.

"행두어른, 절대 개봉에 들어가시면 안 됩니다. 지금 관부에서 우리 섬서 상방 사람들을 불문곡직 잡아들이고 있습니다."

장번하가 말했다.

"그게 무슨 소린가?"

"관부에서 지난번 우리 상방의 수뇌진이 죽은 것을 강도를 당했다고 발표했다가 사람들이 믿지 않자 이번에는 섬서 상방의 내분으로 몰아 우리끼리 서로 죽인 것이라며 상방 사람들을 잡아다 무조건 고문해서 강제로 실토하게 만들고 있습니다."

한마디로 대충 강도 사건으로 처리해서 덮어두려다 민심이 술렁거리니 상방 내분으로 사건을 몰고 가고 있다는 것이었다.

"저런 괘씸한 놈들이 있나. 그래, 잡혀간 상방 사람들은 몇이나 되는가?"

"제가 떠나올 때까지 삼십여 명이 조금 넘는 것으로 알고 있는데 벌써 이틀이 지났으니 더 늘었을 겝니다. 게다가 고문을 이기지 못해 관부에서 미리 준비한 각본대로 실토하는 사람들도 있다고 들었습니다. 저는 마침 개봉부 관아에 아는 사람이 있어 미리 귀띔을 받고 이리 도망 와서 나머지 상방 사람들을 규합하여 북경 회관으로 가려던 참이었습니다. 그런데 그 사실이 놈들의 귀에 들어간 것 같습니다."

황영기의 얼굴빛이 파랗게 질렸다.

보이지 않는 손이 서서히 윤곽을 드러내며 이제 섬서 상방의 뿌리마저 뽑으려 하고 있었다. 기가 막힌지 한동안 말을 잊고 멍하니 서 있던 그는 겨우 정신을 추스르고는 말했다.

"일단 자네가 묵고 있는 곳으로 가세. 그곳에 가서 죽은 사람들을 수습한 후에 자세한 얘기를 나눔세."

남은 상인들이 죽은 동료들을 들쳐 메고 마을로 향했다.

다친 사람은 부축을 받아 겨우 마을 어귀에 도착한 후 적당한 곳에 땅을 파고 묻어주었다.

"죽은 사람들한테는 미안하기 그지없지만 나중에 다시 후히 장사를 지내주기로 하지."

이미 쫓기는 몸이 되어버렸는지라 어쩔 수 없었다. 황영기를 비롯한 동료 상인들은 눈물을 흘리며 돌아섰다.

장번하(張繁河)는 총방에서 출납를 맡고 있는 회계원이었다. 그는 안면이 있는 이곳 촌장이 마련해 준 마을에서 조금 떨어진 한적한 빈집에 머물고 있었다.

"하북팽가가 이렇게 노골적으로 우리를 적대시하고 있는 줄은 몰랐네."

좁은 방에서 대충 자리를 잡고 앉자 황영기가 입을 열었다. 총방에서 오는 연락으로 돌아가는 상황은 들어 알고 있었다.

"제가 일단 성안으로 들어가 보겠습니다."

무영이 나섰다. 모두 성 밖에서 말만 하고 있다고 되는 일이 아니라 생각했다.

"일단 거처를 옮기시지요. 이곳은 위험합니다. 정주성이나 서안으로 가서 머무르시는 편이 낫겠습니다."

그렇지 않아도 무공이 시원찮은 황영기가 오히려 더 걱정스러웠는데 장번하가 나서며 말했다.

"하지만 그쪽으로 가려면 개봉을 거쳐야 하지 않습니까?"

달운이 말했다.

"개봉 남쪽 사십여 리 되는 곳에 주선진이라는 곳이 있습니다. 여기서 개봉성을 우회해 바로 주선진으로 해서 정주로 가면 되니 상관없습니다."

장번하가 손짓까지 해가며 대답했다.

"그게 좋겠군. 정주나 서안 쪽은 아직 우리 상방의 하부 조직이 탄탄하니 그게 낫겠네."

황영기는 무영을 돌아보며 말을 이었다.

"나는 주선진(朱仙鎭)으로 바로 가서 정주로 들어갈 테니 자네가 개봉으로 들어가 우리 총방 사정을 좀 알아주었으면 좋겠네."

“그럼 아저씨들과 함께 가십시오. 도중에 혹시 팽가장 사람들과 만날지도 모르니까요.”

무영이 청해삼호를 보며 말했다. 달운이 곡완주를 보더니 빙그레 웃으며 가볍게 고개를 끄덕였다. 곡완주는 무영과 단둘이 있게 되자 기분이 좋은지 못 본 체했다.

“고맙네.”

황영기는 신경을 써주는 무영이 고마웠다. 그는 무영과 열흘 뒤에 정주성에서 만날 것을 약속하고는 일행과 함께 먼저 길을 떠났다.

“공자, 몸 보중하시오.”

달운이 걱정해 주었다.

황하가 범람해 큰 피해를 입은 지 벌써 일 년이 다 되어가는데도 개봉 성안은 아직 복구가 되지 않았다. 홍수에 쓸려 죽은 사람들도 많았고, 논밭을 잃고 고향을 등진 사람도 많았는지라 거리에 다니는 사람들은 예상보다 적었으며 곳곳에 무너진 집터들만이 썰렁하게 자리하고 있었다.

주루로 들어가니 저녁이라 그런대로 손님들이 많았다. 간단한 소면과 소채에 술을 주문하고 기다리는데 옆 자리에서 손님들끼리 하는 말이 들려왔다.

“자네, 들었나? 오늘 아침에도 포목점을 하는 강씨가 잡혀갔다고 하네.”

중년의 사내 셋이 모여 술을 먹고 있었다. 주위를 의식한 듯 목소리가 크지는 않았다.

“흥, 속이 뻔히 보이는 수작이지. 지부(知府)라는 자가 한통속이 되어 그런 짓을 하다니.”

"쉿! 이 사람아, 누가 듣겠네."

"아, 들으면 어때? 내가 없는 소리 했나?"

말은 그렇게 했지만 사내의 목소리는 한층 낮아져 있어 귀를 기울이지 않으면 옆 자리에 앉은 사람도 알아듣기 어려웠다.

"벌써 칠십 명이 넘는다고 하네. 그 때문에 지금 성안에는 섬서 상방 소속 상인들이 점포를 급히 처분하려고 내놓은 매물만도 수십 개가 넘어 점포 가격이 바닥이라지?"

"시세의 절반에 내놓아도 팔지 못하고 있다 하더군."

"내가 산서 상방에 아는 사람이 있어 들었는데 점포 시세가 더 떨어지면 그때 가서 섬서 상방 사람들이 내놓은 점포들을 한꺼번에 사들일 속셈이라고 하더군. 이번 기회에 개봉을 독점하겠다는 수작이지."

그들은 주위를 둘러보며 낮은 소리로 소곤대듯 말하고 있었다.

그때였다.

"이봐, 어떤 놈이 그런 주둥이질을 해?"

멀지 않은 곳에서 술을 마시던 장한 세 명이 벌떡 일어나며 인상을 썼다.

모두 딱 벌어진 어깨에 허리에 칼을 차고 있는 것이 한눈에 보아도 무인들임을 알 수 있었다.

그들은 얘기를 나누던 사내들에게 다가가 대번에 멱살을 쥐고 일으켜 세웠다.

"켁, 켁, 아닙니다. 자, 잘못했습니다."

갑자기 살벌해진 주루 분위기에 다른 손님들은 슬금슬금 자리를 피했다.

"아이고, 팽가장(彭家莊)어르신네들이 계신지 모르고 이 사람들이 무슨 실수를 한 모양이니 넓은 아량으로 용서해 주십시오.”

손님들이 빠져나가자 장사를 망칠까 걱정이 된 주인이 사정도 모르고 황급히 나서며 대신 용서를 구했다.

“뭐야? 그럼 우리가 없을 때는 그 따위 헛소리를 해도 된다는 말이야?”

장한의 발이 날았다.

픽!

“어이쿠!”

쿠당탕!

장한의 발길질에 주인이 옆구리를 맞아 나가떨어지며 때마침 무영에게 술과 소채를 담아오던 점소이를 자빠뜨렸다. 그 바람에 사방에 음식물이 튀며 순식간에 주루는 아수라장이 되었다.

“이봐, 당신들이 무슨 짓을 하든 상관할 바는 아니지만 우리가 먹을 음식이 당신 때문에 쏟아졌으니 어떻게 할 셈이야?”

여러모로 심사가 불편해 있던 곡완주가 나섰다.

“뭐야? 계집애같이 생긴 어린 놈이 죽고 싶어 나서는 게냐?”

빡!

쿠당탕!

가장 듣기 싫어하는 말을 단숨에 쏟아내자 곡완주의 발길질이 보이지 않을 정도로 빠르게 날아 사내를 구석으로 처박았다

남은 장한들의 안색이 변했다.

그들은 재빨리 칼을 빼 들고는 말도 없이 곡완주를 덮쳤다. 한눈에 보기에도 상당히 숙련된 동작이었다.

빠박!

곡완주가 검집째로 장한들의 이마를 각각 후려쳤다. 사내들은 눈동자가 풀리더니 마치 술에 취한 사람처럼 비틀대며 제자리에 무너졌다.

퍽퍽.

계집애 같다는 소리에 아직 분이 다 풀리지 않았는지 넘어진 사내들에게 발길질을 멈추지 않았다.

사내들은 이미 정신을 잃었는지 꿈틀대기만 할 뿐 비명조차 지르지 못했다. 그 광경에 남아 있던 몇몇 간 큰 손님들마저 눈이 둥그레지더니 모두들 밖으로 달아나 버렸다.

"완주, 그만 하시오."

그대로 두었다가는 큰 사고를 칠 것 같아 얼른 나서서 말렸다.

점소이들이 황급히 나서 사내들을 부축해 의자에 앉혔고, 잠시 후 정신을 차린 그들은 찍소리도 못한 채 서로 부축해 가며 밖으로 달아났다.

"귀찮은 일이 생길 것 같은데……."

"어차피 팽가장 놈들은 이제 적이 아닙니까?"

곡완주는 한마디도 그냥 넘어가지 않았다.

쾅!

과연 그 말대로 다시 마련된 소면과 소채를 다 먹어갈 무렵 요란하게 주루의 문을 부서져라 발로 차며 들어서는 무리들이 있었다.

앞장 선 놈들은 아까 실컷 두드겨 맞은 놈들이었고 그 뒤에는 태양혈이 우뚝 튀어나와 한눈에 보기에도 외공을 제법 수양한 티가 나는 거구의 중년 사내가 있었다.

"어떤 놈들이 팽가장을 우습게 여겼느냐?"

다른 주루 손님들은 이미 모두 자리를 비웠기에 넓은 주루 안에는 두 사람만 있었지만 은근히 팽가장을 내세워 위세를 보이려는 듯 목소리에 힘이 들어가 있었다.

"싹싹, 후루룩."

두 사람은 그 말이 안중에도 없다는 듯 그릇을 비우기에 여념이 없었다.

중년인의 눈에서 불꽃이 일렁거렸다.

"팽가장 외삼당주 벽력권(霹靂拳) 팽산(彭山)이라 하오. 당신들이 우리 애들에게 손찌검을 했소?"

자신을 소개하는 팽산의 말투는 한결 낮아져 있었다. 반응이 없는 무영 일행을 대하는 순간 상대가 녹록지 않다는 것을 알았던 것이다. 강호에서 잔뼈가 굵은 지 이십 년도 넘은 그였다.

"흥, 아직 개봉에서 팽가장 사람들에게 이토록 무례하게 대하는 자들은 없었소."

두 사람이 아무런 대꾸도 않자 분통이 터져 나서려는 수하들을 팽산이 점잖게 한 손으로 제지하며 말했다.

이미 팽가장 사람임을 밝혔는데도 상대는 반응이 없었다.

그는 재빠른 눈길로 무영 일행을 살폈다. 팽가장이 하북에서 이름을 얻고 있다고는 하지만 숱한 기인이사들이 백사장 모래알만큼이나 많은 곳이 강호였다.

귀티 나는 젊은이에 이쁘장하게 생긴 앳된 청년, 아무리 세상 물정을 몰라도 이런 험악한 분위기에서 조용히 앉아 식사만 하는 간 큰 놈들은 보지 못했다.

"어느 문파의 고제자시오?"

"장 모(張某)라고 하오. 명문 제자는 아니오. 귀 장의 사람들이 먼저 시비를 건 것이오. 팽가와는 아무런 은원이 없으니 우리 손속이 지나

쳤다면 사과하겠소.”

식사를 마친 무영이 일어서며 가볍게 포권했다.

'장 아무개라……?'

이름을 밝히기 싫다는 뜻이다. 팽산은 명문대파를 제외하고 무림에서 장씨 성의 고수를 떠올려 보았으나 마땅히 생각나는 사람이 없었다.

자신감이 생긴 그는 다시 목소리를 높였다.

“건방진 놈들, 하북팽가가 그토록 우습게 보이더냐?”

순식간에 말투도 바뀌었다.

“흥, 내가 손을 봤다! 어쩔 테냐? 하북팽가가 그토록 대단한 줄 미처 몰랐구나!”

곡완주가 성질을 참지 못하고는 벌떡 일어서 앞으로 나섰다.

“머리에 피도 마르지 않은 놈이!”

그는 자신의 말을 채 마치기도 전에 일장을 날렸다.

장력은 마치 태산처럼 뿜어져 나와 곡완주를 쓸어갔다. 일장에 기선을 제압하려고 십성의 전력을 기울였다. 모르는 상대와의 대결에서 가장 중요한 것은 첫 한 수였다.

팍!

곡완주의 손이 가볍게 흔들리는가 싶더니 허공에서 장력이 소리없이 사라졌다.

쏘아 보낸 장력이 사라지자 중심을 잃고 비틀거리던 팽산의 안색이 변했다. 벽력장은 무림에서 그의 외호로 통할 만큼 팽산의 이름을 높여준 자랑스러운 성명절학이었다. 그런데 스물 남짓의 꽃미남같이 생긴 젊은 놈은 가볍게 손을 흔들어 장력을 흩어버렸다.

팽산의 등줄기에 한기가 흘렀다.

‘음.’

보통 고수가 아니었다.

팽가장의 가주조차도 저토록 손쉽게 자신의 벽력장을 받아낼 수는 없었다. 노련한 강호의 매운 생강답게 그는 재빨리 머리를 굴려가며 상대의 무공에 대해 기억을 더듬었다.

상대의 장력을 가벼운 손질 한 번으로 흩트리는 수.

문득 자신이 강호에 막 출도했을 무렵 종적을 감추었다는 무림의 여고수가 생각났다.

‘산화수(散花手)!’

그의 눈빛이 가볍게 떨렸다.

“성숙해의 기인과는 어찌 되는 사이요?”

삼십 년을 넘게 강호를 떠돌며 변심한 애인을 찾아 헤맸다고 했는데 나이를 먹었어도 여전히 이십 대 중반으로 보였던 그녀의 미모를 탐낸 숱한 남자들은 모두 그녀의 검 아래 목을 잃었다고 했다.

혈마녀(血魔女)!

강호에서는 그녀를 그렇게 불렀다.

하지만 제자일지도 모를 놈의 면전에서 그렇게 부를 수가 없어 그냥 기인이라고 둘러 말했다. 확신할 수는 없지만 상대가 혈마녀의 전인이라면 손속을 나누기가 껄끄러웠다. 놈의 실력도 상달할 터이지만 자칫 잘못되어 놈의 사부라도 나서게 되는 경우가 오면 팽가장 전체의 일이 되는 수가 있었다. 혈마녀는 팽가장 전체가 나서도 쉽지 않은 상대였다.

“후후, 감히 네놈이 입에 올릴 이름이 아니다.”

‘역시!’

곡완주의 말에 팽산은 가슴이 덜컹 내려앉았다.

확신을 가지고 물은 말은 아니었다. 하지만 현실로 나타나니 기분이 더러웠다. 아들 나이밖에 되지 않는 어린 놈에게 그런 건방진 말투를 듣는다면 당연히 핏대가 올라 쳐 죽이려 들어야 정상이지만 감히 그러지 못했다.

그 마음이야 오죽할까?

팽산의 얼굴이 붉어지며 이마의 핏줄이 불끈거렸다.

거대한 체구에 분을 삭이느라 불끈거리는 핏줄 하며 마치 강제로 도살장에 끌려 들어가는 돼지를 연상케 하는지라 곡완주의 얼굴에 은근히 웃음기가 번졌다.

'알고 보니 곡완주의 출신 내력이 대단한 모양이구나.'

혈마녀에 대해 알지 못하는 무영은 내심 고개를 끄덕였다.

"젊은이가 무례하기 이를 데 없구나! 네놈이 아무리 성숙해에서 왔다고 해도 팽가장 또한 그리 만만한 곳이 아님을 보여주마!"

곡완주의 미소가 마치 비웃음으로 보였는지라 마침내 참지 못한 그가 칼을 뽑았다. 팽가장의 외삼당(外三堂) 총당주로서 더 이상 체면을 구긴다면 앞으로 무림에서 고개도 들지 못할 터였다.

'쯧쯧, 차라리 장력으로 계속하지.'

곡완주의 검술을 이미 몸으로 체득한 무영이 자리에 앉은 채 안타까운 눈으로 팽산을 보았다.

뒤에 서 있던 팽가장의 무사들은 이미 두 사람의 대화에서 자신의 당주가 열세라는 것을 눈치 채고는 모두 칼을 뽑자 좁은 주루 안은 일시에 충만한 살기로 뒤덮였다.

칼을 뽑아 든 팽산은 섣불리 공격하지 않았다.

아니, 할 수가 없었다. 상대의 자세는 온통 허점투성이였다. 그는 천천히 상대의 주위를 돌며 기회를 노렸다.

팽팽한 긴장이 주루 전체를 짓눌렀고 팽산의 이마에 서서히 땀방울이 맺혔다. 하지만 상대는 여전히 무표정했다.

"하앗!"

마침내 질식할 듯한 중압감을 이기지 못한 팽산의 칼이 허공을 갈랐다.

혼원십팔로(混元十八路).

무림에서 도법으로는 일가를 이뤘다고 인정받고 있는 하북팽가의 자존심인 혼원십팔로가 펼쳐졌다.

쇄— 액!

거구에 걸맞게 묵직한 도(刀)가 마치 장난감처럼 가볍게 휘둘러졌고 웅후한 도명(刀鳴)이 그 빈자리를 메웠다.

팽산의 도가 곡완주의 허리를 태산처럼 쓸어가자 무영의 눈이 커졌다. 자신보다 훨씬 검술이 고명한 곡완주를 믿고는 있지만 팽산의 한 수는 그만큼 위력적이었다.

곡완주는 그 흉험한 기세에 감히 맞부딪쳐 가지 못하고 몸을 가볍게 흔들어 뒤로 한 걸음 물러났다. 그러나 제일로의 도법에 이어 제이로가 펼쳐지며 그 뒤를 다시 제삼로가 받치며 이리저리 피하는 곡완주를 그림자같이 따르며 베어갔다.

하늘을 가를 듯한 날카로운 도기(刀氣)가 주루 안을 가득 메웠고 그 틈을 검광(劍光)이 메웠다. 너무나 엄청난 기세에 팽가의 무사들은 감히 끼어들 생각을 못하고 한구석으로 물러섰다.

"흥!"

곡완주는 계속 수세에 몰리자 코웃음 치더니 검을 휘둘러 팽산의 허점을 향해 베어갔다.

'하! 대단하다!'

교묘하게 상대의 검을 피해 허점을 노려가는 곡완주의 검은 보는 사람으로 하여금 손에 진땀을 쥐게 했지만 정작 당사자의 얼굴은 한 점 흔들림이 없었다.

검기와 도기가 한데 엉켜 주루 안은 온통 두 사람이 뿌려대는 예기가 가득했고 한 수의 손길마다 상대의 생사를 갈랐다. 지켜보는 사람들도 손에 땀을 쥐고 한 수 한 수에 몸을 떨었다.

혼원십팔로가 종장(終章)을 향하고 있었다.

웅후한 내력을 바탕으로 펼치는 패도적인 도법이기에 끊임없이 펼쳐 낼 수 있는 것이 아니다. 팽산의 호흡이 거칠어지며 안색이 눈에 띄게 붉어졌다.

"하압!"

그는 한 점의 내공까지도 쥐어짜 내듯 일갈하며 마지막 십팔로의 초식을 펼쳤다. 팽산은 그 한 수에 혼신의 모든 힘을 모았다.

'베었다.'

상대의 눈빛이 흔들리는 순간을 놓치지 않고 마지막 일도를 그었다. 자신의 애병 오호단문도가 상대의 어깨를 아래로 베어내리는 순간 칼과 함께한 수십 년의 경험이 말해 주는 자신의 감각을 믿었다. 하지만 그 감각은 끝까지 이어지지 않았다.

'헛!'

그가 허공을 베었음을 직감했을 때는 이미 목에 화끈한 느낌이 온 후였다. 순간 그는 죽음을 직감했고 두 다리는 몸을 더 이상 지탱하지 못하고 무릎을 꿇었다.

쿵!

팽산의 칼이 텅텅거리는 소리를 내며 주루 바닥으로 떨어지고 이어 육중한 몸이 무너지듯 쓰러지며 객잔 전체가 전율했다.

"원수를 갚자."

그의 죽음에 분노한 칠팔 명의 팽가장 무사들이 모두 칼을 휘두르며 곡완주를 덮쳐 갔다.

"으악!"

"억!"

그러나 곡완주가 검을 휘두를 때마다 그들은 차례로 한 명씩 쓰러져 갔다.

사람을 죽이는 것이 아니라 마치 예술품을 빚는 장인의 얼굴을 연상케 하는 그녀의 표정이 팽가장의 무사들에게 공포로 다가왔다. 마지막 남은 세 명의 무사들은 겁에 질린 표정으로 황급히 주루 문을 박차고 달아났다.

"살귀(殺鬼)다! 살귀가 나타났다!"

겁에 질린 그들은 정신없이 소리를 지르며 대로를 달렸다.

무영도 예외는 아니었다.

그는 속으로 가슴이 떨려오는 것을 겨우 참았다.

"그만 하시오."

그들마저 없애려고 쫓아 나서는 곡완주를 무영이 말렸다.

"또 그 귀한 생명 타령을 하려고 하나요?"

곡완주가 불만이 가득 찬 얼굴로 탁자에 돌아와 앉으며 말했다.

"음!"

“흥!”

무영의 침음성에 곡완주가 콧방귀를 뀌었다.

“적당히 하라는 말이오.”

“어디까지가 적당이지요? 다섯은 적당하고 열은 부적당하다는 말입
니까?”

곡완주가 검집에 검을 넣으며 말했다.

“내 말이 무슨 뜻인지 잘 알지 않소?”

“잘난 척한다고 뭐가 바뀌지는 않습니다.”

“뭐요? 내가 잘난 척한다는 말이오?”

“본인이 잘 알지 않습니까?”

“음!”

무영은 열이 받았다.

기껏 대막에서 데려와 주었더니 알고 보니 사람 목숨을 우습게 아는
살귀나 다름없는 놈이었다. 생긴 건 계집애처럼 생겨먹은 녀석이 마음
은 왜 그리 독한지…….

더 이상 함께 다닐 맛이 나지 않았다.

“우리 계약은 파기된 것으로 합시다. 서로 맞지 않는 것 같으니 우
리 각자 갈 길로 갈라서지는 말이오.”

무영이 얼굴을 굳히고 말했다.

그 말에 냉막하게 보이던 곡완주의 안색이 하얗게 변했다.

“저 쓰레기들 때문입니까?”

목소리가 은근히 떨려 나왔다. 화가 무척 났다는 표시였다.

“사람이오.”

“그럼 내가 저놈들의 칼에 맞아 죽어야 했습니까?”

"경우가 같지 않소. 그들은 곡 형제를 죽일 능력이 없다는 것을 잘 알지 않소?"

"성인군자가 나셨군요. 좋습니다. 나도 슬슬 싫증이 나려던 참이었으니까요."

자존심이 담긴 한마디를 마지막으로 곡완주는 자신의 보퉁이를 휙 둘러메더니 주루 밖으로 향했다. 그의 어깨가 가늘게 떨리는 것이 보였다.

'너무 심했나?'

그간 쌓아온 정을 생각하면 자신이 너무했는지도 몰랐다. 가는 것을 말려야 한다는 생각은 있었지만 그럴 기분이 아니었다.

무영은 그가 문을 나설 때까지 조용히 지켜보았다.

'잡아야 하나?'

곡완주의 발걸음은 마치 다시 불러 세워주기를 바라는 것같이 보였다. 보기보다 마음이 여린 녀석이니 아마 무척 충격을 받았을 것이다. 무영 자신도 충동적으로 그렇게 말은 했지만 마음은 영 편치 않았다.

'그래, 서로 갈 길로 가자.'

무영은 끝내 그를 불러 세우지 않았다.

"백주(白酒) 한 병만 주시오."

계산대를 붙들고 서서 어찌할 바를 모르는 주인을 향해 말했다. 문득 독한 술이 먹고 싶었다.

"벌컥, 벌컥, 벌컥."

덜덜 떠는 손으로 가져온 술을 미처 탁자에 놓기도 전에 잡아채듯 받아서는 병째 입에 대고 정신없이 마셨다. 미처 주향을 느낄 사이도 없이 목이 타는 느낌이 왔고 이어 뱃속이 찌릿해지는 쾌감이 전해졌다.

“술값과 수리비요.”

단숨에 술병을 비운 무영은 탁자 위에 은 한 덩이를 올려놓고 주루를 나왔다. 의외로 주루 밖은 조용했다. 이미 사방이 어둑한 초저녁이라 얼굴이 드러나지 않아 다행이었다.

그렇게 쉽게 헤어지다니, 그래도 그와 함께 지낸 몇 달 동안 은근히 정도 들었고 서로를 위해주는 마음도 있었다. 어깨를 떨며 떠나던 곡완주의 마음이 전해오는 것 같았다.

‘그래, 너는 앞으로 적을 만나면 씨를 말려라.’

독한 술기운이 전신에 퍼졌다.

문득 탁자 위를 보니 곡완주의 검이 보였다. 화가 나서 보퉁이만 챙기고 미처 검을 챙기지 못한 것이 틀림없었다.

곡완주의 검을 대하니 아까 곡완주가 사람을 죽이던 장면이 생각나 아직도 살기가 물씬 배어나는 느낌이 들었다.

그는 술이 얼큰해질 무렵 주루를 나왔다. 곡완주의 검은 차마 두고 올 수가 없어 가지고 나왔다.

어두워지는 거리를 술에 취해 이리저리 걷다 보니 문득 황영기와 약속한 일이 생각났다. 그는 행인에게 길을 물어 약속 장소로 향했다.

무영의 뒤를 어둠 속에서 그림자처럼 뒤따르는 한 사내가 있었다.

〈제2권 끝〉

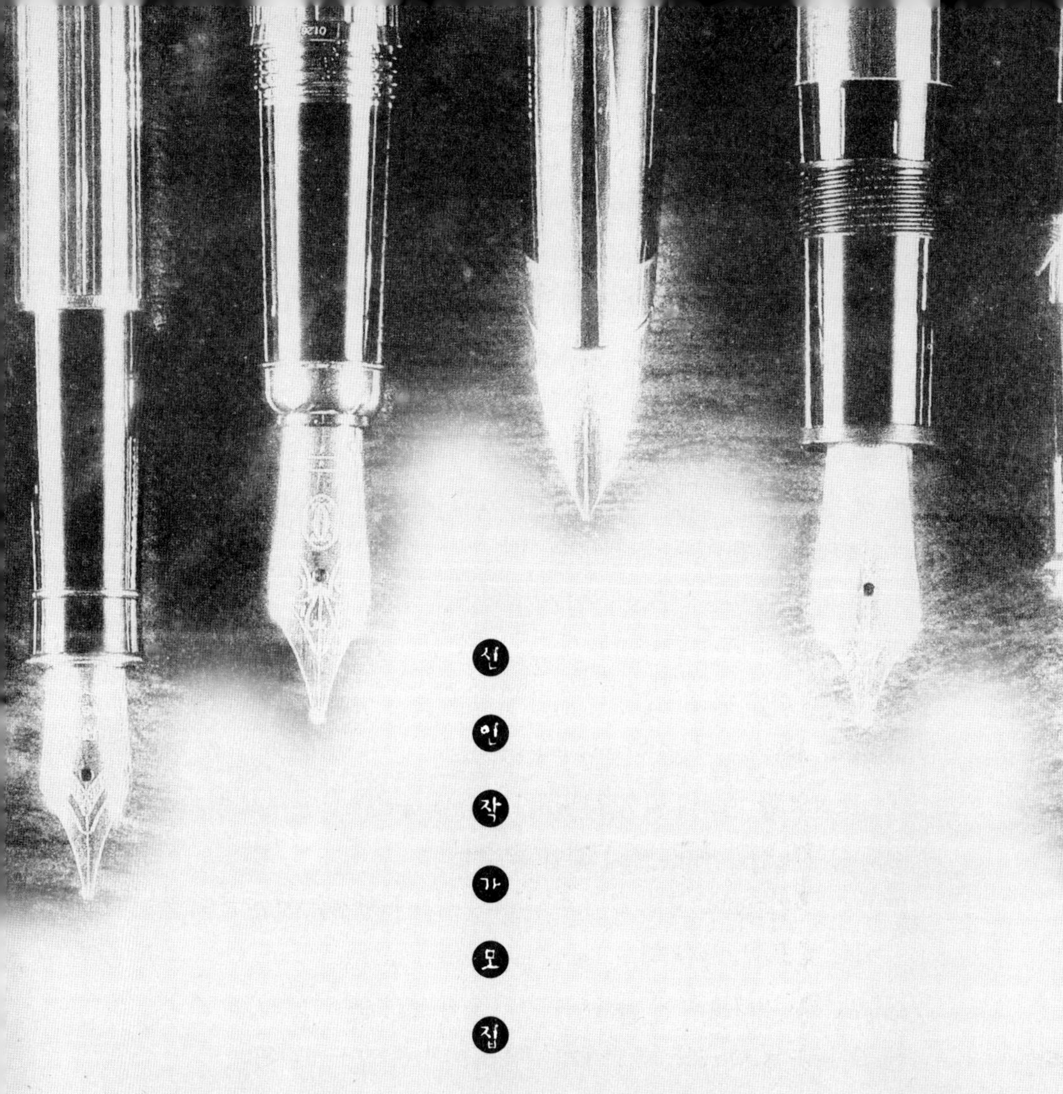

신
인
작
가
모
집